そして誰も死ななかった

JN088222

白井智之

角川文庫
23002

目次

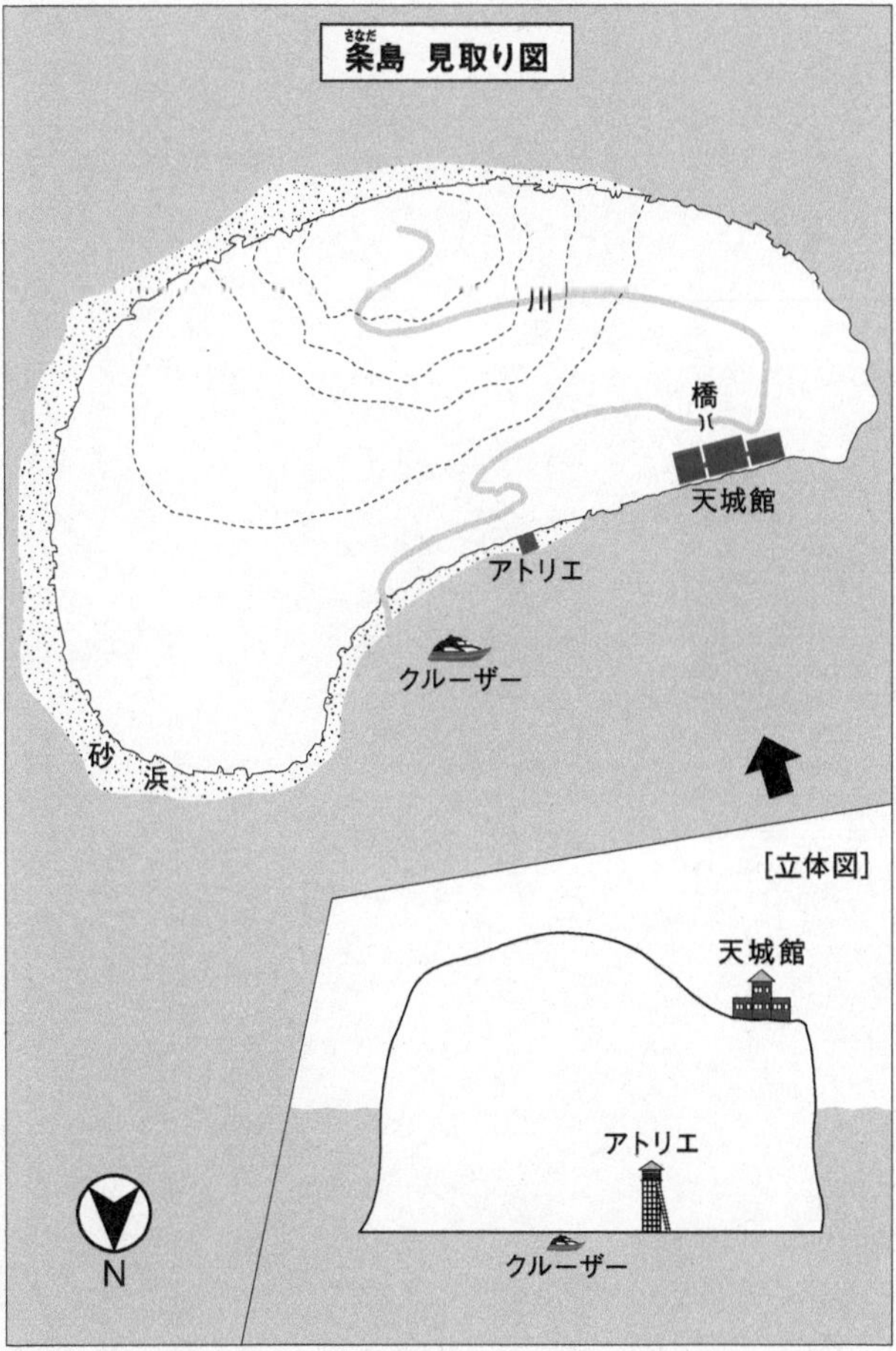
条島《さなだ》 見取り図
川
橋
天城館
アトリエ
クルーザー
砂浜
[立体図]
天城館
アトリエ
クルーザー
N

暗闇の中にいた。

景色も、音も、匂いもない。何もない世界がどこまでも広がっている。
これが死後の世界だとしたらあまりにもむなしい。生と死の狭間《はざま》というやつだろうか。
ふいに身体の中で、すべての細胞が同時に破裂したような衝撃が走った。
世界がぼろぼろに崩れていく。身体が内側から砕けてしまいそうだ。
そのとき、恐ろしいものを見た。
口から、ゆっくりと、虫のように硬い腕が生えてきたのだ。
自分が壊れていく。もう二度ともとの姿には戻れない。
母の子宮を出てから三十一年間、一度も味わったことのない恐怖を覚えた。

発端

1

「――原稿はどうですか？」

携帯電話の通話ボタンを押すと、賀茂川《かもがわ》書店の茂木《もぎ》の声が聞こえた。

大亦牛男《おおまたうしお》はジビエ料理屋を自称する安居酒屋「べろべえろ」で、鴉《からす》のささみと蟇《ひき》蛙《がえる》の刺身をつまみに生ぬるいビールを飲みながら、普通の居酒屋だと勘違いして入店した女子大生二人組の顔から血の気が引いていくのを眺めているところだった。

「べろべえろ」は都内でどこよりも安く酒が飲める店で、どこで仕入れたのか分からない鴉や蛙やザリガニなどの創作料理を出していた。いつか変な虫に当たりそうだが、酒が飲めずにノイローゼになって死ぬよりはましだ。背に腹は代えられない。

いくら嚙《か》みついても串《くし》から剝《は》がれない鴉の肉を諦《あきら》め、蟇蛙の刺身を口に運ぼうとすると、ふいに携帯電話の着信音が鳴った。心地よく酒を飲んでいたのに、瞬時に現実へ引き戻される。

「原稿？　うるせえな。おれは女子大生の言うことしか聞かねえって決めたんだ」

「先生、酔ってますか？」

茂木が眉《まゆ》を下げて苦笑いするのが目に浮かんだ。茂木は大学を出てから十年間、推理作家ばかり担当し続けてきたという腕利きの編集者で、去年からは南青山《みなみあおやま》のマンションで小説家志望の若い女と同棲《どうせい》していた。癪《しゃく》に障るやつだ。

「ぼくも読者も大亦さんの新作を心待ちにしてるんですよ」

「黙れ詐欺師。なんでお前らのホテル代のためにおれが働かなきゃならねえんだ。そんなに本が作りたきゃ自分で作文でも書けばいいだろ」

「読者は大亦牛汁《うじゆう》の新作を待ち望んでるんです。それに大亦さん、そろそろ貯金が底をつくんじゃないですか？」

茂木が声色を変えずに言う。牛汁というのは牛男のペンネームだ。牛男は酒に酔うと自分の生活を洗いざらいぶちまける癖があり、酒にめっぽう強い茂木にあらゆる個人情報を握られていた。牛男が女子大生デリヘルに熱を上げ、湯水のごとく印税を注ぎ込んでいたことも当然知っているようだ。

「おれは蛙を食って生きられる男だぞ。お前にそんな心配をされる筋合いはねえよ」

牛男が箸《はし》で蟇蛙《の》の腹を突くと、半開きの口からピンク色の舌が飛び出し、皿に止まっていた蝿を呑み込んだ。腹を裂かれて腸《はらわた》も失くしているのに見上げた根性だ。

「分かりました。締め切りが近づいたらまたご連絡しますね。今日はちょっと別のご相談がありまして」

「デリヘルで女子大生が本物か見抜く方法でも知りたくなったか?」

すぐに軽口を後悔した。茂木が人をおだてるときは要注意だ。こちらを良い気にさせ、いつも無理難題を押しつけてくる。

「大亦さん、摩訶《まか》大学の秋山《あきやま》教授って人、ご存知ですか?」

「知らねえな」

「『奔拇《ほんぼ》島の惨劇』の作者と話したいって編集部に連絡をよこしたんです。オセアニア文化研究の第一人者で、有名な人みたいです」

「知らねえよ」

牛男は語気を強めた。オセアニア文化には何の興味もない。

「うちの会社、来年の春に人文系の叢書《そうしょ》を立ち上げるんですけど、編集部としてこの機会を逃すのは惜しいって話になりまして。大亦さんに会ってもらうことになりました」

「は?」

牛男が叫ぶと、向かいの席で足が三本生えたオタマジャクシの素揚げを食べていた女子大生が怯《おび》えた顔で目を逸《そ》らした。

「ご心配なく。ぼくが同行しますから、大亦さんは適当に話を聞いててください」

「馬鹿か。おれだって暇じゃねえんだぞ」

「働いてないんだから暇でしょう。経費はうちで持ちますから安心してください」

「酒と蛙のつまみに聞くが、そいつはなんでおれに会いたがってんだ？」

「聞いてませんけど、奔拇族の描写に不満があったんじゃないですか。この先生、奔拇族の本を何冊も書いてるみたいなんで。日程が決まったらご連絡しますね。それじゃよろしくお願いします」

通話が切れ、ツーツーと無機質な電子音が聞こえた。思わず携帯電話を厨房《ちゅうぼう》に投げ込みそうになる。あいかわらず身勝手なやつだ。

半年前に牛男が発表した『奔拇島の惨劇』は、先住民族が暮らすミクロネシアの離島で起こる殺人事件を描いた推理小説だ。専門家が読めばケチを付けたくもなるだろう。

困ったことになった。作品について聞かれても、牛男は何も答えられない。

牛男は生まれてこの方、一行たりとも小説を書いたことがなかった。

牛男の実父、錫木帖《すずきじょう》はどうしようもない男だった。

肩書きは文化人類学者で、東南アジアやオセアニアの少数民族と生活をともにしながら、社会や家族の構造を観察する参与型のフィールドワークを頻繁に行っていた。十年ほど前はワイドショーにも取り上げられ、帖の名前はお茶の間に知れ渡っていたという。

だが帖にはもう一つの顔があった。学生時代から連れ添った糟糠《そうこう》の妻がありながら、各地の売春街で貧しい女を買い、就労ビザを出させて日本へ連れ帰っていたのだ。帖の死後に書かれた週刊誌の記事によれば、帖が都内の安アパートに囲っていた女は二十人を超えていたらしい。

牛男は帖がマレーシアから連れ帰った売春婦の二人目の子どもだ。母は三人目の子どもを死産した後、牛男が小学校の遠足に出かけた朝に山盛りの睡眠薬を頬張って死んだ。兄は地元の半グレ集団で鞄持《かばんも》ちをした挙句、牛男が中学の修学旅行に出かけた夜にバイクで崖《がけ》から落ちて死んだ。牛男は旅行が嫌いになった。

児童養護施設で育った牛男が、父親の正体を知ったのは十五歳のときだ。兄の遺品を整理していて、帖が赤ん坊を抱いた写真を見つけたのだ。帖の顔は何度かテレビで見て知っていたが、当時はすでに脳梗塞《のうこうそく》が悪化していたらしく、表舞台からは姿を消していた。

五年後、日雇い仕事で食いつないでいた牛男のもとに、弁護士からの封書が届いた。難しい言葉ばかりで何が書いてあるのか半分も分からなかったが、帖が死んだこと、二年前に妻と離婚していたこと、非嫡出子の牛男にも相続権があることなどが記されていた。

ろくでなしの親でも遺産をもらえるのはありがたい。牛男は口笛を吹いて喜んだが、同封された遺産分割協議の案内を見て意気消沈した。帖の非嫡出子として列記された名前は三十四つもあったのだ。仮に一千万円の遺産があったとしても、三十四人で山分けしたら三十万円しか残らない。

但し書きによると、返事をしない場合は代理人への委任を承諾したことになるという。牛男は馬鹿馬鹿しくなって、封書をゴミ箱に捨ててしまった。

半年後、弁護士から十四個の段ボール箱が届いた。箱の中には見たこともないような厚さの本や学術誌がぎゅうぎゅうに詰まっていた。蓋《ふた》を開けるだけで埃《ほこり》が舞い、部屋が臭くなる。協議の結果、この本が牛男の分の遺産と決まったらしい。牛男は家に犬の糞《くそ》を捨てられたような気分になった。

ただでさえ四畳半しかない部屋に十四個も段ボール箱があったら生活にならない。本を段ボールに詰め直してゴミ置き場へ運ぼうとしたところで、ふと榎本桶《えのもとおけ》のことを思い出した。

榎本は牛男と同じ施設で育った友人で、暇さえあれば本ばかり読んでいるインテリだった。施設を出てからは書店員にでもなるのかと思っていたが、いくつかのアルバイトを転々とした後、二年前に『MYSON』なる推理小説でデビューを果たした。牛男は一ページしか読んだことがないが、書店の平台に積まれているのを見たことがある。その後も年に二、三冊ずつ本を書きながら、インターネットの古書店をやって生計を立てていた。半年前に高級住宅街として有名な白峰《しらみ》市のマンションに引っ越していたから、仕事はうまく回っているのだろう。

「学術系は苦手なんだけど、いちおう査定してみるよ。書名をまとめて送ってくれる？」

電話で事情を説明すると、榎本は事務的な口調で言った。アパートまで引き取りにきてくれるわけではないらしい。

牛男は仕方なく段ボールを開けると、本を床に並べ、携帯電話で書名のリストを作った。見たことのない言語で書かれた本や、書名のない本もある。ほとんどは学術書だが、ちらほらと古い推理小説も交ざっていた。

三つ目の箱が空になったところで、底に厚い封筒が敷かれているのに気づいた。板でも入っているような重さだ。開けてみるとA４用紙の束が出てきた。

「何だこいつは」

表紙には「奔拇島の惨劇　錫木帖」とある。帖が書いた小説らしい。

軽い気持ちでページを捲《めく》ると、たちまち小説の世界に引き込まれた。

日本人の民俗学者・宝田踏悟朗《たからだふみごろう》は、ポンペイ島の南西七百キロに位置する奔拇島を訪れ、先住民族と共同生活を始める。奔拇族は二千四百年の歴史で一度も争いを起こしたことがない、調和と友愛の民として知られていた。だが踏悟朗が上陸した翌日から、堰《せき》を切ったように殺人事件が発生。悪魔の面・ザビマスクを着けた怪人による殺戮《さつりく》の嵐が吹き荒れ、奔拇族は壊滅の危機に追いやられてしまう。はたして奔拇島では何が起きているのか――？

絶え間なく起こる事件と、ちりばめられた文化人類学の蘊蓄《うんちく》に引き込まれ、牛男は食事も忘れて「奔拇島の惨劇」を読みふけった。

錫木帖が作家として活動していたという話は聞いたことがない。推理小説好きが高じて、自分でも書いてみたくなったのだろう。素人の習作とはいえ、本を読まない牛男が夢中で読んでしまうのだから相当な出来栄えだ。

牛男は興奮を抑えて榎本に電話をかけた。

「お宝を見つけた。未発表の推理小説だ。死ぬほど面白いぞ」

「本を読んだの？　珍しいね」

榎本がピントのずれたことを言う。

「お前に売ってやる。いくらだ」

「著者は誰？」

「おれの親父だ」

受話口から榎本のため息が聞こえた。

「無理無理。なんでぼくが素人の小説を買わなきゃいけないの」

「めちゃくちゃ面白いぞ。騙《だま》されたと思って読んでみろ」

「ちょっと待て。きみは勘違いをしてる」榎本は子どもを叱るみたいに口調を硬くした。「ぼくは古本屋だ。本になってないものに値は付けられない」

「じゃあ目の前のお宝を放っておくのか？」

「そこまで言うなら出版社に送ってみれば。面白けりゃ本にしてくれるかもしれないよ」

なるほど。その手があったか。牛男はビールの空き缶をゴミ箱に放り投げた。

「オーケー、出版社に百万円で売りつけてやろう」

「無理だよ。遺産分割協議できみが相続したのは、あくまでお父さんが持っていた資料だからね。きみが小説の著作権を相続したと言い張っても、他の遺族が納得するはずがない。もし二束三文で原稿が売れたとしても、訴えられたら勝ち目はないよ」

何だそれは。法律というのは牛男がとことん得をしないようにできているらしい。

通話を切って、あらためてA4用紙を捲る。おどろおどろしい連続殺人事件の果てに待ち受ける、衝撃の結末。やはりこの小説を紙屑《かみくず》にするのはもったいない。

ふと魔が差した。

錫木帖の小説を出版できないのなら、いっそ牛男が書いたことにしてしまえばいいのではないか。段ボールの底に敷いて送り付けてくるぐらいだから、他の家族はこの原稿を読んでいないのだろう。帖の性欲のせいでゴミのような人生を送ってきたのだから、これくらいで罰は当たらないはずだ。

翌日、牛男はアルバイト先のリサイクルショップの事務所で「奔拇島の惨劇　大亦牛汁」と書いた紙を印刷した。「牛汁」は本名をもじったペンネームだ。

榎本によれば、賀茂川書店という出版社が無名の作家の持ち込みを受け付けているらしい。牛男は原稿の表紙を差し替えると、封筒に賀茂川書店の住所を書き殴り、ポストへ放り込んだ。

一か月が過ぎ、牛男の部屋の段ボールがようやくなくなった頃、携帯電話が鳴った。

「賀茂川書店の茂木と申します。『奔拇島の惨劇』、他の版元には送ってませんね？」

仕事のできそうな男の声だった。

「送ってません。なんでですか？」

「良かった。ぜひうちで出版させてください」

「男が声を弾ませる。

『奔拇島の惨劇』が三十万部を突破するベストセラーになったのは、それから半年後のことだった。

2

摩訶大学のキャンパスには摩天楼みたいな高層ビルが並んでいた。

大学は金の匂いがする。金のある家に生まれた若造が集まっているからだろう。ベンチでは小ぎれいな身なりの男子学生が談笑していた。女子大生が見当たらないのが残念だ。

牛男がミスコンのポスターに見とれていると、警備員の男に声をかけられた。

「お約束の方はこちらへ」

茂木と二人で、宝くじの販売所みたいなブースに案内される。

「文化人類学科の秋山先生と約束をしているんですが」

茂木が慣れた口調で言う。警備員が積み上がった書類の下からバインダーを引っ張り出すと、積まれていた紙やファイルが崩れ、女の子の人形が下敷きになった。

「見ろ、人形がぺしゃんこだ。今日は運が悪い。帰ったほうがいいんじゃねえか」

「大亦さん、しばらく黙っててください」

涼しい顔で言う茂木に、警備員がバインダーを差し出した。芳名帳みたいに名前や住所を書く欄が並んでいる。

茂木が記入しているのを手持ち無沙汰《ぶさた》に眺めていると、書類に潰《つぶ》された人形と目が合った。不思議の国のアリス風のエプロンドレスを着た女の子が、幻覚剤をキメたような据わった目でこちらを見ている。胸のバッジによれば「摩訶大学公式キャラクターまかふしぎちゃん」というらしい。牛男はなんだか不憫《ふびん》になって、書類の山から人形を引っ張り出して机に置いてやった。

「名刺を一枚ずついただいております」

茂木が住所を書き終えると、警備員の男が形式ばった口調で言った。茂木はすぐに名刺入れを取り出す。

「賀茂川書店の茂木です」

牛男はジャンパーのポケットから、洗濯でくしゃくしゃになった名刺の塊を引っ張り出した。『奔拇島の惨劇』が刊行されたとき、書店挨拶《あいさつ》のために作らされたものだ。くっついた紙を剝がそうとしたところで突風が吹いた。名刺が紙吹雪みたいにキャンパスを飛んでいく。

「やっちまった。おい茂木、帰るしかねえな」

「お連れの方でしたらけっこうです。文化人類学科はP棟です」

警備員の男が呆《あき》れた顔で言った。

P棟はキャンパスの奥、摩天楼の陰みたいなところだった。

「大亦さん、金髪も似合いますね」

キャンパスを歩きながら、茂木が見え透いたおべんちゃらを言う。

牛男の髪は昨日の夜遅くにセルフブリーチをかけてあった。大学には洒落《しゃれ》た若者が大勢いるはずだから、髪くらい染めないと悪目立ちするのではないかと心配したのだが、キャンパスを見るかぎり牛男の完全な勘違いだった。いくら髪をボサボサにしていても、金持ちからは金の匂いがするものだ。

「頭皮が痛い。脳出血かもしれない。やはり日を改めるべきだ」

「気のせいですよ。早く行きましょう」

茂木がアルミのドアを開け、足早に階段を下りていく。牛男はうんざりした気分で背中を追いかけた。

ラウンジを抜け、廊下を少し歩いたところに「秋山研究室」とプレートの付いたドアがあった。ここにも「まかふしぎちゃん」のシールが貼ってある。さきほど助けてやった恩義も忘れて、開運グッズの広告みたいな胡散《うさん》臭い笑みを浮かべていた。

ドアに嵌《は》め込まれたガラスから明かりが洩《も》れている。茂木がノックすると、十秒ほどでドアが開き、マスクを着けた若い女が顔を出した。

「賀茂川書店の茂木です。こちらは小説家の大亦牛汁先生」

「お待ちしておりました。中へどうぞ」

女は二人を応接室へ案内した。向かい合って並んだソファを、背の高いスチールラックが囲んでいる。上の段に各地で収集したらしい仮面や人形が並んでいた。帖の段ボールと同じ臭いがする。

五分ほど待つと、引き戸が開いて、白髪の老人が姿を見せた。八十はとうに超えているだろう。手足が棒切れのように細く、顔は深い皺《しわ》に覆われている。だが足取りはしっかりとしており、窪《くぼ》んだ眼窩《がんか》の奥には刺すような眼光が宿っていた。

「初めまして。賀茂川書店の茂木です」

茂木がマナー講師みたいな笑みを顔に貼り付ける。牛男も慌てて頭を下げた。

「秋山雨《あめ》だ。わたしが伺うべきところ、呼び出してしまい申し訳ない」

秋山は矍鑠《かくしゃく》とした動きでソファに腰を下ろした。

「素晴らしいコレクションですね。先生が集められたんですか？」

茂木がスチールラックを見上げて言う。思ってもいない言葉がすらすらと出てくるのはこの男の特技だ。

「すべてわたしのものだ。あれはきみも知っているだろう？」

秋山は左手の棚に置かれた仮面を指して、牛男を見た。

赤ん坊のように下膨れた顔。泥を固めた生地に薄茶色の顔料が塗ってある。他の仮面よりも人間の顔を精巧に再現しているが、目の数が異様に多く、鼻から上のほとんどが大量の眼球に覆われていた。

「……ザビマスクですか」

「そうだ。奔拇族が首長《しゅちょう》を任命する儀式に用いる、悪魔の仮面。成人した男子がこの仮面を着け、獣のように逆立てた蓑《みの》をまとうことで、その男子は島を呪う邪霊の依《よ》り代となる。きみの小説では殺人犯が身に着けていたがね。これも分かるかな？」

秋山はとなりの棚に指を向ける。全長二十センチほどの泥人形が仕切り板にもたれていた。顔料が塗られておらず、黒い粘土が剝《む》き出しになっている。布袋様《ほていさま》をさらに膨らませたような体形で、顔には串で刺したような穴が五つ空いていた。

「ザビ人形ですね」

「その通り。同じ儀式で、呪《まじな》い師が邪霊を呼ぶための贄《にえ》として用いられる。きみの小説では殺害現場に置かれていたね。なかなか楽しませてもらったよ」

秋山はブリーフケースから『奔拇島の惨劇』を取り出した。やはり作品に苦情があるらしい。

「先生、今日はいったいどんなご相談でしょうか」

茂木が膝《ひざ》に手を置いてにこやかに言う。

「大亦くんに質問がある。きみはいったい何者だ？」

秋山は射貫《いぬ》くような目で牛男を睨《にら》んだ。

「……おれはただの作家ですけど」

「質問を変えよう。わたしは五十五年間、奔拇族の風俗、伝統、思想を研究してきた。きみは奔拇族の何を知っている？」

「おれは資料を読んで、この本を書いただけです。それ以上知ってることはありません」

決めておいた答えだった。もちろん資料など見たこともない。

秋山は表情を変えずに、ブリーフケースから分厚いファイルを取り出した。捲ったページに米粒みたいな英字が並んでいる。

「これはミクロネシア連邦の調査団が先月発表した報告書だ。目を通してもらえるかな」

「すいません、英語読めないです」

秋山の眉がぴくりと動いた。

「昨年の十月、シンガポールのリーという研究者が奔拇島を訪れ、恐ろしい事態に遭遇した。二百人以上いたはずの奔拇族が、四十五人の女と七人の男を残して姿を消していたんだ。生き残った男は七十近い長老と、十歳未満の子どもだけ。奔拇族の存続は極めて困難になったと言っていい。生き残った女たちも魂が抜けたような状態で、まともな言語コミュニケーションが取れなくなっていた」

数秒の間、秋山が何を言っているのか分からなかった。牛男の本が刊行されたのは昨年の九月だから、その一か月後に奔拇族の異変が発覚したことになる。そんな話は初耳だ。

「きみの本は奔拇族の運命を予言していたように見える。あらためて聞くが、きみはいったい何者だ？」

「偶然です。おれはただの作家で、奔拇族を見たこともありません」

本当は作家ですらないのだが、それを打ち明けても話をややこしくするだけだ。

「リーさんという研究者は、なぜ奔拇島を訪れたんですか？」

茂木が身を乗り出して尋ねる。こいつは秋山に気に入られて、あわよくば本を書かせたいのだ。

「奔拇族では三年に一度、ダダと呼ばれる首長を選ぶ儀式が行われる。昨年はこの儀式の年だった。リーは以前から奔拇族と交友があり、儀式で選ばれた新しいダダに謁見する予定だった」

「いなくなった人たちは、本当に、忽然《こつぜん》と消えてしまったんですか？」

「違う。ミクロネシア連邦の調査隊が埋葬地を掘り返してみると、土葬されて間もない死体が大量に出てきた。彼らは何らかの理由で命を落としたんだ。原因は分からない」

「内戦でしょうか」

「奔拇族は調和と友愛の民だ。彼らは個人と集団の境界が曖昧《あいまい》で、集団内の争いを力で解決しようという発想がない。二千四百年の歴史を紐《ひも》解いても、人間同士の暴力によって奪われた命は皆無だ」

「男性が罹《かか》りやすい感染症が流行《はや》ったとか？」

「報告書によれば、死体から致死性の高い病原体は検出されていない。未知の感染症が猛威を振るった可能性も否定できないが、現時点では空想の域を出ない。だが死体を撮影した写真に、気になるものが写っていた」

秋山はファイルから十枚ほどの写真を取り出した。土や枯れ葉、ミミズの死骸《しがい》などにまみれた人骨がこちらを見ている。顎《あご》を下げ、胸の上で手を組んだ姿勢は、天に祈りを捧《ささ》げているようだ。上顎と下顎の間には木製の杭《くい》が打ち込まれていた。

「この木は？」

「縛りの杭といって、死者が邪霊に連れて行かれないように、土葬した死体の頭に杭を打つんだ。だが問題はそこじゃない。骨だ」

秋山は人骨の肩を指した。

「……腕が足りないですね」

茂木が神妙な顔でつぶやく。言われてみると、どの死体も腕や足の骨が欠けていた。

「中には動物の歯形が残っている骨もあった」

「奔拇島の動物たちが人間を襲ったということですか」

「そういうことになる。リーの証言によれば、彼が十月に島を訪れたとき、重傷を負った青年が一人だけ生き残っていたらしい。その男の腹にも、大きな三本の爪で引き裂かれたような傷があったそうだ」

「リーさんは、その青年に何があったのか聞かなかったんですか」

「他の生存者と同じで、正常なコミュニケーションが取れる状態ではなかったようだ。青年は同じ言葉を延々とくりかえしていた」秋山の喉仏《のどぼとけ》がゆっくり上下する。「みずをくれ、と」

肌が粟立《あわだ》った。

「その青年はどうなったんです？」

「調査団が訪れたときには埋葬されていたそうだ。彼らの報告書も、大量死は野生動物が引き起こしたものと結論付けている。奔拇島には肉食の犬や鰐《わに》がいるし、海へ入れば鮫《さめ》に出くわすこともある。またダダ選挙の前は、男たちが勇敢さを誇示するために、普段よりも無理な狩りをすることが多い。選挙への気運が高まりすぎた結果、男たちが一線を越えてしまった――この説にはある程度の説得力がある。男の中で老人と子どもだけが生き残ったことも、彼らが初めからダダの候補に入っていなかったためと考えれば納得がいく。

だが島民たちは二千四百年前から動物たちと共生してきた。自然から集団を守る知恵にも富んでいる。わたしには、たった一度の選挙でこれほどの被害が出るとは思えない」

「では原因は何だったんでしょう」

「分からない。だが恐ろしい仮説が一つ考えられる。何者かが獰猛《どうもう》な外来動物を奔揖島へ持ち込んだというものだ」

秋山は俯《うつむ》いて言葉を切った。牛男の返事を待っているのだろう。

なるほど牛男を疑いたくなる気持ちも分かる。だが牛男は一度も日本を出たことがないし、どこかの島に獣を放って住人を皆殺しにする不道徳な趣味もない。

助けを求めて茂木の横顔を見ると、茂木はしかつめらしい顔で写真を眺め、うんうんと首を振っていた。役に立たない男だ。

「あの、逆に聞きたいんですけど。先生はおれが何をしたと思ってるんですか？」

秋山はゆっくり顔を上げ、『奔拇島の惨劇』を手に取った。

「この本には、奔拇族の首長は島に住むすべての女性と性的関係を持つことができると記されている。犯人の動機も、この特殊な文化だからこそ成立するものだ」そう言ってぱらぱらと本を捲る。「この記述は正しい。奔拇族は婚前交渉を禁忌としているが、邪霊を祓《はら》ったダダはその例外とされている。奔拇語で父を意味するダダは、禁忌を破ることによって、間接的に首長としての権威を強化しているんだ。

だが文化的保護の見地から、この事実には公の場で言及しないのが研究者の暗黙の了解となっていた。少なくとも日本語の論文に記されたことは一度もない。きみはなぜ奔拇族の習慣を知っていた？　本当は奔拇島へ行ったことがあるんじゃないのか？」

「英語の論文で読んだんですよ」

「さっきは英語が読めないと言っていたはずだが」

秋山が報告書を指で弾《はじ》く。しまった。このままでは奔拇族を滅ぼした犯人にされてしまう。牛男は必死に知恵を絞った。

「分かりました。本当のことを言います。奔拇族の風俗のことは親父に聞きました」

「親父？」

「文化人類学者の錫木帖です」

牛男は顔に神経を集中させて、もっともらしい表情をした。どうせ帖は死んでいる。何を言ってもばれないはずだ。

「なるほど。きみはあの男の息子だったのか。確かに錫木は規則を守らない——いや禁忌に縛られない男だった。ダダと同じようにね」

秋山の口調が速くなる。息も荒くなっていた。

「親父を知ってるんですか？」

「錫木はわたしの弟子だ。最後まで馬が合わなかったがね。わたしと錫木は正反対だったし、ある意味では似過ぎていたのかもしれない」

急に思わせぶりなことを言う。

「どういうことですか？」

「錫木はこの件とは無関係だ。あの男は二年前に死んでいるし、奔拇族を愛してもいた。きみを疑うような真似をして悪かった。この話は終わりだ」

秋山が机に広げた資料をまとめ、ブリーフケースに仕舞う。

「待ってください。今のお話は多くの方に知ってもらうべき話だと思います。賀茂川書店で本を書いていただけませんか」

茂木が虫の良いことを言う。

秋山は激怒するかと思いきや、妙に畏《かしこ》まった顔で茂木を見返した。

「あいにく時間がなくてね。きみの期待には応《こた》えられない。だが実を言うと、きみたちはもうわたしの原稿を手に入れているんだ」

「――はい？」

「いずれ分かる。今日はありがとう」

秋山は一方的に言うと、ブリーフケースを片手に応接室を出て行った。

3

バイトの休憩中に事務所で煙草をふかしていると、携帯電話の着信音が鳴った。どうせ茂木からの催促だろう。うんざりした気分でディスプレイを見ると、見覚えのない番号が表示されていた。

「――はい」

「大亦牛汁先生ですか？」

若い女の声だった。

「誰？」

「突然すみません。摩訶大学四年の綾巻晴夏《あやまきはるか》と申します」

思わず椅子から跳ね上がっていた。自分は今、本物の女子大生と電話をしている。

「な、何ですか」

「わたし、大亦先生のファンなんです。実は偶然、キャンパスに名刺が落ちてるのを見つけて。つい電話しちゃいました。ごめんなさい」

牛男は事務所を飛び出し、人目のない階段の踊り場へ出た。鼓動が速まり、掌《てのひら》に脂汗が滲《にじ》む。女子大生のファン？　何だそれは。そんな生物が実在するのか。

「おれに何の用ですか」

「すみません。失礼だとは思うんですけど、もしよろしければ食事でもいかがですか。あ、このことは絶対に誰にも言いません」

階段を滑り落ちそうになった。馬鹿な。ありえない。どうせ宗教か浄水器の勧誘じゃないのか。

「おれと食事？　本当に？」

「失礼ですよね。ごめんなさい。やっぱり忘れてください――」

「いえいえいえ。ちょうど、誰かに本の感想を聞きたいと思ってたんですよ」

茂木みたいな台詞《せりふ》が口を突いて出た。

「本当ですか？　ありがとうございます！　じゃあお店と時間はメールでご連絡しますね」

女子大生は丁寧に礼を言って電話を切った。

何だこれは。牛男の人生にこんな幸せがあってよいのか。

耳に残った女子大生の息遣いがよみがえり、牛男は思わず頬を緩めた。

夜半過ぎ、アルバイトを終えてアパートに帰ってからも興奮は収まらなかった。

誰かに自慢をしてやりたいが、友人に電話をかけても一向につながらない。三人目にかけた榎本がようやく電話口に出た。

「深夜までご執筆か。ご苦労だな。高級住宅街の空気は美味《うま》いか?」

牛男は缶ビールを喉へ流し込んで言った。

「きみと違って自分で書いているからね。次も面白い本ができそうだよ」

榎本が楽しげに答える。純朴な男だ。

「おい榎本。お前に女子大生のファンはいるか」

「は?」

「おれにはいる。しかもかわいい。たぶんな」

牛男は三時間ほど前にかかってきた電話の内容を再現して聞かせた。榎本は初めのうちは「へえ」とか「おお」とか言っていたが、途中からなぜか地蔵のように黙り込んでいた。

「作家ってのは素晴らしい仕事だな。お前もがんばれよ」

「牛男くん、実は――いや、これは言わないほうが良いかもしれない」

榎本の歯切れが悪くなった。

「何だよ。宗教の勧誘って言いてえのか」

「いや。きみはその女性がどんな人か知らないんだよね？」

榎本が念を押すように尋ねる。あいにく摩訶大学の四年生ということ以外は何も知らない。牛男が想像した晴夏は、なぜか「まかふしぎちゃん」と同じ水色のエプロンドレスを着ていた。

「女子大生ってことは確かだ。あとはどうだっていいだろ」

「編集の人に聞いた噂なんだけど、推理作家を狙う変な女性ファンがいるらしくて」

何だそいつは。

「分かった。映画で見たぜ。作家を監禁して思い通りの話を書かせるんだろ」

「ちょっと違うかな。その人はファンの振りをしていろんな推理作家に近づいて、肉体関係を持ちたがるんだって。美人局《つつもたせ》とかじゃなくて、単純にたくさんの作家と寝るのが目的らしいんだけど」

「骨のあるビッチってことか」

「うーん、そうかな。真坂斉加年《まさかまさかね》って知ってる？」

「まさかまさかね？」鼻くそが落ちた。「何だそりゃ」

「そういうペンネームの作家。デビュー作の『甦《よみがえ》る脳髄』が映画にもなったんだけど、その人が標的にされたんだって。先生すっかり惚《ほ》れちゃって、子どももいるのに離婚したらしいよ」

それは厄介な女だ。牛男もセックスをした芸能人の数を自慢してくるヤリマンに会ったことがあるが、その手の女の亜種だろうか。

「そいつの名前は？」

「知らないよ。ぼくも噂を聞いただけだし」

「役に立たねえな。おれには分かる。晴夏ちゃんはビッチじゃねえ。本物のファンだ」

自分に言い聞かすようにつぶやくと、牛男は空き缶を握り潰した。

4

その日の牛男は寝不足だった。

一睡もせずに朝を迎えると、似合わない金髪を黒く染め直し、買ったばかりのパーカーにチノパンを合わせ、制汗スプレーを燻製《くんせい》のように浴び、血が出るほど歯を磨いて家を出た。

晴夏に指定されたのは、牛男の住む能見《のみ》市から二十キロ離れた兄埼《あにさき》駅近くの商店街だった。晴夏が暮らしている実家との中間地点がそのあたりらしい。牛男は一時間前に家を出て、高速道路で兄埼市へ向かった。

人通りのない路地裏に中古の軽自動車を停める。目印になるよう『奔拇島の惨劇』を持って、待ち合わせ場所の書店へ向かった。

兄埼駅前は喧騒《けんそう》に包まれていた。駅から溢《あふ》れ出す人波が商店街へ吸い込まれていく。書店の前に立っていると、向かいのパン屋から甘ったるい匂いが漂ってきた。若い女が通るたびに鼓動が速くなる。

「あの――」

二十歳過ぎの小柄な女が近づいてきた。セミロングの黒髪がふわりと揺れる。高級そうなダークブラウンのチェスターコートに、上背の半分くらいありそうなリュックが愛らしい。幼さの残る丸顔には緊張気味の笑みが浮かんでいた。

「ど、どうも」

牛男が頭を上げると、女は牛男のとなりの金髪メガネの男に声をかけていた。何だこれは。アメリカのスクールドラマか。

気まずくなって書店を振り返ると、レジの前の平台に『奔拇島の惨劇』が積まれていた。発売から半年が経つが、現在も重版が続いている。おれは人気作家だ。そう思うと少し心が軽くなった。

「ごめんなさい。大亦牛汁先生ですか？」

振り返るとさっきの女が立っていた。上品な香水の匂いがする。金髪メガネの男を見ると、別の女と手をつないで向かいのパン屋に入るところだった。

「どうも。大亦です」

牛男はぎこちなく言って生唾《なまつば》を呑み込んだ。


牛男と晴夏は駅前のイタリア料理屋に入った。そこがイタリア料理屋だと分かったのは、薄暗い店内のあちこちに行きつけのファミレスと同じ国旗がぶら下がっていたからだ。

メニューを見ても何が書いてあるのかさっぱり分からず、晴夏は「金目鯛《きんめだい》のポワレブルーテソース」を、牛男は「カレー」を注文した。安居酒屋で蛙やザリガニばかり食べてきた自分を殴りたくなった。

「今日のお礼です。大亦先生の作品をイメージして選びました」

晴夏がリュックを開け、リボンのついた箱を取り出した。ドラマで見かける婚約指輪のケースに似ている。

「あ、ありがとう」

リボンを外して蓋を開けると、腕時計が入っていた。数字も模様も、文字盤を覆うカバーもない。時刻を表す目盛りと短針があるだけだ。子どもがつくった玩具《おもちゃ》の時計みたいだが、金持ちほど地味な服を着ていたりするから、この腕時計もおそらく高級品なのだろう。

「あの、裏も見てください」

促されるままに文字盤を引っくり返す。裏蓋に DEAR OMATA UJU と彫ってあった。牛男もこれくらいの英文は読める。

「ひょっとして先生、左利きでしたか？」

晴夏がよく分からないことを言う。どちらでも時計の仕組みは変わらないはずだ。

「右利きだけど。なんで？」

「でしたら大丈夫です。すみません」

晴夏は深々と頭を下げた。つむじが可愛い。

「大事にするよ」

牛男は短く言って、箱に腕時計をしまった。晴夏から見えないように膝の上でリボンを結び直す。牛男は十回に一回くらいしか紐をうまく結ぶことができない。今回もできあがったのは蝶々《ちょうちょう》ではなく羽の欠けたトンボだった。リボンの端をくしゃくしゃに丸めてポケットに押し込む。

「喉が渇いた。ビールが飲みたい」

牛男がワインばかりのメニューに悪態を吐いていると、ウェイターがようやく料理を運んできた。

それから晴夏は、少し緊張の残る声で『奔拇島の惨劇』の感想を語った。『奔拇島の惨劇』は特殊な風土をトリックと結び付けた、推理小説の系譜の中でも革新的な作品らしい。牛男には意味がよく分からなかったが、晴夏は心から『奔拇島の惨劇』に惚れ込んでいるように見えた。身体目当てのヤリマンとは思えない。

「推理小説ってどこがいいの？」

言ってから後悔した。プロ野球選手が少年に「野球のどこがいいの？」と聞くのはおかしい。怪まれるかと思ったが、晴夏は真剣な顔で口を開いた。

「わたし、推理小説の構造が好きなんです。手がかりがあって、必ず論理的に解決できるじゃないですか」

「そりゃそうだ。作りものだからな」

「わたしが研究してるのは、将来的にも解明が難しいとされる分野なんです。もちろん正解を見つけるには研究を続けるしかないんですけど、不安になることもあって。そんなときに推理小説を読むと、頭がすっきりして安心できるんです」

晴夏はゆっくりと言葉を選びながら答えた。随分と高尚な理由で本を読んでいるらしい。

「意識です。わたしは心理学科で意識の研究をしています」

「その研究って何？」

「いしき？」

鸚鵡《おうむ》返しに尋ねた。アサガオの観察もろくにできない牛男には想像もつかないテーマだ。

「わたし、中学生の頃に母を脳卒中で亡くしてるんです。一年くらい植物状態で、心臓は動いてるのに話すこともできませんでした。あのときの母に意識があったのか、お医者さんや学校の先生に聞いても分からなくて。だから大学で研究してみることにしたんです」

ふと錫木帖の顔が脳裏に浮かんだ。あの男も晩年、脳梗塞で意識障害を起こしていたはずだ。

「植物状態ってのは、意識がない状態を言うんじゃねえのか？」

「正確には、大脳の大部分が損傷した状態を言います。大脳は脳の大半を占める部位で、とくに前頭葉が思考や感情を司《つかさど》っています。このあたりですね」晴夏は額のあたりで指をくるくる回した。「あとは頭の後ろのほうに視覚情報を処理する後頭葉、左右に聴覚情報を処理する側頭葉、てっぺんに視覚や触覚の情報を統合する頭頂葉があります。これらの大脳が壊死《えし》すれば意識もなくなりそうですが、そうじゃないことを示す実験結果もあります」

「植物状態でも、ものを考えてるってことか？」

「はい。ある実験では、植物状態の患者に『テニスをしている』『家を歩き回っている』といったイメージをするように呼び掛けました。すると健常者と同じ脳の部位が活性化したんです。この患者は意識があって、言葉の意味を理解していたと考えられます」

背筋がうすら寒くなった。何も考えていないように見えるだけで、実は意識が宿っていたということか。

「じゃあきみの母ちゃんもずっと意識があったってことか」

「いえ、この研究例が特殊だっただけかもしれません。意識がどこから生まれるのかを解明しなければ、根本的な答えは分からないと思います」

「このへんで生まれんじゃなかったのか？」

牛男は晴夏の額を指した。

「それも定かではありません。物理現象に過ぎないニューロンの信号伝達がなぜ意識を生み出せるのか、具体的なメカニズムは解明されていないんです。意識はわたしたちの錯覚に過ぎず、本当は存在していないという考え方もあります」

「意識が存在しない？　いやあるだろ。ほら」

牛男はグラスを手に取って、葡萄《ぶどう》の腐ったような液体を一息に飲み干した。晴夏が笑みを浮かべる。

「でもこんな実験があります。被験者に自由なタイミングで指を動かしてもらい、その前後の脳の変化を記録します。被験者が指を動かそうと決めた時刻を1、脳が信号を発した時刻を2、実際に指が動いた時刻を3とします。三つの時刻はどんな順番になると思いますか?」

「そりゃ1、2、3だろ」

「そう思いますよね。でも実際に記録された時刻は2、1、3の順番でした」

何だそれは。指を動かすと決めたときには、すでに脳から信号が出ているというのか。

「意思が決まる前に、脳は行動を始めてるってことか?」

「そうです。大亦先生がワインを飲もうと決める前に、脳はすでにワインを飲む準備を始めている。この研究結果を突き詰めて考えれば、意識は決まった行動に理屈を付けているだけで、自由な意思は存在しないことになります」

「まじかよ」牛男は詐欺師に騙されたような気分だった。「じゃあバイトの終わりにレジの残金が合わねえのも、おれじゃなくて脳が悪いってことか?」

「そうかもしれませんね。こんな話もあります。エンジニアがコンピュータ上で赤ちゃんの身体を再現して、人間の脊髄《せきずい》に似た情報処理回路をプログラムしました。するとその赤ちゃんは、人間と同じようにはいはいをしたそうです」

「はいはい？　こういうやつ？」

牛男は両手を交互に揺すった。

「そうです。もちろんプログラムにそんな動きは含まれていません。身体と環境が決まっていれば、動物の行動は自動的に決まる。意識はそれを追認しているだけなのかもしれません」

「きみはその説を信じてんの？」

「分かりません。わたしは本当のことが知りたいだけです」

晴夏が目を伏せる。責めるような言い方をしたことを後悔した。晴夏もどんな答えを求めているのか分からないのだろう。

「気持ちは分かるぜ。おれの親父も脳梗塞で死んだ。詳しくは知らねえけど、脳ってのは一度ぶっ壊れるともとに戻らねえんだろ？」

「そう言われてますね。正確に言うと、脳の神経細胞も一部の領域では作られています。ただ損傷した脳の中では細胞が移動できないので、傷害部の機能を再生させられないんです」

「傷が固まって瘡蓋《かさぶた》になるみたいにはいかねえんだな」

「脳の再生研究が進めば、新しい治療法が見つかる可能性もありますけどね」

晴夏は窓の向こうの人波を眺めて言った。どいつもこいつも立派そうな顔をしているが、中に入っているのは同じ脳味噌《のうみそ》だ。そう考えると不思議な気分になった。

それから二人で一時間くらい雑談をした。晴夏は最近の大学生の読書量の少なさを嘆き、牛男は『奔拇島の惨劇』が文化人類学者に難癖を付けられたことに愚痴を言った。

閉店に合わせて店を出ると、すっかり人通りがなくなっていた。待ち合わせをした書店にもシャッターが下りている。路地裏で五十過ぎの男女が抱き合っているのが見えた。

横断歩道で信号が変わるのを待っていると、ふいに晴夏が牛男の手を握った。

「大亦先生、朝まで一緒にいてくれませんか？」

晴夏の手はひどく冷たかった。

「それはきみの意思？　それとも脳が勝手に決めたこと？」

信号が青に変わる。

「わたしの意思です」

晴夏は車道の向こう側を見ていた。

5

兄埼駅前の商店街から、軽自動車で住宅地を走ること三十分。カーナビで見つけた「あにさきスイートホテル」は、ベッドや調度品がどれも廃墟《はいきょ》から拾ってきたような代物で、壁のあちこちに茶色い染みが浮かんでいた。芳香剤と黴《かび》の混ざった気の遠くなりそうな臭いがする。

「こいつは外れだな」

「わたしは大丈夫ですよ」

晴夏はシャワールームを出ると、壁のスイッチを押して照明を消した。

ワンピースを剝ぎ取り、華奢《きゃしゃ》な肢体に貪《むさぼ》りつく。晴夏の身体は異様に冷たく、ラブドールを抱いているような気分になった。デリヘルの女と比べても晴夏のセックスはさほど気持ち良くなかったが、幼い顔立ちと身体つきが相まって、少女を犯すような独特の背徳感があった。牛男はホテルに備え付けの見たことのないコンドームを着けて、晴夏の中で射精した。

ふわふわした気持ちで、全裸のままベッドに腰かける。煙草を吸いたくなって、脱ぎ捨てたズボンのポケットからシガレットケースを取り出した。湿った指でライターのレバーを押す。

「うわ、眩《まぶ》しい」

晴夏が顔に手をかざした。

鏡に牛男の顔が浮かんでいる。わざわざ金髪を黒く染め直したのを思い出して恥ずかしくなった。

「――――」

ふと疑問が浮かんだ。

書店の前で待ち合わせをしたとき、晴夏は牛男の前に、金髪メガネの男に声をかけていた。

初対面なのだから相手を間違えるのはおかしくない。だが牛男は目印に『奔拇島の惨劇』を持っていた。それなのになぜ晴夏はとなりの男が牛男だと思ったのだろうか。

晴夏は偶然キャンパスで名刺を拾い、牛男に電話をかけたと言っていた。あれは嘘だ。晴夏は今日よりも前に、金髪だった頃の牛男を見ていたのだ。

牛男がブリーチをかけたのは、摩訶大学へ行く前日の夜だ。翌日、秋山教授と会ってから、牛男は摩訶大学に近づいていない。晴夏が金髪の牛男を見ることができたのはあの日だけだ。

では晴夏はキャンパスのどこで牛男を見たのか。牛男が警備員の詰め所で名刺を落とすのを見ていたのか。だがあのとき近くにいた学生は男だけだった。

となれば可能性は一つしかない。秋山教授の研究室を訪れたとき、マスクを着けた若い女が牛男たちを応接室へ案内してくれた。あの女が晴夏だったのだ。

牛男はごくりと唾を呑んだ。晴夏は牛男と一度会っているのに、わざと知らない振りをして正体を隠していたことになる。

――ファンの振りをしていろんな推理作家に近づいて、肉体関係を持ちたがるんだって。

榎本の言葉が耳の奥でよみがえる。

牛男はライターの火を消した。部屋がふたたび暗闇に包まれる。

「お前、おれと初対面じゃねえだろ」

時間が停まったような沈黙。

「知ってるぜ。やたらと推理作家と寝たがるいかれたビッチがいるって。お前の狙いは何なんだ？」

シーツが擦《こす》れる音に続いて、晴夏の小さな吐息が聞こえた。

「しらばっくれんなよ。お前、秋山教授の助手だろ？」

「違う。わたしは助手じゃない」髪が揺れる音。「あれはわたしの父親」

「ちちおや？」声が裏返った。

「そう。わたしの本当の名前は秋山晴夏。ねえ先生、信じて。確かにいろんな作家と寝たけど、大亦先生は特別なの」

晴夏の冷たい指が首に触れた。

「お前の狙いは何なんだ？」

「狙いなんてない。わたしは自分らしく生きたいだけ」

「うるせえ。自分に酔ってんじゃねえよ」

牛男は思い切り晴夏の肩を突き飛ばした。

息を呑む音がベッドの向こうへ落ち、ビールジョッキを割ったような破裂音が響いた。ベッドが上下に揺れる。

五秒、十秒と沈黙が続いた。

「……だ、大丈夫か」

牛男はベッドを下り、ドアの横のスイッチを押した。

薄い照明が、仰向《あおむ》けに倒れた晴夏を照らす。

壁の鏡が割れ、破片が床に散乱している。そのうちの一つ、氷柱《つらら》のように尖《とが》った破片が、晴夏の首を裂くように深々と刺さっていた。

脂汗が背筋を流れる。麻痺《まひ》したように身体が動かない。

「おい、何か言えよ」

なんとか声を絞り出した。

「何か言えって」

「――ん？」

晴夏が薄目を開けてつぶやいた。上半身を起こし、髪についたガラスの粒を払う。首がずり落ちないか心配になった。

「割っちゃった。弁償させられるよね」

晴夏が赤い枠を見上げる。枠に残った牙《きば》みたいな鏡に、晴夏の目玉がいくつも並んで見えた。

「おい。救急車を呼ぶか？」

「救急車？　なんで？」

晴夏は薄い笑みを浮かべて立ち上がった。喉にはガラスが刺さったままだ。傷から溢れた膿《うみ》みたいな液体が、鎖骨を越えて胸へ流れた。

「ねえ、もう一回しようよ」

晴夏がバスタオルを腰にかけて言う。耳に息がかかった。なぜ平然としていられるのか分からない。

「お前、痛くねえのか？」

「どこが？　別に大丈夫だよ」

晴夏は首を傾げた。見れば尻《しり》にもガラスの破片が刺さっている。首の神経が切れて痛覚が駄目になったのだろうか。鏡を見れば異変に気づくだろうが、あいにくバラバラに砕けて床に散らばっている。

そういえば「べろべえろ」で酒を飲んでいたとき、腹を裂かれた刺身の蟇蛙が舌を伸ばして蠅を食っていた。動物は案外、自分が死にかけていることに気づかないものらしい。

牛男は晴夏にばれないように、シーツで掌の汗を拭《ふ》いた。

「お前、おれと会うのを誰かに話したか？」

「言うわけないじゃん。なんで？」

晴夏が大げさにまばたきをする。嘘を吐いているようには見えなかった。こいつが死んでも、警察が牛男にたどりつく可能性は低いはずだ。

「急用を思い出した。帰る」

乾いた喉から声を絞り出した。晴夏に尻を向け、床に脱ぎ捨てた服を身に着ける。

「えー。帰っちゃうの？　まだ一回しかしてないよ」

晴夏が子どもみたいに駄々をこねる。牛男は晴夏をベッドに押し倒した。首がふにゃりと曲がり、膿みたいな汁が噴き出す。牛男は心臓が飛び出そうになった。

「――――」

晴夏の肢体を見下ろして、ふと違和感を覚えた。下腹部がぽっこりと膨れている。妊婦か酒飲みの中年みたいだ。

「そんなに見たいの？」

晴夏が両足を開いて、見当違いなことを言う。

「あの世で母ちゃんに会ったら、意識があったか教えてもらえよ」

牛男はルームキーを置いたまま部屋を出た。

エレベーターで一階へ下り、足早にロビーを駆け抜ける。料金は前払いだし、オプションも使っていないから、精算は必要ないはずだ。

ワンボックスカーを下りるデリヘル嬢と玄関口で鉢合わせし、顔を伏せて横を通りすぎた。軽自動車に乗り込み、キーを差してアクセルを踏み込む。

住宅街には夜の帳《とばり》が下りていた。寂れたアパートの窓から薄明かりが洩れている。

駐車場を出て曲がりくねった路地を進み、片側二車線の国道に出た。

道を走っていると不安の種が次々と浮かんできた。

首の千切れかけた晴夏が生き延びるとは思えない。死体が見つかればホテルは警察を呼ぶだろう。ドアノブや照明のスイッチには牛男の指紋が残っているし、ゴミ箱には精液の入ったコンドームが捨ててある。すぐに特定されることはなくても、何かのきっかけで警察に目を付けられたら、牛男は言い逃れできない。晴夏が死ぬ前に、ホテルの従業員や救急隊員に牛男の名前を伝えていたら一巻の終わりだ。

推理作家が女子大生を殺害。そんな週刊誌の見出しが脳裏に浮かんだ。

ふいに赤信号が目に入り、白線の直前でブレーキを踏んだ。赤ら顔の中年男が目をひん剝いてこちらを見ている。あやうく轢《ひ》き殺すところだった。

牛男はハンドルから手を離して深呼吸をした。どうせ人間は死ぬ。晴夏は運が悪かっただけだ。誘ってきたのは向こうなのだから、牛男が責められる筋合いはない。考えるだけ無駄だ。

国道を五分ほど進むと、高速道路のインターチェンジが見えた。これで兄埼市から離れられる。牛男はアクセルを踏み込んだ。

料金所のブースでは小太りの男が眠そうに船を漕《こ》いでいた。深夜の利用者は少ないのだろう。顔を覚えられないように背中を丸めて、窓ガラスを叩《たた》いた。

「おっさん、能見までいくらだ――」

中年男が顔を起こす。

ズボンのポケットから財布を取り出そうとして、血の気が引いた。

財布がない。座席の下を覗《のぞ》いてもマットに泥がこびりついているだけ。ホテルに落としてきたようだ。

財布には免許証も入っている。最悪だ。

「千四百円だよ。お客さん？」

男が不審そうにこちらを見ている。

「忘れ物をした」

肩を丸めたまま言って、バックで料金所を出た。上ってきたばかりの道を逆走して「あにさきスイートホテル」へ向かう。立ち並ぶアパートが牛男を嘲笑《あざわら》っているような気がした。

ホテルの看板から十メートルほどの路上に車を停める。小走りに玄関へ向かい、無言のままロビーを通り抜けた。エレベーターで三階へ上り、三〇九号室へ向かう。

廊下を曲がったところで、若い男と鉢合わせをした。顔色の悪いデブで、耳と鼻に大量のピアスが並んでいる。まち針クッションみたいだ。サイズの合わないエプロンを着けて、バケツやモップを積んだカートを押していた。

「あっ、すいません」

男が顔を伏せて、客室のドアにルームキーを差そうとする。清掃係らしい。

「待て。その部屋の客だ」

「あれ？　ここの客は帰ったはずなんですけど」清掃係がカートにぶら下がったバインダーを手に取り、紙をなぞる。「別の部屋じゃないですか」

「終電を逃したんだ。やっぱり朝まで泊まることにした」

「一回、フロントに言ってもらえます？」

「なんでだよ。宿泊代は払ってんだぞ」

牛男が声を低くすると、清掃係は「すいません」と頭を下げ、牛男にルームキーを手渡した。物分かりの良いデブだ。

清掃係が廊下の角に消えるのを待ってキーを差し、部屋のドアを開けた。暖房の効いた乾いた空気。芳香剤と黴の混ざった臭い。ドアの横のスイッチを押して明かりをつける。

部屋には誰もいなかった。ベッドに倒れていた晴夏は姿を消している。ワンピースも下着もない。すべて幻覚だったのかと期待したが、床には鏡の破片が散乱し、シーツには黄色い染みが残っていた。

晴夏はどこへ行ったのか？　首が千切れかけているのに、自力で家に帰ったとは思えない。救急車が来たのなら清掃係が覚えているはずだ。誰かが晴夏の死体を運び出したのだろうか。

牛男は茫然《ぼうぜん》とシーツに浮かんだ染みを見つめていた。

6

瞬く間に七日が過ぎた。

女子大生のファンができた喜びは、底知れぬ不安と後悔に変わっていた。アルバイト先の店へ行く気にもデリヘルを呼ぶ気にもなれず、自宅と「べろべえろ」を往復するだけの日々が続いた。

その日の空は低い雲に覆われていた。「べろべえろ」で酒を飲む金もなくなり、牛男はコンビニの駐車場で車止めのブロックに座って発泡酒を呷《あお》っていた。

つまみを買おうと腰を上げて、向かいのビルに人だかりができているのに気づいた。貧乏そうな若い男ばかりが集まっている。酒でも配っているのだろうか。

背後から覗いてみると、ビルの壁にピンクと緑のポスターが貼ってあった。地下に小劇場があるらしく、男たちは開場を待っているらしい。アイドルのイベントだろうか。

ポスターには「劇団ビルハルツ企画 昆虫人間の顔面串刺しショー」とあった。ショータイトルの下で、顔に黒のインクを塗った女がうつろな笑みを浮かべている。女の頬には団子の串みたいに細い針が刺さっていた。随分と悪趣味なショーがあるものだ。

ひょっとすると晴夏も、首にものが刺さっても平気でいられるような、特別な訓練を受けていたのだろうか。そんな馬鹿げた空想が頭をよぎる。

胸の悪い気分のまま駐車場へ戻ると、携帯電話の着信音が鳴った。

まさか晴夏が？ 通話ボタンを押した瞬間、

「大亦さん、原稿はどうですか？」

すかした男の声に落胆した。茂木の生意気な顔が目に浮かぶ。

「おい茂木。もう作家はやめた。編集長にもそう言っとけ」

「二日酔いですね。怒鳴っても締め切りは延びませんよ」

「そんなんじゃない。おれはもう駄目なんだ。この前の土曜日にな――」

言葉の代わりに乾いた咳《せき》が洩れた。

女子大生の首を切って殺したかもしれない――そんなことを言っても酔っ払いの妄言にしか聞こえないだろう。挙句の果てに、その女子大生は忽然と姿を消してしまったのだ。

「――おれはひどい目に遭ったんだ。全部お前らのせいだからな」

「そうですか。もし本当に作家をやめるときは、飲食代を十五万円ほど請求させてもらうので教えてください」そこで茂木は声を小さくした。「それより大亦さん、すごいことがあったんです。びっくりしますよ」

　どこか屋外にいるらしく、受話口から騒々しい雑音が聞こえてくる。

「何だよ。昆虫人間が攻めてきたか？」

「ぼく、装丁作家さんと打ち合わせで白峰市に来てたんですよ。そしたら帰りしなに交通事故の現場に出くわしまして」

　白峰市。牛男も知っている地名だ。

「住宅地で人がトラックに轢かれちゃったみたいで、警察官と救急隊員とテレビのリポーターで道がごった返してるんです。ミステリ編集者としては、やっぱり血が騒ぐじゃないですか。それで野次馬に交ざって様子を眺めてたら、見覚えのあるご老人が現れたんです」

「母ちゃんか？」

「秋山雨教授です」

　深い皺の刻まれた顔が瞼《まぶた》によみがえる。

「あのジジイがトラックで人を撥《は》ねたのか？」

「いえ。轢かれて亡くなった方が秋山教授の娘さんだったみたいです」

　携帯電話を落としそうになった。口の中に苦い味が広がる。

　秋山教授の娘——晴夏のことか？

「……も、もう一度言ってみろ」

「だから秋山教授の娘さんが轢かれたんです。記者の人たちが話してるのを聞いたんですけど、トラックに二十メートルくらい引き摺《ず》られたらしくて、お腹から下がぐちゃぐちゃだったみたいです。さすがに助からないでしょうね」

茂木が飄々《ひょうひょう》とまくしたてる。

おそらく轢かれたのは晴夏だろう。だが兄埼市のラブホテルで重傷を負った彼女が、なぜ白峰市の路上に現れたのかが分からない。

「お前も現場を見たのか？」

「いえ、今は規制テープが張られてて、遠くにトラックが見えるだけですね。これがまた異様なんです。ボンネットがぺしゃんこに潰れてるのに、血が付いてなくて、代わりに膿みたいな液体がべったり付いてるんです」

ラブホテルのベッドシーツに浮かんだ黄色い染みが脳裏をよぎる。やはり晴夏だ。

「もう一つ、びっくりしたことがありまして。事故が起きてから五分くらい、彼女の悲鳴が一帯に響いてたらしいんですけどね。彼女、こう叫んでたそうです。——みずをくれって」

腹の底が冷たくなった。

死にかけの奔拇族の男がくりかえしていた台詞と同じだ。

人は死に瀕《ひん》すると喉が渇くものなのか。それとも奔拇族を集団死に追いやったのと同じ何かが、晴夏を襲ったというのか。

「うわ、何だこれ。大亦さん、現場にミミズみたいな虫が大量発生してるんですよ。何でしょうね、これ。大亦さん？――」

牛男は通話を切って、軽自動車に乗り込んだ。

小劇場の入り口はあいかわらずの人だかりだ。クラクションを鳴らして道を空けさせ、強引にアクセルを踏み込む。

アパートへは五分もかからなかった。激しい頭痛と吐き気を堪《こら》えてドアを開ける。床に這《は》い蹲《つくば》ったままテレビの電源を入れた。

チャンネルをいくつか変えると、スーツ姿のリポーターが現れた。テロップには「白峰市でトラック暴走 女性死亡」とある。住宅地に張られた規制テープの向こうに、警察官や救急隊員の姿が映っていた。

「――秋山晴夏さんは交際相手から逃れようとマンションを出たところを撥ねられ、こちらの道路までトラックに引き摺られました」

リポーターがはっきりとそう言った。

「トラックを運転していた齊藤運也《さいとうゆきや》容疑者は、秋山さんを撥ねたことで気が動転し、頭が真っ白になってしまったと供述しています。また秋山さんの交際相手で、秋山さんへの暴行の疑いで逮捕された榎本桶容疑者も、全面的に容疑を認めているとのことです」

えのもと？

牛男は耳を疑った。

「榎本容疑者は警察の調べに対し、男女関係のもつれから口論になり、顔や腹を殴る暴行を加えたと供述しています。警察では引き続き事故の状況を詳しく調べています――」

画面の右下に、見覚えのある顔写真が現れた。榎本桶が学ランを着てピースサインをしている。施設を卒業するとき、牛男たちと一緒に撮った写真だ。

あいつも推理作家だから、晴夏と肉体関係を持っていたとしても不思議はない。異常なファンがいると警告してきたのもあいつだった。

問題は晴夏だ。彼女は一週間前、牛男にベッドから突き落とされ、首を裂く大怪我をしていたはずだ。あの状態から一週間も生きていられるとは思えない。なぜ榎本に暴行され、トラックに撥ねられて死んだことになっているのか。

祈るような気持ちで榎本に電話をかけた。すぐに発信音が途切れる。

「おかけになった電話は電波の届かない場所にあるか、電源が入っていないため――」

牛男はわけが分からないまま、テレビから流れる不快な音を聞いていた。

招待

1

大亦牛汁様

天城菖蒲はこの度、『水底の蠟人形』での作家デビューから二十年の節目を迎えることができました。

わたしが作品を発表し続けてこられたのは、同じ時代に推理作家として健筆を振るう皆さまの作品に、二十年にわたり背中を押されてきた結果です。

そこでささやかながら、同朋の皆さまへ、恩返しのパーティを企画いたしました。

詳しくは別紙をご参照ください。

ぜひご参加いただきたく、八月十六日、条島にてお待ちしております。

天城菖蒲

＊

アパートの玄関口で、牛男は寝惚《ねぼ》け眼を擦《こす》った。

郵便受けから溢《あふ》れた大量のチラシが床に散らばっている。見て見ぬ振りをするわけにもいかず掻《か》き集めていると、マッサージやら水道修理やらのチラシに交じって、クリーム色の洒落《しゃれ》た封筒が出てきた。消印は一月《ひとつき》以上も前だ。

封を千切ってみると、結婚式の招待状みたいな上質紙が出てきた。二回読んでようやく意味が分かったが、三回読むとまた分からなくなった。

牛男は十年前に『奔拇島の惨劇』という推理小説を出版したことがある。今となっては推理オタクでも覚えている人は少ないだろうし、そもそも牛男が書いたわけでもないので大した思い入れもないのだが、この手紙の差出人は自分を作家と見なしているらしい。よほど『奔拇島の惨劇』が気に入ったのか。あいにく天城《あまき》菖蒲《あやめ》という名前は聞いたことがなかった。

封筒から別紙を取り出そうとしたところで、携帯電話の着信音が鳴った。

「店長、時間やばいです」

あいりの声だった。腕時計を見ると十時半を過ぎている。そういえばこの腕時計も、九年前にファンを自称する女にもらったものだ。

「店長、聞いてます？」

苛立《いらだ》った声が牛男を現実に引き戻した。感傷に浸っている場合ではない。今日も十一時から予約が入っていた。

「聞いてるよ。待ってろ」

牛男は招待状をポケットにねじ込んで、待機部屋のあるマンションへ向かった。


「店長、また太りましたね」

あいりは助手席に乗り込むなり余計なことを言った。

サイドガラスに映った牛男は引退後の力士みたいな締まりのない風貌《ふうぼう》をしている。体重は八十五キロを超えていた。三十を過ぎて収入が安定し、まともな飯が食えるようになったせいで節制が利かなくなってしまったのだ。

「命がけの仕事だからな。ストレスが溜《た》まんだよ」

牛男が腹の肉をズボンに押し込むと、

「女の子を客に送り届けるだけじゃないですか。糞客《くそ》に焼き入れんのもオーナーですし。あたしたちのほうがよっぽど命がけですよ」

あいりがクッキーを頬張りながら愛想のないことを言った。手首のブレスレットが揺れる。

「お前だって油断してるとすぐに豚になるぜ」

「あたし？　あたしは平気です。店長と一緒にしないでください」

自分で言うだけあってあいりはスタイルが良く、顔立ちもアイドルみたいに可愛らしかった。左上顎《うわあご》の銀歯があどけなさを強調していて、それが客のすけべ心をくすぐるのだ。リピーターが多く、指名数一位を半年近く守り続けるうちの看板嬢だった。

「良いブレスレットだな。常連客にもらったのか？」

牛男が機嫌を取ろうと調子の良いことを言うと、

「面接のときから着けてましたよ。店長って本当に人のこと見てませんよね」

あいりはブレスレットを隠すように右手を背中に回した。

「そりゃあれだ。似合い過ぎて気づかなかったんだ」

「まあ、もう十年くらい着けてますからね」

「十年前っつったら小学生じゃねえか。初恋の相手にもらったのか？」

「あたし、二十六ですけど」

「へえ。そうか。思ったより年増《としま》だな」

牛男は声を詰まらせた。機嫌を取るつもりが墓穴を掘っている。これであいりが出勤しなくなったら、牛男はオーナーの玉島《たましま》に殺されかねない。

「二十六は良い。愛嬌《あいきょう》と色気が揃ってるからな。お前、デリヘルはいつから？」

「ここが初めてですけど」

「遅咲きだな。なんでやろうと思ったんだ？」

「今さらそんなこと聞きます？」

あいりが心の底からうんざりした顔をした。

「おかしいな。デリカシーを布団に置いてきちまったみたいだ」

「別に理由なんてないです。強いて言えば勉強――いや取材ですかね」

あいりは妙なことを言って、クッキーを口に放り込んだ。

能見市郊外のラブホテルにあいりを送り届けると、出迎えまでの時間が暇になった。次の予約がないのに事務所へ戻るのも億劫《おっくう》だ。コンビニの駐車場にミニバンを停め、シートを倒して煙草をふかした。

牛男はくたくただった。両足が鉛のように重く、喉《のど》が擦《かす》れ、目も腫《は》れている。

デリヘル「たまころがし学園」の店長に就任して早三年。二人のスタッフでなんとか店を回してきたが、二週間前に状況が一変した。ドライバーの三紀夫《みきお》が何者かに襲われ、重傷を負ったのだ。

三紀夫は「たまころがし学園」の事務所と待機部屋があるマンションの一階で、血だるまになって倒れていた。人気嬢のみつはをホテルに送り届け、事務所へ帰ろうとしたところを襲われたらしい。頭蓋骨《ずがいこつ》から脛骨《けいこつ》まで十七か所の骨が折れ、右の眼球が破裂し、肝臓が斜めに曲がっていた。傷口に塗料が付いていたことから、犯人は量産品の金属バットで三紀夫をタコ殴りにしたと見られている。犯人はまだ捕まっておらず、三紀夫は今も能見総合病院に入院中だ。「たまころがし学園」で働く前は詐欺グループで受け子をしていたというから、その筋で誰かの恨みを買ったのかもしれない。まともな職場なら営業している場合ではないのだが、オーナーの玉島は「たまころがし学園」の休業を認めなかった。リピーターが離れ、売上が落ちるのを避けたかったのだろう。おかげでこの二週間、牛男は電話受付から送迎、面接までをすべて一人でこなさなければならなかった。

朝一の送迎が午前十一時前に始まって、終わるのが深夜十二時過ぎ。その合間にもサイトを更新したり女の子の相談に乗ったりしなければならず、息をつく暇もない。肩の力を抜けるのは送迎の空き時間くらいだ。

牛男はコンビニで週刊誌を買ってくると、座席にもたれて目次を眺めた。芸能人の暴行疑惑やら泡沫《ほうまつ》候補のスキャンダルやら、代わり映えのない見出しが並んでいる。

どこかのタレント医師がクルージング中に鯨と衝突して首の骨を折ったらしい。良い気味だ。

ぱらぱらとページを捲《めく》っていて、ふと見覚えのある写真が目に留まった。車椅子に座った老人の切り抜き写真だ。見出しには「秋山雨教授が追い続けた島民大量死の謎」とある。

いかにも週刊誌らしい仰々しい文章で、文化人類学者の秋山雨が昨年の十二月に大腸癌で亡くなったこと、娘が死んでから浮かされたように奔拇族大量死事件の調査に打ち込んでいたこと、死の前日まで事件の資料を読み漁《あさ》っていたことが綴《つづ》られていた。摩訶大学のキャンパスで顔を合わせたときの、射貫《いぬ》くような眼光がよみがえる。あれから二年後には、秋山の自宅に不審者が侵入したというニュースが報じられた。犯人は書斎や倉庫を荒らしていたが、財布や通帳には手を付けなかったという。犯人の目的は分かっていない。このときテレビでインタビューを受けた秋山は、もう少し矍《かく》鑠《しゃく》としていたはずだ。週刊誌に掲載された晩年の姿は、髪が抜け、背が曲がり、くたびれた妖怪《ようかい》のようになっていた。

記事によれば、奔拇族が大量死した事件の真相はいまだに謎に包まれているらしい。内戦説、細菌感染説、集団パニック説といったまっとうな説から、邪霊降臨説、巨大生物襲来説といった悪ふざけのような説まで、さまざまな憶測が飛び交っているという。秋山宅への侵入事件が起きてからは、大国の情報機関や環境保護団体の関与を疑う陰謀説も囁《ささや》かれていた。

芋蔓式《いもづるしき》に九年前の記憶がよみがえってくる。晴夏を暴行した容疑で捕まった榎本桶は、今どこで何をしているのだろう。すでに刑期を終えたはずだが、音沙汰《おとさた》はない。閑静な住宅街でトラックが暴走したことに加え、事故のきっかけをつくったのが若い推理作家だったことが世間の好奇心を煽《あお》り、当時は随分とセンセーショナルな報道が行われた。榎本が運営していたネット古書店の売上から、榎本と晴夏が出入りしていたラブホテルの部屋の特徴まで、事件と何の関係もないことがさも大事のように取り上げられた。その後の裁判でも二人の関係が取り沙汰され、赤裸々な話題がワイドショーを賑《にぎ》わせたのを覚えている。

あの頃はまるで、日常が悪夢に呑《の》み込まれてしまったかのようだった。気づけば九年が経ち、牛男はデリヘルの店長としてのらりくらりと生きている。我ながらでたらめな人生だ。

感傷的な気分に浸っていると、いつのまにか終了時刻が近づいていた。駐車場からミニバンを出し、ラブホテルの前でエンジンを切る。

五分ほどでエントランスのドアが開いた。あいりが四十過ぎの男と手を繋《つな》いで出てくる。男は高級そうなジャケットにサングラスを合わせていたが、禿《は》げ上がった頭と太鼓腹がそれを台無しにしていた。この仕事をしていれば毎日見るタイプの客だ。デニムパンツの内腿《うちもも》のあたりには色の濃い染みができていた。

あいりがお辞儀をして、笑顔で両手を振る。それでも男は楽しそうにべらべらと話し続けていた。鈍感なやつだ。あいりがミニバンの助手席に乗り込むまで、男はホテルの前を動かなかった。

「あー、お腹空《す》いた」

ドアを閉めるなり笑みを消し、食べ残しのクッキーに齧《かじ》りつく。

「あの客、漏らしたのか？」

牛男はハンドルを回しながら尋ねた。

「違いますよ。ローションを引っかけたんです」

「新規だよな。苗字《みょうじ》は佐藤、偽名だな。どうだった？」

「うーん。気に入ってくれたみたいですけど、変な人でした」

「頭の鈍そうな面《つら》だったな」

「それもですけど」あいりは舌を嚙《か》んだような顔をする。「どこってわけじゃないんですけど、何かおかしいんですよね。あ、携帯電話をすごいいっぱい持ってました」

「何だそりゃ。飛ばし携帯の転売屋か？」

「分かりません。あ、店長、コンビニ行きたい」

あいりが看板を指して言う。十分前まで牛男が羽を休めていたコンビニだった。

駐車場にミニバンを停めると、あいりは助手席を飛び降りて駆けていった。

女の子が辞めないように我が儘《まま》を聞いてやるのは、この仕事の鉄則だ。オーナーの玉島も看板嬢のあいりには頭が上がらない。

牛男も新鮮な空気が吸いたくなって、ミニバンを下りた。コンビニから甘い匂いが漂ってくる。太陽の光が眩《まぶ》しい。

「――」

道路を流れていたバイクの走行音が、ふいに背後へ迫ってきた。

アスファルトの擦れる音。

振り返るのと同時に、顔面に激痛が走った。ボンネットに腰を打ちつける。視界が明滅し、気づけば足元に嘔吐《おうと》していた。

唇を拭って顔を上げる。ヘルメットをかぶった男が金属バットをかまえていた。すぐ後ろにバイクが倒れている。

牛男が後ろへ飛びのくのと同時に、金属バットが目の前の空気を切った。ガラスの割れる音。運転席の窓に罅《ひび》が入った。

明らかに牛男を殺そうとしている。三紀夫を襲ったのもこの男に違いない。

「痛ってえな。うちの店に恨みでもあんのか――」

「佐藤さん？」

後ろからあいりの声が聞こえた。ヘルメットの男がびくんと肩を震わせる。

振り返ると、コンビニの前であいりがぽかんと口を開けていた。右手にアイスとガムの入ったレジ袋を提げている。

「佐藤さん、何してるんですか？」

あいりがヘルメットの男に尋ねる。言われてみると、ホテルの前であいりと話していた男に背恰好《せかっこう》がよく似ていた。とくに太鼓腹がそっくりだ。デニムパンツには漏らしたような染みが残っていた。

「――あ、いや」

男の声は子どもみたいに甲高かった。あいりが野球のピッチャーみたいなフォームでアイスバーを投げる。ヘルメットにぶつかって、シールドの中から悲鳴が洩《も》れた。

「くそっ」

男は逃げるように踵《きびす》を返し、バイクのエンジンをふかして駐車場を出て行った。

何がなんだか分からない。牛男はミニバンのドアを開け、頭から後部座席に倒れた。

鼻の穴から血が噴き出てくる。

「おい、今のは何だ」

「あずきバーですけど」

「お前、余裕綽々だな。なんでもっと早く助けにこねえんだよ」

「すいません。でもヒロインはちょっと遅れてくるんですよ」

あいりは珍しくおどけたことを言った。ポーチからティッシュを取り出し、牛男の顔に押し付ける。ティッシュがみるみる赤く染まった。

「金属バットを顔面にフルスイングだぞ。脳味噌《のうみそ》が漏れたかと思った。お前、あいつにおれの悪口でも言ったのか？」

「言ってませんよ。あたしのせいにする気ですか？」

「それじゃなんで襲ってきたんだ。暑くて頭がおかしくなったのか？」

「違います。あの人、ドライバーに顔を覚えられるのが嫌だったんですよ」

あいりは汚いものに触れるような手つきで、牛男を座席の奥へ引きずり込んだ。

「何言ってんだ。デリヘルのドライバーなんか客にはどうだっていいだろ」

「でも三紀夫さんと店長が続けて襲われた以上、佐藤さんはドライバーを狙ったことになりますよ」

「そんなことして何の意味があんだ」

「ヒントは佐藤さんが新規客の振りをしていたことです。本当は二週間前にもみつはちゃんを呼んで、送迎の三紀夫さんを襲ってたわけですよね。つまりうちの店は初めてじゃないのに、初めての振りをしたことになります。あの人、自分が呼んだ女の子に、他の子とも遊んでるってばれるのが嫌だったんですよ。だから携帯電話をたくさん契約して、同じ番号で違う子を呼ばないようにしてたんです。でもドライバーに顔を覚えられたら、番号を変えてるだけの同一人物だってばれちゃいますよね。そしたら女の子にも浮気が知られちゃいます。ホテルから一緒に出てこなきゃ良いんですけど、今日はあたしのプレイが気持ち良すぎて、最後まで一緒にいたくなっちゃったんでしょう。だからドライバーの頭をぶん殴るしかなくなっちゃったんです」

あいりは流暢《りゅうちょう》に言って、シートの間から助手席へ戻った。言われてみれば筋が通っている。

「お前、すげえな。推理小説オタクか？」

「ミステリは好きですよ。オタクじゃないですけど」

「部活を当ててやる。野球部だ」

「さっき物を投げたからですか？　残念。ソフトボールです」

あいりが手首を前後に捻《ひね》る。ブレスレットが揺れた。

「で、店長。鼻血止まったら運転できます？」

「どう見ても無理だろ。フルスイングだぞ」

「分かりました。じゃあオーナー呼ぶんで携帯貸してください」

あいりは助手席から腕を伸ばして、牛男のズボンのポケットをまさぐった。紙が擦れる音が聞こえる。

「へ？」

あいりが奇天烈《きてれつ》な声を出した。

首を持ち上げると、あいりがクリーム色の封筒を手にしていた。アパートの郵便受けに届いていた、あれだ。

「店長、ミステリ作家だったんですか？」

封筒から招待状を取り出し、狐につままれたような顔で言う。ばれた。

「そうだよ。すげえだろ」

「おおまたうじゅう……え、『奔拇島の惨劇』の？　まじ？」

「まじだよ。尊敬したか？」

あいりはポーチを開けると、底のほうからクリーム色の封筒を取り出した。

「あたしもなんですけど」

2

「てめえ、舐《な》めてんのか」

牛男は天井のセンサーに唾《つば》を飛ばした。

目覚めた瞬間からろくでもない一日になりそうな予感がしていたが、よりによってホテルを出るところからつまずくとは。牛男は防犯カメラに中指を立てた。

様子を見かねたホテルの従業員が玄関口へ駆け寄ってくる。センサーに近づいたり離れたりを何度かくりかえして、ようやく自動ドアが開いた。

海風が吹きつけ、目の前に大きく太平洋が開ける。波止場を行き交う漁師たちに交じって、ちらほらと余所者《よそもの》らしい男女の姿があった。コンテナの裏ではあいりが海鳥を見上げている。

腕時計は六時五十分を指していた。集合時刻まであと十分だ。

出発が早朝ということで、招待状には前泊用のホテルのチケットが同封されていた。金持ちの考えることは気が利いている。

「たまころがし学園」は今日から五日間の臨時休業に入っていた。このタイミングで玉島が休業を決めたのにはややこしい理由がある。牛男が襲撃されたことで、玉島は佐藤に焼きを入れないと顔が立たない状況に追い込まれた。だが肝心の佐藤を追う手立てがない。ケツ持ちのヤクザを動かすにも被害が足りない。そこで玉島は、「休業に追い込まれた」という架空の被害をつくりだすことにしたのだ。とはいえ一週間先まで埋まっていた人気嬢の予約を取り消すわけにもいかず、牛男は昨日の深夜まで働き詰めだった。

「よおヒロイン。今日は早起きだな」

牛男が背中を突《つつ》くと、あいりは跳び上がってイヤフォンを外した。深夜まで働いていたのはあいりも同じだが、こちらは普段よりも血色が良い。舌の上でガムが弾むのが見えた。

「変態に襲われたのかと思った」

あいりが糞を踏んだような顔をする。牛男が作家だと知ってからというもの、あいりはそれまで以上に平気で罵詈《ばり》雑言《ぞうごん》を吐くようになった。似た者同士なら足蹴《あしげ》にして良いと思っているらしい。

「おれもあいりとバカンスに出かける日がくるとは思わなかったぜ」

「ちょっと、あたしは金鳳花《きんぼうげ》沙希《さき》。絶対に源氏名で呼ばないで」

あいりが声を落として牛男を睨《にら》む。

「だせえペンネームだな。婆さんみたいだぞ」

「しょうがないじゃん。高校生のときは最高だと思ったの」

あいり――ではなく金鳳花沙希が作家デビューしたのは、今から十年前のことだ。デビュー作は『春宮鈴子《はるみやすずこ》の推理』。滝城《たきしろ》高校二年生で女子ソフトボール日本代表の春宮鈴子が、個性豊かな仲間たちと協力しながら、学園の謎を解き明かしていく物語だ。

デビュー当時の沙希は十六歳で、学園を舞台にした等身大の謎解きミステリは好評をもって迎えられたらしい。

沙希は高校卒業後、年に二、三冊のペースで滝城高校シリーズの刊行を続けた。だが五年目を過ぎた頃から部数が伸び悩むようになる。そこで昨年、約一年の沈黙を破って刊行したのが『デリヘル探偵の回転』だった。主人公のかなめは国内最高級のロリ系デリヘルでトップを張るデリヘル嬢だが、実はもう一つの顔を持っている。彼女はイソジンでうがいをすることで類稀《たぐいまれ》なる推理力を発揮するデリヘル探偵だったのだ。女子高生作家からの大胆な作風の変化が話題を呼び、この作品は滝城高校シリーズを遥かに上回る大ベストセラーとなった。

「たまころがし子に改名しろよ。作品にも合ってるぜ」

「なんで一発屋のアドバイスを聞かなきゃなんないの」

あいりが口角の片方を持ち上げる。唇の隅に銀歯が光った。

「すみません、条島《さなだ》へ行く方ですか？」

覚えのない声に振り返ると、怪物みたいな男が立っていた。牛男にも劣らない巨漢で、顔のあらゆる皮膚に金属のピアスをぶら下げている。年齢は三十代半ばだろうか。夜道で出くわしたら引き返したくなる風貌だが、よく見ると小心者の子どもみたいな顔をしていた。

「すげえ面《つら》だな。SM作家か？」

牛男が憎まれ口を叩《たた》くと、あいりが牛男のブーツを踏みつけた。

「あたしは金鳳花沙希。こっちは大亦牛汁さん。あたしたちも条島へ行くところです」

「金鳳花先生に大亦先生！　お会いできて光栄です。ぼくは四堂《よんどう》饂飩《どん》といいます」

怪物が畏《かしこ》まった表情で大げさに頭を下げる。

「ふざけた名前だな。実家が饂飩屋なのか？」

「いえ。靴屋を営んでいます」

「四堂先生はユーモアミステリの鬼才だよ。『ギャラクシーレッドヘリング』はあたしの生涯ベストテンに入る作品です。特殊な世界観を活《い》かした、読者の予想をくつがえす推理が強烈でした」

あいりがわざとらしく胡麻《ごま》を擂《す》ると、

「ありがとうございます。ぼくも滝城高校シリーズ大好きです。『春宮鈴子の卒業』で鈴子が嘘の推理を披露したのには驚きました。ただ真相を追及するだけじゃない、葛藤《かっとう》する人間として鈴子が描かれているのが好きなんです」

饂飩は「いやあ」「うふふ」と気味の悪い声を交えながら言った。

「お前は天城菖蒲とも面識があんのか？」

「いやいや、まさか」饂飩が頭《かぶり》を振る。「天城先生は誰も正体を知らない、本物の覆面作家ですよ。『水底草子』の条島へ招待してもらえるなんて夢みたいです」

「みなそこそうし？」

「天城先生が日々の暮らしを綴ったエッセイ集です。虚実が綯《な》い交ぜにされているのが特徴で、都内のバーでしっぽり飲んだ次の日、異国の熱帯雨林を彷徨《さまよ》っていたりします。条島の別荘で小説を書いてる場面がよく出てくるんですけど、本当に島に住んでいるのか、あるいはこれも幻覚なのか、ファンの間で物議を醸していたんです。読んでみますか？」

饂飩がショルダーバッグから本を取り出そうとするので、牛男はジッパーを引く手を押さえた。

「おれはハワイみたいなのを期待してたんだが、条島ってのは厭世《えんせい》作家が好むような島なのか？」

「西之島《にしの》から南西に二十キロの無人島ですから、道楽で住むような島じゃありませんね。東京湾から父島《ちち》経由で二十八時間、チャーター船で直行しても丸一日かかります」

「丸一日？」

今すぐに出発しても到着は明日の朝ということか。

「同じ亜熱帯ですから、気候はハワイと似てるかもしれませんよ」

牛男がうんざりした気分で煙草を吸おうとすると、埠頭《ふとう》をうろついていた小柄な男が近づいてきた。キャップ、ストール、カーディガン、パンツ、スーツケース、すべてが安っぽく貧乏臭い。中学生みたいなドッグタグのネックレスを下げ、わざとらしく煙草を咥《くわ》えている。若い風俗客によくいるタイプだ。

「おはようございます、推理作家の皆さんですね。自殺幻想作家の阿良々木《あららぎ》肋《あばら》と言います。よろしくどうぞ」

小男は澄まし顔で言って、三人と握手をした。牛男もしかたなく掌《てのひら》を握り返す。

「また変なのが出てきたな。自殺幻想？　何だそりゃ」

「心理学では別の意味があるんですが、ぼくは自殺未遂者が生死を彷徨っているときに見る幻想をそう呼んでいます。真っ暗なトンネルに入ったり、お花畑を歩いたり、いろんなパターンがあるんですよ。ぼくは自殺未遂者に取材をして、彼らが見た幻想をもとに小説を書いています。代表作をプレゼントしましょう」

肋がスーツケースから本を取り出そうとする。どうも作家という人種は人に本を読ませたがる習性があるらしい。

「要らねえよ。なんで推理作家じゃねえやつが呼ばれてんだ？」

「ぼくの代表作に『最後の食事』という長編がありまして。いじめられっ子の中学生が見た、ガラスをむしゃむしゃ食べる幻想をもとにした小説なんですけど。これがミステリとしても高く評価されまして、推理作家組合賞をいただいたんです」

「じゃあ本当はミステリには興味がねえんだな」

「とんでもない。大好きですよ。だからこうして参じたわけです」

肋が声を高くする。自慢話を始めると止まらないタイプだ。

「あっ。真坂斉加年《まさかまさかね》先生」

饂飩がホテルの玄関口を指した。

自動ドアの向こうから人影が近づいてくる。牛男と違ってすんなりドアが開き、スーツ姿の男が現れた。短髪を七三に分け、太い眉《まゆ》の下に猛禽類《もうきんるい》のような眼光を湛《たた》えている。年齢は四十くらいだろうか。

「ありゃいかにも作家先生って顔だな」

「本業は麻酔科医だよ。『甦《よみがえ》る脳髄』読んでないの？　死体現象を利用したトリックが最高なのに」

あいりが鬼の首をもいだような顔で牛男を見る。

「お集まりだね。わたしは真坂斉加年。今日は皆さんを条島までお連れすることになっている」

斉加年は校長みたいな口調で言って、値踏みするように一同を見回した。

「天城先生はどちらに？」

「すでに島でお待ちだ。さっそく出発しよう」

斉加年はコンテナの裏手に係留されたクルーザーへ四人を案内した。

クルーザーは全長二十メートル、高さ五メートルほどで、怪鳥の頭みたいな形をしていた。ツルツルと光沢を放っており、手入れが行き届いているのが分かる。船体の側面には PRINCESS HARUKA TOKYO と書かれていた。

「プリンセス・ハルカ・トーキョー。何だありゃ」

「クルーザーの名前だよ」

斉加年が桟橋で足を止めて言う。東京ハルカ王女。愛人の名前だろうか。

「おれなら成金丸《なりきんまる》にするけどな」

牛男は軽口を叩きながら、クルーザーに乗り込んだ。

3

午後七時十五分。太陽は水平線へ沈み、海に夜が訪れていた。

牛男はデッキの手すりにもたれて煙草を咥えた。七輪で串焼き《くしや》にした肉団子の油っぽい臭いがパーカーに染み付いている。ついさっきまで船室に集まって夕食を摂《と》っていたのだが、あいりと肋と饂飩が歯の浮くようなお世辞ばかり言い合っているので、退屈になって風に当たりに来たのだ。

売上ノルマに追われる糞みたいな毎日から抜け出せるかもしれない——そんな期待を抱いて奇妙な旅行に参加したことを、牛男はすでに後悔していた。そもそも自分は作家ではないし、推理小説に興味もない。十年前に一度、偶然手に入れた原稿を出版社に送って生活費を稼いだだけだ。

デッキから落ちる水滴を眺めていると、船室のドアが開く音が聞こえた。

「うわ、店長かよ」

あいりが階段を引き返す振りをする。

「海に落とすぞ。今のお前は商品でもなんでもねえからな」

「あはは、冗談だって。あたしも疲れちゃった」

あいりは手すりにもたれて、海にガムを吐き捨てた。ワンピースの袖《そで》を水飛沫《みずしぶき》が濡《ぬ》らす。

「おれは昔から旅行の運がないんだ。小学校の遠足の朝に母ちゃんが死んで、中学の修学旅行の初日に兄貴が死んだ。今回も最悪なバカンスになる予感がする」

「嫌なこと言わないでよ」

「的中するから覚えとけ」一息に吹いた煙が夜の海に消える。「おれたちを呼んだ天城菖蒲ってのは、そんなに偉い作家なのか？」

「んー、どうかな。大御所ってよりはカルト的なファンが多い作家だね。デビュー作の『水底の蠟《ろう》人形』は映画化もされたけど、若い読者は知らないかも。最近は新刊も出てないし」

そんなことを言いつつも、あいりはすらすらと『水底の蠟人形』のあらすじを語った。

昭和二十二年、海難事故で娘を失った外科医の「わたし」は、年老いた私立探偵・浪川草一《なみかわそういち》の私邸を訪れる。老探偵の暮らす地下室には、死体を象《かたど》った精巧な蠟人形が並んでいた。多くの怪事件を解決しながらも、守れなかった犠牲者への罪の意識に苛《さいな》まれていた浪川は、蠟人形を作ることで、死者の魂を弔おうとしていたのだ。

嵐のため館《やかた》に泊まることになった「わたし」は、地下室で水槽に沈められた蠟人形を見つけ、驚愕《きょうがく》する。水死体を模したその人形は、「わたし」の娘と瓜二《うりふた》つだったのだ——。

「ま、賀茂川書店のベストセラーなら『奔拇島の惨劇』のほうが有名だけどね」

「待てよ。死体は水に浮くだろ。蠟人形は水に沈んじまうから、水死体の再現はできないんじゃねえか」

「そこ？」あいりが苦笑する。「幻想ミステリだから細かいことは良いんじゃないの」

「良くねえよ。『奔拇島の惨劇』がどんだけ難癖を付けられたと思ってんだ」

「人って溺《おぼ》れるとパニックになるから、水をいっぱい飲んで、体内の空気を押し出しちゃうって聞いたよ。水死体はだいたい一度沈んで、腐敗ガスが溜まるとまた浮かんでくるんだって。蠟人形で再現したのは浮かんでくる前の死体だったんじゃない？」

牛男はぐうの音も出なかった。

「水死体に詳しいんだな」

「いちおう推理作家だからね」

あいりは牛男のポケットからシガレットケースを抜き取り、得意げに煙草を咥えた。

「天城菖蒲が高尚そうな小説を書いてんのは分かった。おれ、気難しいおばさんは苦手なんだよな」

「分かんないよ。覆面作家だから、実はあたしみたいな女の子かも」

「デビュー二十周年だろ？　ありえねえよ。下手したら婆さんだぜ」

「天城先生だってデリヘルの店長と女の子が来るとは思ってないでしょ」

あいりが欠伸《あくび》をしながら笑う。

「お愉《たの》しみのようだね」

振り返ると斉加年が立っていた。操舵《そうだ》室から出てきたらしく、黒い手袋を嵌《は》めている。あいりは先生に見つかったみたいに煙草を隠した。

「操縦しなくて良いのか？　どっかのタレント医師みたいに鯨と衝突して、沈んだり浮いたりすんのは御免だぜ」

「このあたりは岩礁もないから、オートパイロットでも問題ない。十年間、毎月欠かさずクルージングをしているが、そんな事故は皆無だ」

斉加年は涼しい顔で牛男の嫌味を受け流した。

「天城先生とは知り合いなんですか?」

「今回が初対面だよ。クルーザーを持っているから案内役を名乗り出ただけだ。ご招待いただくだけでは申し訳ないと思ってね」

貧乏人には思いもよらないことを言う。

「条島はまだか?」

「ようやく半分を過ぎたくらいだな。到着は明日の朝だ。わたしはそろそろ寝るよ。きみたちももう休みなさい」

斉加年がますます校長らしいことを言った。

船室に戻ると、饂飩と肋が照明をつけたまま寝息を立てていた。

あいりが鼻を押さえる。油とビールの臭いに加えて、吐物のような刺激の強い臭いが漂っていた。

「こいつら吐いただろ。オタクは酒に弱えな」

「違うよ。通気口じゃない？」

あいりが天井を見上げて言う。促されるまま通気口に顔を近づけると、公衆便器みたいな汚臭が鼻を抉《えぐ》った。腹の底から嘔吐《えず》きが込み上げてくる。鼠でも死んでいるのか。牛男は工具箱から養生テープを取り出し、通気口を塞《ふさ》いだ。

「外見はツルツルでも中身はこれだよ。金持ちってのは見掛け倒しだな」

「てかあたしらのベッド、ないじゃん」

あいりが唇を尖《とが》らせる。船室の右手に小さな二段ベッドがあるものの、上の段では肋が、下の段では饂飩が鼾《いびき》をかいていた。小さなすのこに煎餅《せんべい》布団を敷いただけの簡素なベッドだが、床でタオルケットにくるまるよりはましだ。

「おいデブ、どけよ」

牛男が饂飩の腹を蹴《け》飛《と》ばす。饂飩は瞼《まぶた》を閉じたまま、入れ歯を試すみたいに口をもごもごさせた。

「自分もデブじゃん。いいよ。早く電気消して」

あいりは憎まれ口を叩くと、部屋の奥でタオルケットをかぶった。

初日から船室の冷たい床で、デブの鼾を聞きながら寝ることになるとは。やはり運がない。牛男はうんざりした気分で、天井から垂れた紐《ひも》を引いた。

船室は墨を流したような暗闇に包まれた。

「痛《いた》っ！」

野太い悲鳴が牛男を夢から引き戻した。

慌てて床から跳ね上がり、照明の紐を引く。電球の明かりで視界が霞《かす》んだ。

悲鳴の主はベッドの下の段の饂飩だった。両目を見開き、喘息《ぜんそく》患者みたいに口をぱくつかせている。左耳を押さえた指から赤い血が流れていた。ベッドの柵を挟んで寝ていた牛男の腕にも血がかかっている。

「ど、どうしたの？」

あいりが立ち上がって、不安そうにベッドを覗《のぞ》き込む。肋と斉加年も上半身を起こしていた。

「す、すみません。ピアスが──」

饂飩が耳から手を離す。外側のひだが裂けているのが見えた。布団には血まみれの金属片が落ちている。顔を埋め尽くすようにピアスが並んでいるから、窮屈なベッドで寝ていたら一つくらい外れても無理はない。

斉加年は船室を飛び出すと、操舵室から救急箱を持ってきた。饂飩の耳に消毒液を吹きかけ、テープでガーゼを固定する。出血は五分ほどで止まった。

「膿《うみ》が溜まらなければ大丈夫。心配なら形成外科を受診しなさい」

斉加年が医者らしいことを言う。

「すみません、もう大丈夫です。お騒がせしました」

饂飩は恐縮しきった様子で頭を下げ、ベッドの隅に身を縮めた。

「さっそく一人死んだかと思ったのに。残念だな」

「つまんないこと言わないで」

牛男の軽口を、あいりがしらけ顔で諌《いさ》める。

腕時計を見ると、時刻はまだ八時だった。文字盤には饂飩の血がかかっている。すでに凝固しかけており、爪で擦るとプレートに傷がつきそうだ。しかたなくベルトを外してポケットに入れた。

退屈な夢を見ているような気分で、照明の紐を引く。

船室はふたたび暗闇に包まれた。


船底から、ドン、と衝撃が響いた。

ビールの空き缶が転がって壁にぶつかる音。身体が壁に吸い寄せられるような感覚。

床が斜めに傾いていた。

「うわあああ」

頭上から悲鳴が落ちてくる。左腕に鋭い痛みが走った。二段ベッドから肋が落ちてきたらしい。興奮した犬みたいに乱れた息遣いがすぐ近くから聞こえた。

「今度は何――」

あいりの声が警報音に掻き消された。嫌な予感がする。

ふいに部屋が明るくなった。斉加年が照明の紐を掴《つか》んでいる。牛男のとなりで肋が顔を歪《ゆが》めて蹲《うずくま》っていた。痛みのあまり息がうまくできないのだろう。

カチ、と音を立てて置き時計が十一時半を指した。あいりがびくんと肩を上下させる。

「外の様子を見てくる」

船室を飛び出す斉加年を追って、牛男も部屋を出た。あいりも後についてくる。

階段を上ると、デッキが斜めに傾いていた。海面が目の前に迫って見える。ガン、ガン、と船底から衝撃音が響いた。

海面に大きな水飛沫が上がる。巨大な鰭《ひれ》みたいなものが見えた。

「鯨だ。でかいやつだ」

斉加年が床に手をついて叫んだ。

「だから言ったじゃねえか。どうしてくれんだよ」

「急いで針路を変える。きみたちは物を投げてあいつを追い払ってくれ」

斉加年は乱暴なことを言って操舵室へ駆け込んだ。

「おれたちは赤ん坊かよ」

牛男はデッキに転がったレジャーグッズを手当たり次第に放り投げた。釣り竿《ざお》やパドルがちゃぽちゃぽと海に消えていく。

「お前もやれよ。元ソフトボール部の腕を見せろ」

「うるさいな。分かってるって」

あいりは船室から工具箱を持ってくると、修理用の長い釘《くぎ》を取り出し、鯨めがけて投げつけた。鯨の横っ腹に釘が刺さる。牛男は思わずガッツポーズをした。

「本当はダーツ部だったんじゃねえのか？」

「ヒロインはやるときはやるからね」

あいりが次々に釘を投げると、三分の一くらいが鯨の肌に刺さった。

デッキから投げるものがなくなった頃、鯨はようやく船の後方へ姿を消した。

「反捕鯨団体に殺されそうだな」

「船を沈められるよりましでしょ」

操舵室から斉加年がふらふらと出てくる。前髪がぐしゃぐしゃになり、医者らしい威厳はすっかり影を潜めていた。

「け、怪我人の手当てをしなければ」

言われてようやく、二段ベッドから落ちた肋のことを思い出した。

斉加年が階段を下りて船室のドアを開ける。男が二人、七輪や缶ビールやタオルケットにまみれて引っくり返っていた。饂飩は腰を抜かしているだけだが、肋は目を腫らして泣いている。外傷はなさそうだが、関節の壊れた人形みたいに左腕がだらんと下がっていた。

「橈骨《とうこつ》と尺骨がきれいに折れてる」

斉加年は肋の腕を副木《そえぎ》と包帯で固定して、痛み止めの錠剤を飲ませた。

「絶対に包帯を外さないように。骨がずれると手術になるからね」

「何ですかこれ？　テレビの撮影？」

饂飩が気の抜けたことを言う。

「確かに動画を撮ってテレビ局に売れば金になりそうだな。衝撃映像ってやつだ」

牛男は携帯電話を取り出したが、ボタンを押しても画面がつかなかった。水飛沫を浴びたせいで故障したらしい。

「馬鹿なんじゃないの、あんたたち」

あいりは救急箱から絆創膏《ばんそうこう》を取り出し、「先生、これちょうだい」と言って人差し指に巻いた。釘を投げるときに指の腹を切ったらしく、赤い傷ができている。

「ほら見ろ。最悪なバカンスになっただろ」

牛男が皮肉を言うと、

「うるさいな。頭のおかしい客の相手に比べたら余裕だよ」

　ありりは気力のない声で応えた。

　置き時計の針は十一時五十分を指している。驚くべきことに、普段はまだ働いている時間だ。牛男はうんざりした気分で照明の紐を引いた。

　船室はみたび暗闇に包まれた。

4

　まもなく午後二時というところで、クルーザーはようやく条島にたどりついた。

　予定では早朝には到着するはずだったが、鯨と激突したせいでエンジンが故障し、速度が上がらなくなってしまったらしい。朝の七時過ぎからデッキに集まっていたこともあって、島の姿が見えたときは、財宝でも見つけたような歓声があがった。

　条島は四方を切り立った崖《がけ》に囲まれており、型崩れしたプリンみたいな形をしていた。一か所だけスプーンですくったみたいに崖が削れ、細い川が海へ注いでいる。

　崖の上には教会みたいな洋館が見えた。風にのって鐘の音が聞こえる。

「あれが天城菖蒲の別荘か。金持ちは不便なところに住みたがるんだな」

「天城館《てんじょうかん》っていうんです。『水底草子』に書いてありますよ」

饂飩が得意げに言う。頰のピアスが鈴みたいに揺れた。

斉加年は接岸できる場所を探しながら、島を右回りに一周した。

「おかしいな。天城先生の船がどこにもない」

「召使いに送迎させてんじゃねえの。金持ちはすぐにタクシーに乗るだろ」

牛男は気楽に応えたが、斉加年の表情は翳《かげ》ったままだった。

「船がねえと困んのか？」

「昨夜の事故でエンジンが故障した。操縦に問題はないが、燃料の減りが早くなってる。このままじゃ帰りの燃料が足りない」

斉加年はとんでもないことを言った。

「早く言えよ。おれたち、島から出らんねえってことか？」

「天城先生に船を借りられないか相談するつもりだったんだ。まさか船がないとは思わなかった」

「送迎船を呼んでもらえばいいじゃないですか」肋が陽気に言って、斉加年の肩を叩いた。「それより早く島へ行きましょう」

船着き場がなかったため、斉加年は河口に面した浅瀬に乗り上げるようにクルーザーを停めた。前後のデッキからアンカーを落として船体を固定する。梯子《はしご》を垂らして、一人ずつ海へ下りた。

砂に足を付けると、くるぶしまで海水に浸った。ブーツに水が入り込んで気持ち悪いが、廃材や金属片などの漂着ゴミがあちこちに転がっているので、裸足《はだし》になることもできない。

「斉加年先生、これお願いします」

肋はスーツケースを斉加年に預けて、右手だけで器用に梯子を下りた。利き腕が折れなかったのは不幸中の幸いだったようだ。首に下げたドッグタグがカーディガンの襟に引っかかっていた。

斉加年はベルトでスーツケースを背中に固定して、蝸牛《かたつむり》みたいな恰好で梯子を下りた。

五人が揃うと、一同はバシャバシャと水を蹴りながら砂浜へ向かった。

「島の主《あるじ》はあそこにいるんですかね」

肋が崖の上の洋館を指して言う。タイミングよく鐘が鳴った。

「どうやって崖を上れば良いんだ」

「川のあたりに階段があるんじゃないですか――」

「うわあ！」

ふいに饂飩が背後へ飛びのいた。背中の肉に押されて肋が引っくり返る。牛男の顔にも海水がかかった。

「い、いやだ！」

饂飩が蒼褪《あおざ》めた顔で叫んで、クルーザーへ引き返そうとする。饂飩が飛びのいたところを見ると、岩の表面に赤い海鼠《なまこ》がくっついていた。

「海鼠がどうした。食いてえのか？」

「ご、ごめんなさい。ぼく、ぼく、駄目なんです」

「恐怖症だね。大丈夫、落ち着いて深呼吸をしなさい」

斉加年はそう言って、饂飩の背中を撫《な》でた。饂飩の額には大粒の汗が浮いている。海鼠に親でも殺されたのだろうか。

「わたしの後を付いてくるんだ。海鼠がいたら先に言うから安心しなさい」

斉加年が噛んで含めるように言うと、饂飩は深呼吸をして頷《うなず》いた。二人が鴨の親子みたいに並んで歩き始める。その後ろでは肋があいりの手を借りて立ち上がり、びしょ濡れのままくしゃみをした。

「あ、何かありますよ」

砂浜から十五メートルほどに近づいたところで、あいりが崖を指した。向かって右手、五メートルくらいの高さに丸太小屋が浮かんでいる。よく見ると崖に張り付くように丸太が組み上げてあった。

「見張り台かな？」

五人はぞろぞろと砂浜へ上がり、青空に浮かんだ小屋を見上げた。床を支える丸太は物見櫓《やぐら》のように細かく組み上げられていて、崖との隙間には狭い空洞ができている。小屋の屋根はトタンだが、壁面はログハウスのように丸太を積み上げてあった。床板に四角い穴が空いており、梯子が砂浜と小屋をつないでいる。

「おーい、誰かいますか?」

肋が上を向いて叫ぶ。返事はない。

「上ってみよう」

「あたしも行きます」

斉加年とあいりが名乗りを上げる。デブの二人と怪我人は何も言わない。

初めに斉加年が横木に手をかけた。丸太の継ぎ目がギシギシと不吉な音を立てる。

斉加年は両手で身体を支え、ゆっくりと梯子を上った。

「何だこれは。作業場か?」床穴に身体を入れながら言う。「棚に道具がたくさんある」

二番手のあいりは軽い身のこなしで、あっという間に梯子を上り切った。

「本当だ。カッターナイフ、彫刻刀、金槌《かなづち》、鉈《なた》、錐《きり》、木刀、鉄釘、縄、石膏。これは血糊《ちのり》? 硫酸の入った瓶もある」

「過激派のアジトみてえだな」

「待て。着色途中の蠟人形がある。そうか、ここはアトリエだ」

「あああ！」饂飩が奇声を上げた。「その人形、手足が欠けてたり、傷があったりしませんか？」

「本当だ。長い錐が胸に刺さっている」

「やっぱり！　天城先生は自分でも死体を模した蠟人形をつくっていた——だから『水底の蠟人形』みたいな緻密《ちみつ》な作品が書けたんだ」

饂飩が目を輝かせてオタクらしいことを言った。

昨夜のあいりの説明によれば、『水底の蠟人形』に登場する老探偵は、死体そっくりの蠟人形を作ることで事件の犠牲者を弔っていたのだという。この老探偵の行動が作者の趣味を反映したものだったのか、作中人物に触発されて作者が同じ趣味を始めたのかは分からない。鉈や錐、木刀、鉄釘、縄、血糊、硫酸といった道具は、生々しい死体を再現するために使われるのだろう。

「顔や腕の形をした石膏の型もある。これに蠟を流し込んで人形を作るんだな」

「蠟人形はどうでもいい。島の地図はねえか？」

「……いや、見当たらない」

その後も目立った発見はなく、二人は梯子を下りて砂浜へ戻った。

「とりあえず川まで行ってみましょう」

肋が号令を出して、五人はぞろぞろと砂浜を進んだ。

五分ほど歩くと河口にたどりついた。崖が削れてなだらかな斜面ができている。

「当たりですね」

肋が得意げに指を鳴らす。川と並走するように石段が延びていた。

斉加年を先頭にして石段を上った。踏み面が広く、進んでもなかなか視界が高くならない。靴が濡れているせいで、石の上に五人分の足跡が残った。

十五分ほどで天城館が現れた。川は館の横でくの字にカーブして、さらに丘の上へ続いている。玄関の正面には丸太でできた橋がかかっていた。

天城館は三つの建物で構成されていた。中央の本館を二つの平屋が左右から挟んでいる。ただし洋館らしい尖塔《せんとう》や門を構えているのは本館だけで、左右の平屋は田舎で見かけるあばら屋と変わりなかった。本館も濃緑色の玄関ポーチこそ荘厳だが、モルタル塗りの壁には黴《かび》が生えており、屋根瓦《がわら》も三分の一くらい剝《は》がれかけている。尖塔に下がった鐘は玩具《おもちゃ》みたいに安っぽかった。

「この館、少し傾いてませんか?」

饂飩が不安げに言う。洋館の正面に立ってみると、確かに床が斜めに傾いていた。水平線と床が五度くらいずれている。

「地滑りがあったみたいだな。おれたちは廃墟《はいきょ》ツアーに呼ばれたのか?」

「恩知らずなことを言うんじゃない。招待してくださった天城先生に失礼だ」

斉加年が声を硬くする。

「あんただって本人に会ったことはねえんだろ。みんな騙《だま》されたんじゃねえのか？」

「馬鹿な。ありえない」

斉加年は玄関ポーチを通り抜け、玄関の呼び鈴を鳴らした。残りの三人はくたびれた顔で扉を見つめている。

一分、二分——、いくら待っても返事がない。

斉加年が戸惑いながら扉に手を伸ばし、真鍮《しんちゅう》のドアノブを捻った。

「開いてる」

扉はあっけなく手前に開いた。斉加年が天城菖蒲の名前を呼びながら中に入る。牛男たちも後に続いた。

玄関ロビーにはくすんだステンドグラスから陽が差していた。柱時計の針が三時四十分を指している。天井から下がった球体の照明が傾いて見えるのは、床が傾いているせいだ。斉加年が壁のスイッチを捻ると、照明が橙《だいだい》色に灯《とも》った。

正面には幅の広い階段がある。それを挟むように、左右に一つずつ廊下が延びていた。

「やった。靴がある」

肋が右手の壁沿いに置かれた収納棚を指して言った。扉を開けると、掃除用のバケツやモップ、雑巾《ぞうきん》、靴ベラ、シャベル、麻縄などが雑然と詰まっている。棚の上に散策用らしいウォーキングスニーカーが五つ並んでいた。

「ソールが汚れてない。誰も履いてないのかな」

饂飩がスニーカーを手に取って神妙な顔をした。実家が靴屋というのは本当らしい。

五人は海水で湿った靴を履き替えた。牛男や饂飩の足には窮屈だったが、贅沢を言える状況ではない。靴紐を全部解いてから、足を押し込んでトンボ結びを作った。

「牛汁さん、結ぶの下手ですね」

靴屋の息子が苦笑する。牛男はあいかわらず十回に一回くらいしか紐をうまく結べなかった。

「うるせえな。それより天城菖蒲はどこにいるんだ?」

「この館のどこかだろう」

斉加年の声には焦りと不安が滲《にじ》んでいた。クルーザーで条島を一周したときも、他に建物は見当たらなかった。屋外をうろついているとは思えない。

「とにかく探してみましょう」

牛男たちは五人で天城館を探索することにした。

正面の階段を上がると、五メートルほどの高さに廊下があり、木製のドアが二つ並んでいた。床が傾いているせいで、振り子みたいな照明に頭をぶつけそうになる。

右手のドアは寝室に、左手のドアは書斎らしい部屋に続いていた。どちらもモデルルームのように整頓《せいとん》されていて生活感がない。

書斎の本棚には日焼けした洋書が並んでいた。十年前に弁護士から届いた段ボール箱と同じ臭いがする。

「これ、何でしょう」

肋が腰を屈めてつぶやく。書斎の壁に沿って、横幅十メートルほどのスペースがぽっかりと空いていた。絨毯《じゅうたん》もなく床板が剝《む》き出しになっている。大きなものを運び込むために隙間をつくったかのようだ。

「足跡がありますね」と饂飩。

視線の先を見ると、確かに人が立っていたような足跡があった。何かが床に付いているのではなく、靴底の形に床の色が薄くなっている。数えると全部で十四つ。どの足跡も左右で対になっており、壁を背にして部屋の中央を向いていた。

「分かった。自作の蠟人形を展示していたんじゃないか」

斉加年が床に顔を寄せて言った。壁を背に並んだ、七体の蠟人形の姿が浮かぶ。

「蠟人形はどこへいったんでしょう？」

「分からない。別の部屋に動かしたんだろうか」

斉加年は釈然としない表情のまま部屋を出た。

廊下からさらに階段を上ると、鐘のある尖塔に出た。

バルコニーのように床面が迫《せ》り出ており、島が一望できる。南の丘から北の浜辺へ川がうねりながら流れているのを除けば、岩と苔《こけ》と草に覆われた代わり映えのしない景色が広がっていた。他の建物はやはり見当たらない。

柵《さく》ごしに島を眺めていると、折よく午後四時の鐘が鳴った。天井を支える柱に寺のような自動撞木《しゅもく》が取り付けてある。一時間おきに鐘が鳴る仕組みらしい。

階段を下り、一階のロビーに戻る。玄関から見て左手の廊下を進むと、こちらは宿泊棟に続いていた。廊下を挟んで左右に四つずつドアが並んでいる。左側の手前が脱衣所と浴室で、残りの七つの部屋は客室だった。錠はなく自由に出入りができる。どこにも招待主の姿はなかった。

「汚いなあ」

饂飩が浴室で呻《うめ》き声を上げる。壁も床も黒黴に覆われており、排水口からはドブみたいな臭いがした。もともと普通の部屋だった場所を浴室に改装したのだろう。換気扇がなく、アルミ製のドアにも隙間がない。

浴槽は古めかしいガス風呂釜《ふろがま》で、かなり底が深かった。田舎の民宿に迷い込んだような気分になる。窓を開けると目の前を川が流れていた。

そんな浴室と比べると、客室はかなり手入れされていた。ベッドや化粧台、衣装棚などが設《しつら》えてあり、ブラシや電気ポット、非常用の懐中電灯などの備品も揃っている。埃《ほこり》や黴は見当たらない。部屋ごとに便所と手洗い台があるおかげで、ホテルに来たような気分になった。太平洋の真ん中の離島であることを考えれば上出来だ。衣装棚を開けると、入院着みたいにだぼっとしたルームウェアが三日分用意されていた。

「やっぱり天城先生はいませんねえ」

肋がなぜか楽しそうな声を出した。

本館のロビーへ引き返し、宿泊棟の反対側——玄関から見て右手の廊下へ進む。こちらは集会所のような広い部屋につながっていた。食堂として使われているらしく、部屋の真ん中にテーブルと椅子が並んでいる。手洗い場や厨房《ちゅうぼう》、貯蔵庫などが併設されており、一週間くらいなら食事の心配はなさそうだ。

「あれ、何ですか」

肋がダイニングテーブルの中央を指す。

泥の塊が五つ、テーブルクロスに並んでいた。表面に串で刺したような穴が空いている。顔の溶けた埴輪《はにわ》みたいな、できの悪い泥人形だった。

「人形が五つ。これって五人が順番に殺されるやつじゃないですか」

饂飩が声を裏返らせて叫ぶ。

「……ザビ人形だ」

斉加年が魂の抜けたような声で言った。

足元から悪寒が這《は》い上がる。牛男もこの人形には見覚えがあった。

「何ですか、それ」と肋。

「ミクロネシアの奔拇島の住人が儀式に使っていた人形だ。ザビというのは奔拇族に災いをもたらす邪霊で、この人形を使って依《よ》り代の男性にザビを憑依《ひょうい》させるんだ」

「なんでそんなこと知ってるんですか？」

「昔の恋人の父親が奔拇族の研究をしていてね。わたしも気に入られたくて、少し齧ったことがあるんだ。奔拇島を舞台にした推理小説も読んだことがある。――あれ？」

斉加年が狐につままれたような顔で牛男を見た。

「大亦牛汁くん。『奔拇島の惨劇』を書いたのはきみじゃないか。これはきみのいたずらか？」

「違えよ。おれがザビ人形なんか持ってるわけねえだろ」

「しかし奔拇族を取材せずにあの小説を書いたわけじゃあるまい」

「取材なんかするかよ。それより、お前――」

牛男は言葉を切った。肋、饂飩、あいりの三人ももの問いたげな顔で斉加年を見ている。根拠はないが、三人とも同じことを考えているのが分かった。

「今、昔の恋人の父親が奔拇族の研究をしていたって言ったか？」

「そうだよ。それがどうした」

「その女って、まさか――」

秋山晴夏。

文化人類学者である秋山雨の娘。

まさか斉加年も晴夏と関係を持っていたのか？

「おれもその女を知ってる気がすんだ。あきやま――」

「晴夏でしょ」

答えたのはあいりだった。残りの三人が目を見開く。

「な、なんでお前が晴夏を知ってんだ？」

「あたしたち付き合ってたの。サイン会に来てくれたのがきっかけで知り合って、死ぬまで恋人だった。このブレスレットも晴夏にもらったんだよ」

あいりは右手のブレスレットを大切そうに撫でた。

「馬鹿。違えよ。あいつはな――」

「知ってるよ。晴夏はいろんな男の人とセックスをしてた。でも本当に愛し合ってたのはあたしだけ」

「いや、それは違います」

肋が胴間声を張りあげた。

「は？　あんたは関係ないでしょ」

「とんでもない。ぼくは今でも晴夏さんを心から愛しています。あなたや斉加年さんにとっては過去の恋人なんでしょ？　この九年間、ぼくは一度も女性を抱いてません。もちろん晴夏さんがくれたこのネックレスを外したこともありません」

肋は誇らしげに胸のドッグタグを掲げた。お前も同じ穴の狢《むじな》か。

「ちょっといいですか」饂飩が落ち着いた声で言った。「皆さんは騙されてたんだと思います。秋山晴夏さんはぼくの婚約者ですから」

「婚約？」大粒の唾が飛んだ。「でたらめなこと言うなよ」

「本当です。晴夏が着けていた指輪はぼくがプレゼントしたんです」

「そんなの見たことあるか？」

三人が揃って頭を振った。饂飩が目を丸くする。「うそ」

「お前がもらったプレゼントは何だ？」

「これです」饂飩は頬のピアスを指した。「そもそもぼくがピアスに嵌まったのは、晴夏が勧めてくれたからなんです」

「斉加年、あんたは？」

「革の財布をもらったよ。持ち歩いたりはしない。家の金庫に保管してある」

「なるほど。真相が分かった」牛男は人形の頭を叩いた。「晴夏のプレゼントには相手へのメッセージが込められてたんだ。沙希のブレスレットは『よく見るとババア』。肋のネックレスは『気が遠くなるほどダサい』。饂飩のピアスは『痛々しくて見てられない』。斉加年の財布は『金が出てくる皮袋』かな」

「まさかてんちょ……牛汁さんも？」

「ああ。でもおれは死ぬ直前に一度やっただけだ。さすがにおれが本命ってことはねえだろうな」

「プレゼントは？」

「もらったよ。この腕時計だ。メッセージは『死ぬほどイケてる』」

牛男はポケットから腕時計を取り出し、DEAR OMATA UJU と刻まれた裏蓋《うらぶた》を見せた。饂飩が悔しそうに歯嚙みする。

メッセージはさておき、プレゼントで相手を落とすのが晴夏の常套《じょうとう》手段だったのは間違いなさそうだ。牛男は文字盤が表になるように腕時計を引っくり返して、左手にベルトを嵌めた。

「わ、分かった！」

肋が素っ頓狂な声を上げ、両手でテーブルを叩いた。ザビ人形がうつ伏せに倒れる。

「メッセージのことか？」

「違いますよ。この島にぼくたちが集められた理由です。ぼくらを呼び寄せたのは、晴夏さんの父親、秋山教授だったんです」

　緊張感の抜けた空気が食堂を満たした。

「何でそうなるんだ」

「秋山教授は異常な性的嗜好《しこう》で晴夏さんを苦しめていました。とはいえ晴夏さんを溺《でき》愛《あい》していたのも事実です。そんな娘が九年前、作家から暴行を受けた挙句、トラックに轢《ひ》かれて亡くなってしまった。この事件をきっかけに、教授は娘がたくさんの作家と肉体関係を持っていたことを知ります。娘の秘密に衝撃を受けた教授は、九年の歳月をかけて彼女の交際相手を調べ上げ、条島に呼び集めたんです」

「ここに呼ぶと何か良いことがあんのか？」

「もちろん殺すんですよ。そのための人形じゃないですか」

　肋は楽しそうに泥人形を起こした。

「秋山教授が天城菖蒲の振りをしたって言いてえのか」

「あ、そうじゃないです。『あきやまあめ』と『あまきあやめ』はアナグラムです。覆面作家・天城菖蒲の正体は秋山教授だったんですよ」

　ふと九年前に秋山雨と対面したときのことを思い出す。茂木に原稿の執筆をせがまれた教授は、「きみたちはもうわたしの原稿を手に入れている」と思わせぶりな台詞《せりふ》を口にしていた。秋山雨として原稿は書けないが、天城菖蒲としてはすでに本を出したことがある——そんな意味だったとしたら辻褄《つじつま》が合う。『水底の蠟人形』の版元は賀茂川書店だ。

「ここにザビ人形があるのも、二人が同一人物である証拠ですよ。秋山教授なら手に入れるのも簡単でしょうから」

「待ってくれ。それはおかしい」

斉加年の声には戸惑いが滲んでいた。

「何のことです？」

「秋山教授は去年の十二月に亡くなってる。天城菖蒲の正体が秋山教授だったのなら、当然、天城菖蒲も死んでいなければおかしい。わたしたちをここへ呼んだのはいったい誰だ？」

四人が息を呑む音が重なった。

牛男も週刊誌で、秋山教授の死を報じた記事を目にしている。招待状が届いたのは今年の七月だから、招待主は半年以上前に死んでいたことになる。

「誰かが天城菖蒲に成りすまして、ぼくらを集めた。そういうことですね」

肋が興奮を堪《こら》えるように胸を押さえた。突風が窓ガラスを揺らし、バタンと音を立てドアが閉まる。

何者かが死者の名を騙《かた》り、晴夏と関係のあった五人の作家を条島へ呼び寄せたのだ。

誰が、何のために。

「誰だか知らないけど、なんでそいつはここにいないの？」

「ぼくらの中に招待主がいるって可能性もありますよね。ミステリじゃ定番ですけど」

「ちょっと待ってください。ぼくたちが騙されたのは事実なんですよね。だったらこんな島にいる必要はないと思います。帰りましょうよ」

饂飩が泣きそうな顔で窓の外を指した。浅瀬に乗り上げるようにクルーザーが停まっている。

「無理だ。残りの燃料では父島へもたどりつけない」

「じゃあ助けを呼びましょう」

饂飩はポケットから携帯電話を取り出し、画面を見て小さく悲鳴を上げた。ボタンを押しても画面に何も映らない。鯨と衝突したときに故障したのだろう。

「壊れてなくても、電波が届くとは思えませんけどね」

肋も携帯電話を手に取り、首を振った。牛男の携帯電話も鯨を追い払ったときに水をかぶってから動かないままだ。

「……それじゃぼくたち、この島から逃げられないってことですか？」

「誰かが助けに来るのを待つしかないね」

饂飩が床に膝をつく。四人に疑心暗鬼が広がるのが手に取るように分かった。

「みんな落ち着こう。日が暮れる前に島の周りを散策してみないか。アトリエ以外にも隠れ家があるかもしれない」

斉加年が窓の外を見て言った。太陽が海に近づいている。時計の針は四時五十分を指していた。

「一つ良いか」牛男は小学生みたいに手を挙げた。「話を混ぜっ返して悪いんだが、さっき、秋山教授に異常な性的嗜好があったって言っただろ。あれは何のことだ?」

「ああ、知らなかったんですね」

肋は牛男を見て気の毒そうな顔をした。残りの連中も似たような顔をしている。

「あいにくジジイの性事情に興味がねえんだ」

「秋山教授は特殊なサディストでした。いや、ある意味ではマゾヒストなのかもしれません」

「何言ってんだ?」

「あの人は世界中に娘を連れ回して、少数民族と性行為をさせてたんですよ」

5

午後五時を告げる鐘の音を聞きながら、牛男は便所に駆け込んで嘔吐した。吐いても吐いても、腹の底から嘔吐きが込み上げてくる。喉の内側が焼けるように痛い。

――わたしは自分らしく生きたいだけ。

九年前、晴夏はラブホテルでそんな言葉を洩らしていた。あのとき、晴夏は牛男に助けを求めていたのかもしれない。

牛男の父親である錫木帖は、東南アジアやオセアニアの売春街で女を買い、日本に連れ帰っては子どもを産ませる糞野郎だった。フィールドワークで出会った人々を性欲のはけ口にする最低な発想は、師匠である秋山雨から受け継いだのだろう。

――わたしと錫木は正反対だったし、ある意味では似過ぎていたのかもしれない。

摩訶大学で対面したとき、秋山はそんなことを言っていた。確かにこの二人の醜行は、正反対だがよく似ている。

晴夏は牛男と同じ、父親に人生をめちゃくちゃにされた被害者だった。それなのに牛男は晴夏を助けることができなかった。それどころか、ビッチと罵《ののし》り、ベッドから落として重傷を負わせたのだ。

「店長、まだ？」

部屋の外からあいりの声が聞こえる。宿泊棟の客室に荷物を置いたら、全員で島を見て回ることになっていた。

「うるせえ。トイレだよ」

牛男は怒鳴りながら便器のレバーを引いた。水が溜まるばかりで、一向に流れる気配がない。ゲロで便器が詰まったようだ。床にもゲロが散らばっており、建物が傾いているせいでゆっくりと壁ぎわへ流れていた。

掃除をしている暇はない。牛男はため息を吐くと、タオルで口を拭《ぬぐ》って便所を出た。

午後五時十分。

条島を散策するため、斉加年を先頭に天城館を出た。

館の裏の断崖《だんがい》から波音がのし上がってくる。モルタル壁が罅割れているのは塩害のせいだろう。宿泊棟の屋根を囲むU字の雨樋《あまどい》からは蜘蛛《くも》の糸がぶら下がっている。屋根へ上る備え付けの梯子が、風に揺れてカタカタと鳴っていた。

宿泊棟と川の間を進むと、小さな空き地があった。膨らんだブルーシートの下からタイヤが覗いている。捲ってみると木製の荷車だった。天城館とアトリエの間で物を運ぶときに使うのだろう。石段は踏み面の幅が広いから、荷車を引いても転げ落ちる心配はなさそうだ。

「思ったより小さな島ですね」

饂飩が崖の手前から海を眺めていた。牛男も後ろから崖の下を覗く。右手にアトリエの屋根が、さらにその奥には河口が見えた。

「こんな島に住むやつの気が知れねえな」

「ぼくは天城先生とこの景色を見てみたかったですよ」

饂飩はそう言って太陽に手をかざした。

天城館の正面へ戻ると、五人で砂浜を一周することになった。隠れ家があるとすれば、尖塔から死角になっていた崖の裏側しかない。自分たちの足跡をたどりながら石段を下り、砂浜を時計回りに進んだ。

「天城館を探索して気になったことがある。書斎から撤去された蠟人形はどこへいったんだろう？」

先頭の斉加年が四人を振り返って言う。何か考えがあるらしい。

「気味が悪くなって捨てたんじゃねえのか」

「違うね。天城先生が『水底の蠟人形』で描かれたような死体の蠟人形を作っていたのなら、作品の一部としてナイフや鈍器が使われていた可能性がある。招待主は天城館から武器になるものを取り除きたかったんじゃないだろうか」

「なるほど。これから牛男たちに危害を加えようとしているのなら、抵抗できないように凶器を隠すのは理に適っている。

「考え過ぎじゃない?」あいりがぶっきら棒に言う。

「そうかもしれないが、用心しておくに越したことはない。お互いの素性を確認しておかないか」斉加年は芝居がかった仕草で胸に手を当てた。「わたしの本名は真坂芳《よし》夫《お》。斉加年はペンネームだ。他にもペンネームを使っている人はいるか?」

「牛汁が本名なわけねえだろ。おれは牛男だ」

「ぼくもペンネームです」と饂飩。

「あたしも」とあいり。

「ぼくは本名です」と肋。

「阿良々木肋が本名? 嘘だろ」

「本当ですよ。ほら」

肋が財布から免許証を取り出す。顔写真の左上に「氏名 阿良々木肋」と記されていた。

「ついでにもう一つ聞きたい。あくまで事実を確認するだけだが、きみたちは本当に秋山晴夏と肉体関係を持っていたのか?」

斉加年が真面目な顔で性病検査の問診みたいなことを言う。

「そりゃそうだろ」牛男は漂着ゴミの金属片を蹴飛ばした。「小学生じゃねえんだぞ」

「あたしはそういうんじゃないよ。女同士だし」あいりが嘘臭いことを言う。

「ぼくはノーコメントです」と肋。「あなたにプライベートな関係を明かす必要はありません」

「それもそうだ。無駄な詮索《せんさく》はやめておこう」

斉加年はあっさり矛を収めた。

それからも軽口を言いながら砂浜を歩き続けたが、人が隠れられそうな小屋や洞窟《どうくつ》は見つからなかった。南側の海岸線を進むうちに砂浜が狭くなり、西の端へたどりつく前に断崖に変わった。

「やはり島にはこの五人しかいないようだ」

斉加年が砂浜を振り返って言う。

「日も暮れてきましたし、天城館へ戻りませんか？」

肋が唇に指をあてる。煙草が吸いたいらしい。

「おれも小便がしたい。帰ろうぜ」

「牛汁さん、さっきも部屋のトイレに籠《こも》ってたけど。頻尿なの？」あいりが余計なことを言う。

「おれの部屋、便器が詰まってて流れねえんだ。誰か便所を貸してくれよ」

「宿泊棟の空き部屋か、食堂のトイレを使ってくれ」

斉加年が馬鹿正直に言った。


五人が天城館へ戻るのと同時に、激しい雨が降りはじめた。

午後七時。各々がルームウェアに着替えてから、食堂に集まって一日ぶりの食事を摂った。イタリアンレストランでアルバイトをしているという肋がこしらえたホットサンドとコンソメスープは、近所のファミレスと同じくらい旨《うま》かった。

「おいしい。肋さん、おいしいです」

あいりがホットサンドを頰張って言う。二人のデブを差し置いて、大半の料理をたいらげたのはあいりだった。いつも仕事中にお菓子を食っているから、今日はさぞかし腹を空《す》かしていたのだろう。

「この館、本当に傾いてるんですね」

テーブルに置いたコップを見て、饂飩がつぶやく。オレンジジュースの水面が傾いて見えるが、実際に傾いているのはテーブルのほうだ。

「おいシェフ。こいつに海鼠のステーキを焼いてやれよ」

牛男が饂飩をからかうと、

「今日はもう休もう。だが身の安全には気を付けてくれ。わたしたちをこの島へ呼んだ人物が何を企《たくら》んでいるか分からないからね」

斉加年が声をかぶせてまともなことを言った。ダイニングテーブルの中央に並んだザビ人形とふいに目が合う。

「気を付けるってどうすりゃいいんだよ。客室のドアには錠がついてねえんだぞ」

「化粧台の電気コードを抜いてドアノブを固定しておくと良い。ドアが開けられなくなるはずだ」

「心もとないですね。招待主が本気で危害を加えようとしてるなら、ドアを破るくらい簡単ですよ」

肋が斉加年に嚙みつく。あいりが面倒そうに頭を搔いた。

「じゃあ肋さんはどうしたら良いと思います？」

「ぼくが思うに、この島で一番安全なのはアトリエです。あそこへたどりつくには梯子を上らなきゃいけない。どんな凶悪犯も重力には敵《かな》いません。犯人が梯子を上ってきたら蹴り落としてやればいいんです」

「確かに籠城《ろうじょう》には向いているかもしれない。武器になりそうなものもたくさんあった」

斉加年が感心した様子で言う。肋も嬉しそうに頷いた。

「お前らだけ行けよ。おれはこんな豪雨の中であばら家に立て籠るくらいなら、殺人鬼に首をちょん切ってもらいたいね」

「牛汁さん。何か事件が起きたらの話ですよ」

「オーケー。そんときはお前が殺人鬼を蹴り落とすところを拝ませてもらうよ」

牛男は肋に皮肉を言って、椅子から腰を上げた。


玄関ロビーには橙色の明かりが灯っていた。

宿泊棟へ向かって歩いていると、だんだん気分が悪くなってきた。幼いころの車酔いの感覚に似ている。満腹の状態で傾いた床を歩いたせいで、三半規管の調子が狂ったらしい。部屋の便器が詰まっているのを思い出し、目の前が暗くなった。

「牛汁さん、どうしました?」

「うんこだ。どけ」

宿泊棟の空き部屋にも便所はあるが、食堂へ戻ったほうが早い。牛男は後ろから歩いてくる四人を掻き分け、廊下を引き返して食堂の便所に駆け込んだ。汗ばんだ指でスライド錠を閉める。便器を前にしたとたんに腹の底から嘔吐きが込み上げ、夕食をすべて吐いてしまった。

顔を洗って便所を出る。今度こそロビーを通り抜け、宿泊棟へ向かった。残りの連中はすでに部屋へ戻ったようだ。

牛男も部屋へ帰ると、ドアを閉め、ベッドの脚とドアノブを電気コードで結んだ。これで不審者が自分を襲おうとしても、簡単には部屋に入れないはずだ。カーテンを開けると嵌め殺しの窓があり、外は切り立った崖だった。映画のスタントマンでもこの窓から侵入するのは不可能だろう。

照明を消そうとして、ベッドのとなりの衣装棚に目が留まった。高さが二メートル以上あり、人間が隠れるにはぴったりだ。おそるおそる観音開きの扉を開けてみたが、中には誰もいなかった。

疲れのせいか気が弱くなっているらしい。化粧台の脇の懐中電灯を枕元に置くと、照明を消し、靴も脱がずにベッドに倒れた。

雨の音がうるさい。さすがは亜熱帯だけあって、本土の雨とは勢いが違う。屋根を叩く音がすべてを呑み込んでしまいそうだ。

あいり、錫木帖、秋山雨、そして晴夏——。いくつもの顔が脳裏に浮かんでは消えていく。

晴夏にはまだ秘密があるのだろう。牛男たちがこの島に集められた理由も、その秘密が関係しているに違いない。

孤島に集まった五人の作家。食堂に並べられた五体の人形。推理小説を読まない牛男でも嫌な胸騒ぎがする。やはりこんな島へ来なければ良かった。

牛男は不安を追い払うように瞼を閉じた。

みしっ。

思わず目を開いた。

悪夢を見ていたらしく、全身にびっしょりと汗をかいている。

足音が聞こえたような気がして上半身を起こした。部屋はあいかわらず雨音に覆われている。空耳だろうか。

枕元に手を伸ばし、懐中電灯のスイッチを入れる。壁の時計が十一時半を指していた。

みしっ。

音のしたほうに明かりを向ける。

怪物が立っていた。

顔を埋め尽くした大量の眼球。ザビマスクだ。牛男たちと同じルームウェアを着ているのがちぐはぐで気味が悪い。

ベッドから飛び降りようとして足がもつれた。頭から化粧台の鏡に突っ込む。

空気を切る音が聞こえ、脳天に激痛が走った。

世界が引っくり返り、鼻頭を床に叩きつける。

首を持ち上げるとスニーカーが見えた。爪先《つまさき》に腐ったチーズみたいな固形物が付いている。

何だ、こいつは。

悲鳴を上げようと息を吸い込んだが、喉から声が洩れることはなかった。

＊

牛男は暗闇の中にいた。

景色も、音も、匂いもない。何もない世界がどこまでも広がっている。

これが死後の世界だとしたらあまりにもむなしい。肋が語っていた生と死の狭間《はざま》というやつだろうか。

ふいに身体の中で、すべての細胞が同時に破裂したような衝撃が走った。

世界がぼろぼろに崩れていく。身体が内側から砕けてしまいそうだ。

そのとき、恐ろしいものを見た。

口から、ゆっくりと、虫のように硬い腕が生えてきたのだ。

自分が壊れていく。もう二度ともとの姿には戻れない。

母の子宮を出てから三十一年間、一度も味わったことのない恐怖を覚えた。

大亦牛男は死んだ。

惨劇㈠

はじめに軽い衝撃があった。

浮いていた身体が、足元へ落ちたような感覚。

それが消えると、泥のような倦怠《けんたい》感が残った。

身体が動かない。声も出ない。自分がどこにいるのかも分からない。

耳を澄ますと、波の音が聞こえた。浜辺で夢でも見ているのだろうか。それにしては思考がはっきりしている。全身麻酔のまま意識だけがよみがえったかのようだ。

ササササッ。

鼠が屋根裏を駆けるような音が聞こえた。ちゃぽんと何かが海に落ちる音が続く。

誰かが海に物を投げたのだろうか。

宙ぶらりんの世界で記憶を掘り起こす。牛男は眼球まみれの化け物に襲われたのだ。

頭のてっぺんに激痛が走り、そして――。

喉《のど》の奥から悲鳴が洩《も》れる。

ふいに世界がよみがえった。

昨夜の豪雨とは打って変わって、焼け付くような日差しがベッドを照らしている。

牛男は床板の上でうつ伏せに倒れていた。事務所で迎えた朝みたいに全身の筋肉が強張《こわば》っている。夢から醒《さ》めたのではない。一瞬で自分と世界がつながったような感覚だった。

両手を突いて、ゆっくりと身体を起こす。ルームウェアの裾《すそ》がぴったりと肌に張り付いていた。錆《さ》びた鉄のような臭いがする。視界がぐらぐらと揺れるのは立ち眩《くら》みか、床が傾いているせいだろうか。

客室の窓が割られ、外から熱風が吹き込んでいた。あの怪人が割ったのだろう。雨が入り込んだせいでカーテンの裾が湿っていた。

腕時計を見る。文字盤が血で汚れており、針も動いていなかった。壁の時計は十一時半を指している。昨日の夜から半日、意識を失っていたようだ。普段ならとっくに朝食を済ませ、女の子の送迎を始めている時間だ。

視線を落とすと、床にザビ人形が倒れていた。ベッドの下から這《は》い出てきたみたいに上半身がこちらを覗《のぞ》いている。五つある穴のちょうど真ん中を抉《えぐ》るように新しい穴ができていた。これも牛男を襲った犯人のしわざだろうか。

「――――」

深呼吸をしようとして、口の中に何かが入っているのに気づいた。窓に歩み寄り、割れ目から首を出してそれを吐き出す。血とゲロを混ぜて煮凝《にこご》らせたような、得体のしれないどろどろが海へ落ちた。

目覚める寸前、ちゃぽんと水が跳ねる音を聞いたのを思い出す。その前には小動物が駆けるような音が聞こえた。誰かが近くにいるのだろうか。

ドアのほうを振り返って、悲鳴を上げそうになった。

部屋の真ん中に椅子が倒れている。背もたれと座面に、べったりと血が付いていた。椅子を囲むように床にも血だまりができている。鉄の臭いが鼻腔《びこう》を抉った。こんなに大量の血を見たのは、ドライバーの三紀夫が金属バットでタコ殴りにされたとき以来だ。

いくら推理小説オタクでも、こんな手の込んだいたずらをするやつはいない。牛男はこの椅子で暴行を受けたのだ。一度失神した後、椅子から床へ転げ落ち、その拍子に意識がよみがえったのだろう。はじめに感じた、足元へ落ちるような感覚はそれだ。

身体が痛まないのは脳が麻痺《まひ》したせいだろうか。ふらふらの両足に鞭《むち》を打って、化粧台の鏡を覗き込んだ。蜘蛛《くも》の巣みたいな罅《ひび》が浮いている。

牛男は頭からスニーカーの先まで血まみれだった。額のあたりから流れた血がルームウェアを真っ赤に染めている。

「へ？」

割れた窓から風が吹き込み、牛男の前髪をめくり上げる。

眉間の上から鼠色の突起が飛び出ていた。

おそるおそる後頭部を撫《な》でると、指先に冷たい金属が触れた。漫画に出てくるフランケンシュタインの怪物みたいに、後頭部からぶっとい鉄釘《てつくぎ》が打ち込まれている。額から出ているのは釘の先端だ。皮膚の破れたところに凝固した血がこびり付いていた。

足元のザビ人形と同じだ。牛男の頭には穴が開けられていた。

ルームウェアの襟に手を入れ、左胸に触れる。

鼓動がない。

心臓が止まっている。肌にもすっかり血の気がない。

どう考えても牛男は死んでいた。生きているのに死んでいる。何がなんだか分からない。

ふと脳裏に「あにさきスイートホテル」の床に倒れた晴夏の姿がよみがえった。晴夏は喉にガラスの破片が刺さったまま平然としていた。いまの牛男はあのときの晴夏とよく似ている。

「落ち着け。大丈夫だ」

嗄《しやが》れた声が洩れた。鏡の中の男が、戸惑いを隠すように引き攣《つ》った笑みを浮かべる。

ザビマスクを着けた犯人が、この部屋に侵入し、牛男の頭に釘を刺して殺した。犯人は血を流す死体を椅子に座らせ、ザビ人形を残して現場を後にした。ここまでは陳腐なホラー映画でもありそうな展開だ。

だが殺されたはずの牛男が、どういうわけか半日で生き返ってしまったのである。

犯人は当然、牛男を殺したつもりでいるだろう。この部屋にザビ人形を置いていったのは、残りの生存者を怯《おび》えさせるための演出だ。人形はあと四つ残っている、惨劇はまだ続くと生存者を脅しているのだ。被害者が特異体質で、頭に釘を打ってもよみがえるなどと考えるはずもない。

牛男にできるのは、残りの連中に危機を知らせることだ。この島のどこにも招待主の姿がない以上、犯人は四人の作家たちの中にいる。全員の行動を突き合わせれば、案外簡単に犯人を突き止められるかもしれない。

牛男は半開きのドアを押し開けた。ドアノブに巻き付けておいたはずの電気コードが床に転がっている。

廊下に人影はなかった。他の客室からも人の気配がしない。朝食は済ませているはずの時間だが、食堂で島を脱出する作戦でも練っているのだろうか。

宿泊棟を出ようとしたところで、脱衣所のドアが開いているのに気づいた。浴室のドアも開いており、浴槽に何かが浮かんでいるのが見える。

脱衣所へ入るためにスニーカーを脱ごうとして、ふと違和感を覚えた。いつもはトンボの死骸《しがい》みたいに絡まっている靴紐《くつひも》が、靴屋のチラシみたいに整っている。犯人が結び直したのだろうか。あまり力が強くなかったのか、十字に編んだ部分の紐がたるんでいる。

牛男はスニーカーの踵《かかと》を押さえて足を持ち上げようとした。紐は緩んでいるのに、なぜかスニーカーが脱げない。膠《にかわ》を流し込んだみたいに足の裏と靴底がくっついている。やはり犯人が何か細工をしたようだ。

牛男は舌打ちして、スニーカーを履いたまま脱衣所に上がった。鏡が割れ、ゴムホースが床に転がっている。牛男は背筋を伸ばして浴室を眺めた。割れた窓から、くの字に曲がった川が見えている。

すぐに異状に気づいた。洗い場のタイルにどろどろに溶けたザビ人形が横たわっている。ピンク色の浴槽に張られた水が、泥水みたいに黒く濁っていた。水面が傾いて見えるのは床が傾いているせいだ。

「――――！」

牛男は足を滑らせて尻餅《しりもち》をついた。後頭部の釘頭が洗面台にぶつかって、コツンと能天気な音を立てる。浴槽の縁《へり》から水滴が流れ落ちた。

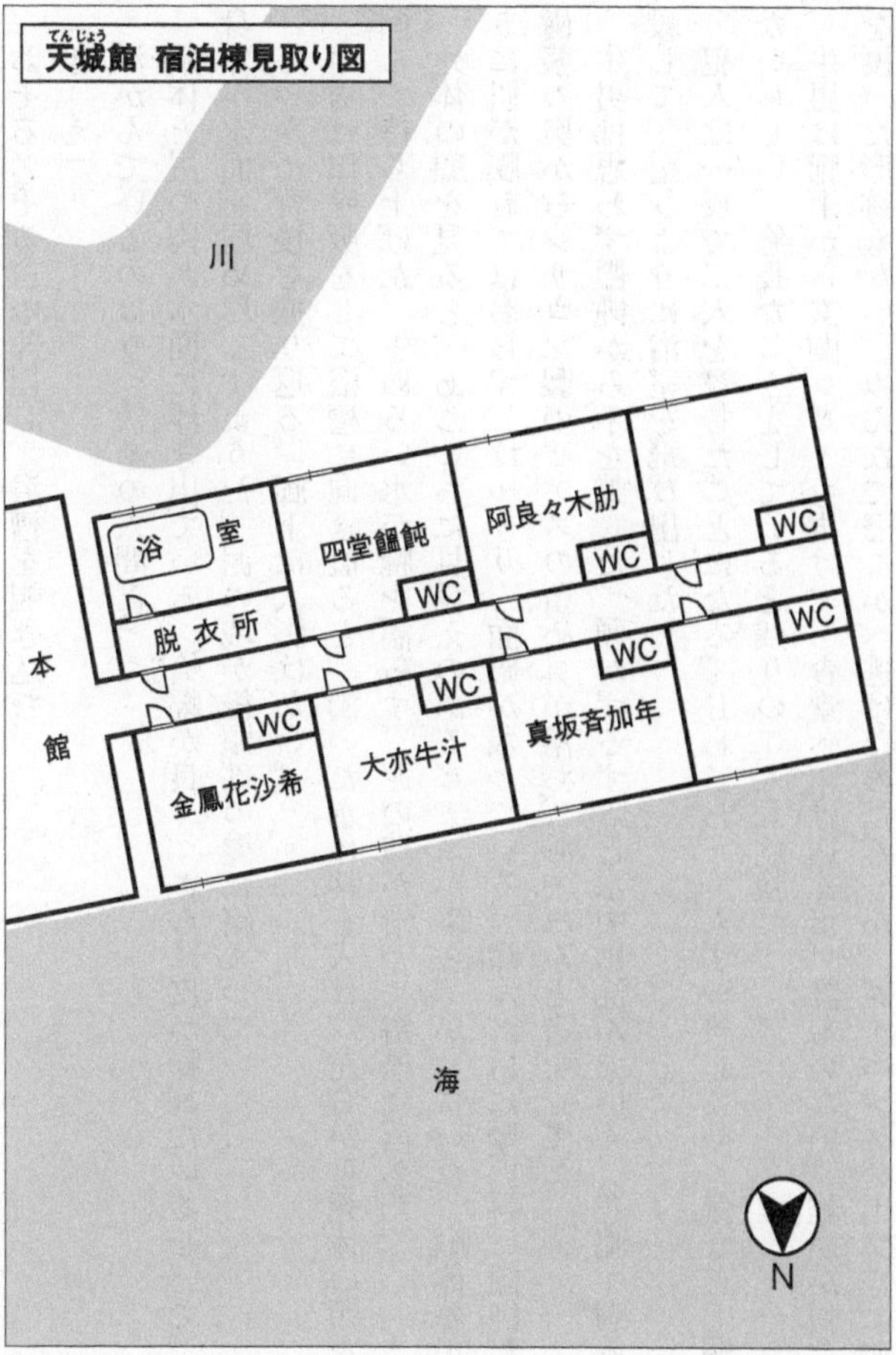
天城館《てんじょう》　宿泊棟見取り図
川
浴　室
脱衣所
四堂饂飩
WC
阿良々木肋
WC
WC
WC
WC
WC
WC
本
館
金鳳花沙希
大亦牛汁
真坂斉加年
海
N

おそるおそる首を伸ばし、浴槽を覗き込む。

「ぎょえ」

浮かんでいるのはうつ伏せの人間だった。

胴体と尻の肉が水面に浮き出ている。恰幅《かっぷく》が良く、さらに皮が膨れているせいで、身体が水面を埋め尽くすようだ。泥の塊が後頭部の髪に絡まっていた。

とっさに背後を振り返る。廊下に人影はない。

牛男は深呼吸をして浴槽に向き直ると、濁った水に腕を入れ、左右から死体の頭を摑《つか》んで持ち上げた。生ぬるい水が腕を濡《ぬ》らす。泥の塊が滑って浴槽に落ちた。

死体の顔を見ると、あちこちに見覚えのあるピアスがぶら下がっていた。胴体のように肌が膨れてはおらず、はっきりと面影が残っている。窪《くぼ》んだ目に厚い唇。饂飩だ。歯茎の奥からシリコン製のピアスの留め具が落ち、ちゃぽんと音を立てた。

牛男は思わず饂飩から手を離した。頭がずるずると水中に沈んでいく。悲鳴を嚙《か》み殺して、這うように浴室を飛び出した。

犯人は一夜で二人を殺したことになる。じわじわと一人ずつ殺していく気など毛頭ないらしい。悠長なことをしていると残りの二人も危険だ。

牛男は廊下から玄関ロビーを抜けて、食堂へ駆け込んだ。誰もいない。誰かが朝食を摂《と》った形跡もない。みんなでどこかへ逃げたのだろうか。ダイニングテーブルに並んでいた五体のザビ人形も、ひとつ残らず姿を消していた。

ふと耳の奥で、ちゃぽんと水の跳ねる音がよみがえった。あのとき犯人が誰かを海に落としたのかもしれない。その場合、殺人劇は今もまさに続いていることになる。

牛男は昨夜の夕食後の会話を思い出した。もしも殺人鬼が現れたら、肋はアトリエに籠城《ろうじょう》すると力説していた。あそこなら武器もあるし、殺人鬼が梯子《はしご》を上ってきても蹴《け》り落とせる。肋が生き残っていたら、アトリエに隠れている可能性は高い。

牛男は厨房《ちゅうぼう》へ入ると、ガラス棚を開けてペティナイフを取り出した。刃渡りは十センチほどだが、切っ先が尖《とが》っていて護身用に使えそうだ。刃に布巾《ふきん》を巻いてポケットに突っ込んだ。

ふと食器棚の扉に目が留まる。ガラスに映った牛男の姿は、返り血を浴びた殺人鬼のようだった。

「何なんだよ」

湧き上がる不安を押し殺して食堂を出た。耳を澄ませ、足音を殺しながら、ゆっくりと廊下を進む。

玄関ロビーに出ると、ステンドグラスから射した陽が絨毯《じゅうたん》を照らしていた。球体の照明が振り子みたいに動いている。館全体が海風で揺れているのだろう。橙《だいだい》色の明かりは消えていた。

外へ出ようとして、足元に違和感を覚えた。ペルシャ絨毯に赤黒い染みができている。すでに乾いているようで、靴底で引っ掻《か》いても形が変わらなかった。誰かが鼻血でも垂らしたのだろうか。

頭上から板が撓《たわ》むような音が聞こえた。

とっさに天井を見上げる。

「ぎょえ」

二階の廊下の手すりから、人間の首が飛び出していた。

艶《つや》のある黒髪、張り出した頬骨、筋の通った鼻。斉加年だ。隠れて牛男を見張っていたのかと思ったが、それにしては様子がおかしい。欠伸《あくび》をするみたいに口を開けたままぴくりとも動かないのだ。顔には火事場から逃げてきたみたいな黒い汚れがべったりと付いている。よく見ると額の肉が裂け、前歯が斜めに曲がり、額から顎《あご》へ血の流れた痕《あと》が残っていた。

玄関ロビーの奥へ引き返し、二階の廊下を見上げる。斉加年はうつ伏せに倒れ、手すりの柵の間から首を突き出していた。酔っ払いみたいに肌が赤く変色している。明らかに死んでいた。

牛男、饂飩、斉加年。犯人は一夜で三人を殺したことになる。本気で作家たちを皆殺しにするつもりだ。

　このまま一人きりで連続殺人鬼に襲われたら勝ち目はない。生存者がいるうちに早く合流しなければ。

　牛男はポケットにナイフが入っているのを確かめて、天城館を飛び出した。焦げ付くような日差しが降り注ぐ。尖塔《せんとう》から響く鐘の音が能天気で腹が立った。

　玄関前にかかった橋の上から、条島を見渡す。昨夜の雨で川の水位がかなり上がったらしく、川原が泥だらけになっていた。土手の草が根こそぎ流されている。

　橋を渡ると、川沿いの石段を駆け下りた。カンカンと景気の良い足音が響く。海鳥が頭上を旋回していた。

　石段を半分下りたところで、ふとガソリンスタンドみたいな臭いが鼻を突いた。風の吹いてきたほうへ目を向ける。

　浅瀬に乗り上げたクルーザーを囲むように、赤い澱《おり》が広がっていた。クルーザーの燃料が漏れたのだろう。事故による損傷のせいか、犯人が故意に漏らしたのかは分からない。

　鼻を押さえて砂浜へ下りると、崖に沿って反時計回りに海岸を進んだ。潮気の濃い風が頬を打ちつける。

　アトリエへ上る梯子が見えるのと同時に、キィキィと甲高い鳴き声が聞こえた。海鳥が梯子のあたりの砂をほじくっている。ゴミ集積所の鴉《からす》みたいだ。腹の羽が抜け落ち、蕁麻疹《じんましん》みたいなぶつぶつができていた。

目を凝らしてみると、嘴《くちばし》が掻き回した砂の中に、肉の欠片《かけら》みたいなものが埋まっていた。猫の死骸でも見つけたのだろうか。

「どけ、あほ鳥」

牛男は警棒みたいにナイフを振り回して海鳥を追い払った。モグラ塚みたいに砂浜が盛り上がっている。ナイフをポケットに戻すと、両手で砂を掘って、肉片を引っ張り出した。

「何だこりゃ」

ミミズみたいな色をした、平べったい肉の欠片だった。海鼠《なまこ》の死骸だろうか。耳の奥で饂飩の悲鳴がこだまする。

ふと足元を見ると、小さな紙切れが砂に埋もれていた。濡れてしわしわになった短冊形の便箋《びんせん》に、へたくそな文字が並んでいる。牛男は肉片をポケットに入れ、紙切れを手に取った。

晴夏の話がしたい。午前1時、アトリエにて。

夜遅くに誰かがアトリエで密会したらしい。いや、犯人が誰かを呼び出して罠《わな》にかけたのだろうか。

牛男が立ち尽くしていると、海鳥がふたたび頭上を旋回し始めた。肉片の他にも欲しいものがあるようだ。海鳥は崖の上まで飛び上がると、アトリエを支える柱めがけて急降下した。格子状に組まれた丸太に頭を突っ込み、翼をめちゃくちゃに揺らしている。柱の向こうに何かがあるらしい。

牛男は紙切れをポケットに突っ込むと、格子の向こうの暗がりを覗き込んだ。

「ぎょえ」

岩に寄りかかるようにして、人間が仰向《あおむ》けに倒れていた。デニムのパンツを穿《は》いているが上半身は裸だ。硫酸をぶっかけられたのか、焼死体のように皮膚が爛《ただ》れている。顔は柱の陰に隠れているが、胸の膨らみを見るに男ではない。

あんぐりと開いた口の中で銀歯が光った。右手の人差し指には絆創膏《ばんそうこう》が巻いてある。

倒れているのは、あいりだ。

すぐとなりにはザビ人形が横たわっていた。こちらも水に落としたみたいに表面が溶けている。

海鳥はキィと寂しげに鳴いてから、首を下げて海へ飛んで行った。丸太は何重にも組まれており、内側へ入る隙間はない。あいりは一度アトリエに上った後、木組みの内側へ落ちたのだろう。もちろん犯人が突き落としたのだ。

牛男、饂飩、斉加年、あいり。一夜のうちに四人が襲われたことになる。犯人は残りの一人しかいない。肋だ。自殺幻想作家を名乗るあの男が、自分たちを殺したのだ。

牛男は頭上を見上げ、アトリエの入り口を覗いた。部屋の中が四角く切り取られて見える。人の姿はないが、死角に肋が潜んでいる可能性も捨てきれない。

「そこにいんのか」

返事はない。擦《かす》れた声が波音に吸い込まれた。

ここまで来て引き返すわけにもいかない。牛男は梯子に手をかけた。

あまり考えたくはないが、もし肋と鉢合わせしても、今の牛男には死んでいるという強みがある。あの男がどれだけ狂った殺人鬼でも、所詮《しょせん》は生きた人間だ。死体がよみがえったら面食らうに違いない。

牛男は両手に力を込めて、ゆっくりと梯子を上った。床穴から首を出し、アトリエを見回す。

「ぎょえ」

巨大な蠟《ろう》の塊が壁に寄りかかっていた。

肩の力が抜けそうになり、慌てて梯子にしがみつく。

蠟人形が溶け、雪崩のように何かを覆っていた。床に転がった錐《きり》は人形の胸に刺さっていたものだろう。

蠟の表面をよく見ると人間の顔が浮き出ていた。蠟の下からは掌《てのひら》が飛び出ている。親指の爪が真っ二つに割れ、隙間から血が流れていた。床板にも微《かす》かに血痕がついている。強引に取り押さえられ、溶かした蠟をぶっかけられたのだろう。

牛男は身体を引き上げ、アトリエの床に尻をついた。蠟に浮き出た顔は肋によく似ている。鼻も口も塞《ふさ》がっているから呼吸はできないはずだ。表面を突《つつ》いてみると、コツンと陽気な音が鳴った。

となりにはもう一つ、小さな蠟の膨らみがあった。ザビ人形に蠟をぶっかけたのだろう。犯人はここでも、ザビ人形で死体を再現したのだ。

牛男、饂飩、斉加年、あいり、そして肋。条島には五人しかいないはずなのに、一夜で全員の命が奪われてしまった。やはりこの島には、自分たちの知らない隠れ場所があるのだろうか。

牛男は瞼《まぶた》を閉じて気を落ち着かせた。目の前に死体が鎮座しているのは気味が悪いが、ひとまずここに隠れていれば安全なはずだ。床には錐が落ちているし、壁の棚には金槌《かなづち》や彫刻刀があるから、誰かが梯子を上ってきても応戦できる。

壁の時計は十二時四十分を指していた。襲われる寸前に見た時計は十一時半を指していたから、死んでから約十三時間が過ぎたことになる。

あらためて腕時計を見ると、やはり犯人に襲われた際に壊れたらしく、生き返ったときから針の位置が動いていなかった。文字盤は血で赤く汚れ、亀裂《きれつ》も入っている。ただし亀裂の中には血が付いていないから、亀裂ができてから血がかかったのではなく、血が乾いた後で亀裂ができたようだ。犯人が牛男の頭に釘を刺した後、椅子に座らせようとして腕時計をぶつけたのだろうか。文字盤には針が血を擦《こす》ったような同心円状の跡が残っていた。

考えても分からないことが多すぎる。牛男は深呼吸をして、あらためてアトリエを見渡した。

室内は雑然としていた。牛男の安アパートより少し広いくらいの部屋で、背の高い棚に絵具やスプレーインク、血糊《ちのり》、工具、ノート、石膏、鍋《なべ》、カセットコンロ、鏡などが並んでいる。作業台の周りにはルームウェアやレインパーカー、革のポーチ、懐中電灯、ライターなどが散らばっていた。

棚に置かれた赤いノートを開いてみると、蠟人形の制作に関するメモが並んでいた。女性の死体を描いたスケッチも多い。やはりこの部屋の道具は、死体を忠実に再現するために揃えられたようだ。

あいりが昨日、硫酸の瓶があると言っていたのを思い出す。棚を探してみたが、それらしい容器は見当たらなかった。犯人があいりに硫酸をかけた後、瓶を持ち去ったのだろう。

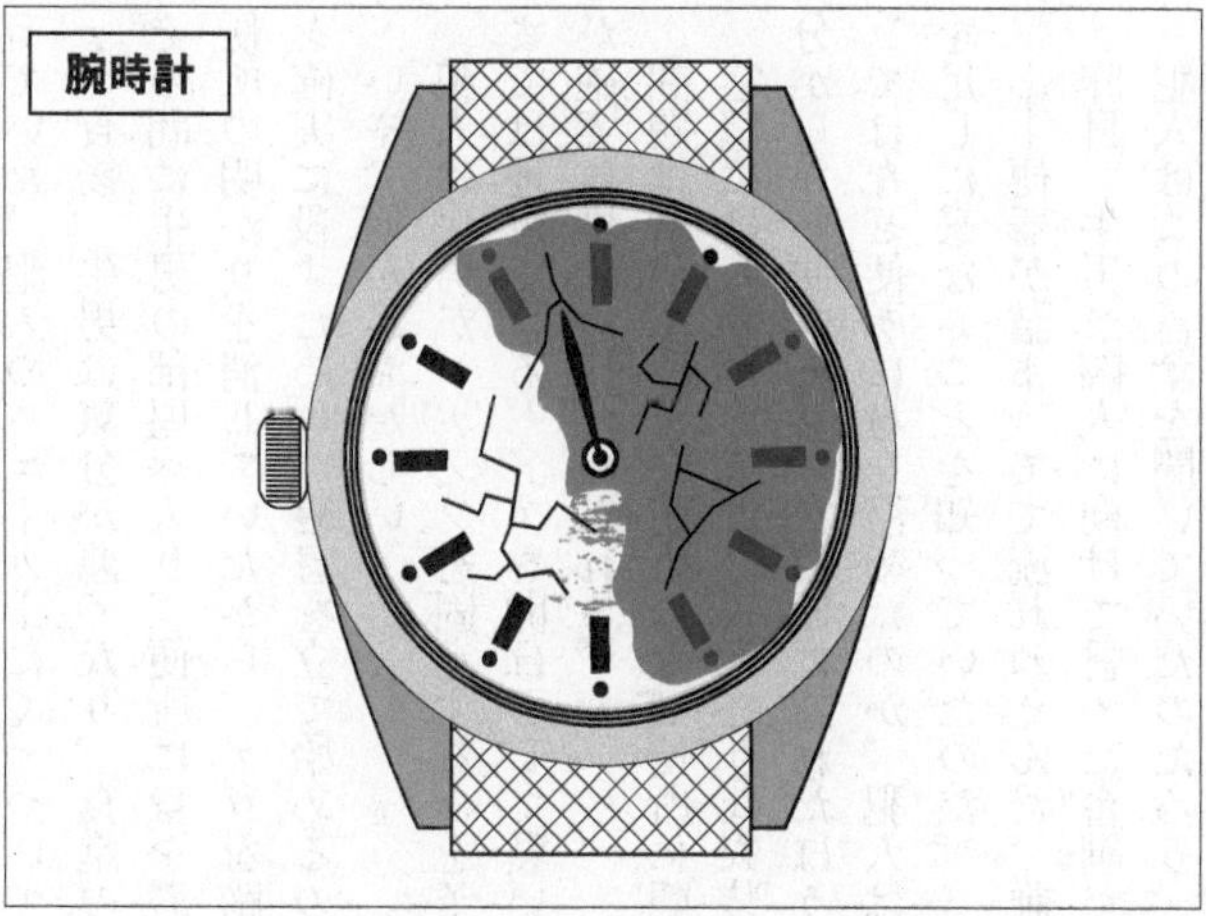

「――」

犯人の行動を想像して、ふと疑問が浮かんだ。

牛男は床に就く前、ドアノブとベッドの脚を電気コードで結んでおいたはずだ。だが牛男がよみがえったとき、コードは外され、ドアは半開きの状態だった。窓が割られていたとはいえ、外は切り立った崖だ。犯人はどうやってあの部屋に侵入したのだろうか。

記憶の中の光景が脳裏を駆けめぐる。意識を失う寸前に目にした、犯人らしい人物の足先。あのスニーカーには腐ったチーズみたいな固形物がくっついていた。

昨日、牛男は散策に出かける前に便所でゲロを吐いた。便器に着地したゲロは半分くらいで、残りの半分は床に飛び散っていた。犯人のスニーカーにくっついていたのは、牛男のゲロだ。

夕食後、牛男は気分が悪くなり、食堂の便所で嘔吐《おうと》してから部屋へ戻った。犯人はその間に牛男の部屋へ入り、便所に身を潜めていたのだ。牛男に見つからないように便所の明かりを消していたから、ゲロを踏んだことに気づかなかったのだろう。牛男を確実に殺すために、寝息を立て始めるのを待ってから牛男を襲ったのだ――。

いや。何かがおかしい。

犯人は牛男がドアノブを固定するのを予測して、牛男の部屋に侵入していた。ここまでは理解できる。ドアを開けさせて襲い掛かるよりも、中に隠れて隙を突いたほうが確実に標的を仕留められる。

問題は潜伏場所だ。犯人はなぜ便所に隠れたのだろうか。

客室には人間がまるごと入れそうな衣装棚があった。牛男がいつ用を足しにくるか分からない便所より、衣装棚に隠れたほうが安全だったはずだ。

ではなぜ便所に身を潜めたのか。犯人は牛男の部屋の便器が壊れていて、牛男が用を足しに来ないことを知っていたのだ。

――便器が詰まってて流れねえんだ。誰か便所を貸してくれよ。

昨日、牛男が四人に向けて言った台詞《せりふ》だ。

犯人はこの言葉を聞いていたのだろう。

だが牛男がこの話をしたのは、四人と浜辺を散策していたときだ。天城館の中ならともかく、屋外に盗聴器が仕込んであるとは思えない。犯人は直接、牛男の言葉を聞いたことになる。牛男を殺した犯人は、やはり四人の作家の中にいるのだ。

牛男はごくりと唾《つば》を呑《の》んだ。犯人は血に飢えた怪物などではない。自分も招待された振りをして油断させ、確実な方法で相手を殺す、狡猾《こうかつ》な頭脳犯だ。

ふと顔を上げ、蠟の塊と目が合った。表面にぼんやりと顔が浮かんでいる。

饂飩、斉加年、あいり、肋。牛男は変わり果てた姿の四人を見つけた。犯人がこの中の誰かだとすれば、そいつはすでに死んでいることになる。殺されたように見せかけて、自ら命を絶ったのだ。死体のそばにザビ人形を置いたのは、自分を連続殺人の犠牲者に見せかけるためだろう。

では犯人は誰か。牛男は目を覚ます直前に、二種類の音を聞いていた。鼠が走り抜けるような音と、何かが海へ落ちる水音だ。犯人が証拠品を捨てたのかもしれないし、告白文を詰めた瓶を投げ込んだのかもしれない。いずれにせよ、あの時点で犯人はまだ生きていたことになる。

牛男が生き返ったのは十一時半だ。それから死体を見つけるまでの間に、自殺できたやつがいただろうか。

牛男がよみがえって、初めに見つけたのが饂飩の死体だった。音を聞いてから死体を見つけるまでの時間はせいぜい十分ほど。毒物を飲んで浴槽に身を沈めたとしても、いくらなんでも時間の帳尻が合わない。死体の皮膚は水疱《すいほう》みたいに膨れていて、死後数時間は経過しているように見えた。

では斉加年はどうか。斉加年は顔を損傷し、手すりの柵の間に首を突っ込んで倒れていた。牛男が浴室や食堂へ行っている間に、二階の廊下へ上って死んだとすれば、時間的には十分に間に合う。そもそも階段を上って死んでいるかを確認したわけではないから、こっそり息をしていたとしても気づかないだろう。

だが気になるのは血痕だ。玄関ロビーのペルシャ絨毯に、血が垂れたような染みが残っていた。すでにカピカピに乾いていたから、付着してから十数分は経っているはずだ。牛男がよみがえったのを見て慌てて自殺や死んだ振りをしたのなら、やはり時間の辻褄《つじつま》が合わない。

死亡時刻を偽装するために、斉加年がわざと絨毯に染みを付けていた――というのも無理があるだろう。犯人は牛男がよみがえるなどとは思っていなかったはずだ。誰も生き残らないのに、誰かに見せることを前提としたトリックを準備する理由がない。

では犯人はあいりだったのか。これもどうにも腑《ふ》に落ちない。あいりは硫酸をかけられて全身の皮膚がボロボロになっていた。だがアトリエの下の砂浜には、硫酸を入れておく瓶が見当たらなかった。アトリエで硫酸を浴びてから地面へ飛び降りた可能性もあるが、その場合も部屋の中に瓶がなければおかしい。やはりあいりは犯人に地面へ落とされ、硫酸を浴びせられたのだ。

では肋はどうか。こいつは論外だろう。牛男がアトリエにやってきた時点で、蠟はカチカチに固まっていた。牛男がよみがえる前から死んでいたのは明らかだ。そもそも自分で蠟をかぶって、固まるまでじっとしているのは無理がある。

牛男は天井を見上げた。トタン屋根の隙間で蜘蛛が巣を広げている。

四人の作家の中に犯人がいるのは間違いない。でも全員が殺されているように見える。これは矛盾だ。自分は犯人の罠にかかっているのだ。

待てよ？　牛男はおもむろに腰を上げた。

五人が殺されていて、犯人が別にいるとすれば、この島には六人の人間がいなければおかしい。死体の中に未知の第三者が交ざっていたとすれば計算が合う。

犯人はあらかじめ身替わりの死体を用意していたのだ。

四人の顔が次々と脳裏に浮かぶ。浴室に浮かんだ男には、饂飩の面影がはっきり残っていた。手すりの柵から飛び出た男の顔が斉加年だったのは言うまでもない。アトリエの下の女は全身がどろどろに溶けていたが、あいりと同じ指に絆創膏が巻いてあり、口の中には見覚えのある銀歯があった。

牛男は深呼吸をして、壁にもたれた蠟の塊を見つめた。この中の死体が肋である根拠は、蠟の表面にぼんやりと浮かんだ顔だけだ。実際は赤の他人が入っていてもおかしくない。

肋は自殺幻想作家だ。日常的に自殺志願者と接していたあの男なら、身替わりの死体を手に入れるのも容易だろう。持ち歩いていたスーツケースの中に死体が入っていたとすれば、すべて説明がつく。

犯人は肋だ。証拠は、目の前の蠟の中にある。

牛男は棚から金槌を取り出し、蠟の塊に向き直った。ぼんやりと浮かんだ鼻と眼窩《がんか》の少し上——脳天のあたりをめがけて、勢いよく金槌を振り降ろす。鈍い感触。粗目《ざらめ》糖みたいに白い粒が飛び散った。

二度、三度と金槌を叩《たた》きつける。蠟の表面に卵の殻みたいな罅が入った。腰を入れて金槌を振り降ろすと、蠟がずるりと剝《は》がれて床に落ちた。

「へ?」

短く刈った髪、狭い額、潰《つぶ》れた鼻。

蠟の中から現れたのは肋だった。

凍瘡《とうそう》みたいに肌が赤く腫《は》れているが、肋本人なのは間違いない。おそるおそる触れてみると、肌は陶器のように冷たかった。

肋が死んでいる。これはどういうことだ。

身替わりの死体と入れ替わることができたのは肋しかいない。この男が本当に死んでいたのなら、自分たちを殺せた人物がいなくなってしまう。

尖塔から鐘の音が聞こえた。突風が吹きつけ、足元がぐらりと揺れる。牛男が丸太にしがみついた、そのとき。

「うわあああああ！」

目の前で悲鳴が轟《とどろ》いた。

顔を上げると、蠟まみれの肋が両目をひん剝《む》いて叫んでいた。

＊

雨が激しく屋根を叩いている。

阿良々木肋が小用を済ませ、客室の便所を出ると、廊下へ出るドアの下から短冊形の便箋が差し込まれていた。

晴夏の話がしたい。午前1時、アトリエにて。

「なにこれ？」

紙を引っくり返しても差出人が書いていない。肋をアトリエへ誘《おび》き出そうという魂胆が見え透いている。肋はよほど間抜けだと思われているらしい。

「おーい。不審者から手紙が来ましたよ」

向かいの部屋の斉加年を呼びに行こうとドアノブに手をかけ、ふと息を止めた。

あの医者はどうにも胡散《うさん》臭い。招待客の振りをしているが、実は彼が肋たちをこの島に集めた張本人という可能性もある。こんな間抜けな手紙を書いて寄こすのは、身内以外は全員馬鹿だと思っている医者か教師くらいだ。

肋はドアノブから手を離して、紙切れを見返した。

相手は肋を舐《な》めている。これはチャンスだ。

肋はただの作家ではない。自殺幻想作家だ。高校一年の夏に「気持ち悪い本ばかり読んでいる」という理由で恋人にふられ、自らの死と向かい合ったときから、肋は死の正体を追い続けてきた。平日の昼はレストランの厨房で働いているが、これはもちろん仮の姿に過ぎない。

肋は数え切れないほどの自殺未遂者を取材してきた。身体を売って貢いだホストに捨てられた女。ヤクザに家族を殺された警察官。孫を自動車で轢《ひ》き殺した老人。そして父親に先住民族との性行為を強要された女子大生――。

彼らの話を聞くため、肋はいくつもの修羅場をくぐった。激昂《げきこう》した取材相手にナイフで切り付けられたり、勘違いしたヤクザに鳩の死骸を送り付けられたりしたこともある。コーヒーを片手に原稿を書いてきた連中とは歩んできた人生が違うのだ。自分は本物の死を知っている。

「ひとつ暴れてやりますか」

肋は紙切れをポケットにねじ込むと、スーツケースからポーチを取り出し、護身用のジャックナイフと懐中電灯を詰め、ルームウェアにレインパーカーを重ねて部屋を出た。

橙色の明かりに照らされた玄関ロビーを抜け、外へ出る。豪雨はますます勢いを増していた。フードをかぶっても、歩いているだけで目や鼻に水が流れ込んでくる。川がごうごうと唸《うな》り声を上げていた。

慎重に石段を下り、砂浜を進んでアトリエの下にたどりついた。地上五メートルほどの高さに丸太小屋が浮かんでいる。

時刻は零時四十五分。約束の一時までまだ十五分ある。近くの砂浜に人の気配はない。

肋は右手で顔の高さの梯子を摑み、一番下の横木に足をかけた。流れ落ちる雨水で手が滑りそうになる。左腕が折れているから、右手を離したら砂浜に真っ逆さまだ。落ちても死にはしないだろうが、無傷でもいられないだろう。丸太に抱き着くようにして、一段ずつ梯子を上った。

床穴から小屋に頭を入れる。人気はない。小屋に入り込むと、天井の紐を引いて明かりをつけた。

「ひっ」

腰を抜かしそうになった。

目の前に若い女が立っている。首から上に色がなく、胸には錐が刺さっていた。着色途中の蠟人形だ。

「勘弁してくださいよ」

肋は息を吐くと、床にあぐらをかいて煙草を咥《くわ》えた。すぐ手の届くところにナイフの入ったポーチを置いておくのを忘れない。一騎打ちの前に気付けの一服だ。

誰が自分たちを条島へ集めたのかは分からない。だがそいつは間違いなく自信家で、思い込みが激しく、偏執的な性格なのだろう。それゆえに自分が晴夏と特別な関係にあったと思い込んで、他の作家たちを逆恨みしているのだ。

肋は首に下げたドッグタグを握り締めた。確かに晴夏は大勢の推理作家と関係を持っていた。だが本当に心を開いた相手は肋だけだ。

人間には、地獄を生き抜いてきた者同士でしか分かり合えない感情がある。平穏に見える世界にも、薄皮を一枚剝がしたところには想像を絶する暴力があり、そこには死が付きまとっている。本当の恐怖と絶望は、死ととなり合わせで生きたことのある人間にしか分からないのだ。肋は晴夏が味わった恐怖を知っていたし、晴夏も肋の絶望を理解していた。

他の作家たちとの関係は所詮まやかしだ。誰が勘違いをしたのか知らないが、自分が現実を見せ、お灸《きゅう》を据えてやるしかない。

肋が煙草を咥え直し、ライターのレバーを押した、そのとき。

「え?」

ドン、と音が鳴った。

蠟人形の上半身が床に落ち、鏡にぶつかって乾いた音を立てる。

身体が床に叩きつけられた。

パキ、と爪が割れる音。

とっさにポーチへ手を伸ばしたところで、脳天に強い衝撃が走った。

視界が転がる。天井が歪《ゆが》んで見える。

走馬燈《そうまとう》はやってこない。花畑もトンネルもない。

これが死なのか。意気揚々と追い求めていた死の正体はこんなものだったのか。

いや違う。何かが自分を見ている。死神か、悪魔か、何だこれは——。

意識を失う寸前、肋は怪物を目にした。
無数の眼球に覆われた、異形の怪物を。

惨劇㈡

牛男は右手に金槌《かなづち》、左手にペティナイフをかまえた。

死んだはずの肋が悲鳴を上げている。こいつは死んだ振りをしていたのか。だが触れた肌は冷たく、明らかに死体のものだった。何がなんだか分からない。

「てめえ、うるせえよ」

牛男の声は擦《かす》れていた。

肋は頭をぶるぶる痙攣《けいれん》させ、狂ったように金切り声を上げている。ドン、ドン、ドン、と後頭部が壁にぶつかって鈍い音を立てた。鼻汁だか涎《よだれ》だか分からない黄色っぽい液体があちこちへ飛び散る。

やはりこの男は死んだ振りをしていたのだ。残りの三人が全員死んでいる以上、犯人はこの男しかいない。こいつが自分たちを殺したのだ。

「うるせえって言ってんだろ」

牛男は腹を決めた。

生き延びるにはこいつを殺すしかない。

「死ね」

牛男は肋の脳天めがけて金槌を振りかぶった。肋が目玉を剝《む》く。

足がつるりと滑り、世界が引っくり返った。骨を砕く手ごたえの代わりに、後頭部に鈍い衝撃が走る。天井に銀粉が舞った。

「お、お、願いします。殺さないでください」

肋の声が聞こえた。

頭を起こすと、肋の周りに水溜《みずた》まりが広がっていた。

牛男はこの液体に足を取られたらしい。深呼吸をすると腐ったリンゴみたいな臭いがした。小便だ。肋が小便を漏らしたのだ。

後頭部を撫《な》でると、皮膚がへこんで平べったくなっていた。よみがえったときよりも釘頭《くぎがしら》が深くめり込んでいる。

顔を横に向けると、罅割《ひびわ》れた鏡に自分の身体が映っていた。血まみれのルームウェアを着た男が尻餅《しりもち》をついている。こんな男が金槌を振り回していたら、悲鳴を上げたくなるのも当然だ。

「な、何でもします。殺さないでください」

肋が鼻汁を啜《すす》りあげた。

「おれはお前なんか殺さねえよ」

「さっき死ねって言ったじゃないですか」

「言ったかな」牛男は声を詰まらせた。「空耳だ」

「本当ですか？　でもぼくを襲ったのは牛汁さんですよね？」

肋が目を白黒させる。牛男が犯人だと勘違いしているようだ。

「よく思い出せ。お前を襲ったやつはヘンテコな仮面を着けてなかったか？」

「仮面？　ああ、目が何個もあるやつですね」

「それはおれじゃない。おれもお前と同じ被害者なんだ。ほら見ろ」

牛男は前髪を掻《か》き分けて、額から飛び出た釘を見せつけた。

「すごい。本当に刺さってるみたいですね」

「本当に刺さってんだよ」

数秒の沈黙。肋は口を半開きにしたまま、俯《うつむ》いて自分の身体を眺めた。肋は餅の化け物に呑《の》み込まれたような見てくれをしていた。

「これは何ですか？」

「犯人がお前に蠟《ろう》をぶっかけたんだよ。おれが頭のまわりを剝《は》がしてやったんだ」

「いやいや。顔に蠟をかけられたら、息ができなくて死んじゃいますよ」

「おれも同意見だ。お前はもう死んでる」

肋は目玉だけが顔になったような表情をした。

「ここは天国ですか？」

「その発想はなかったな」

「意味が分からないんですけど」

「おれの話をしよう。おれは頭に釘を打ち込まれて死んだ。いまも心臓は動いちゃいない。だがどういうわけか半日で意識がよみがえったんだ。お前にも同じことが起きたんだと思う」

「まじですか」肋が気の抜けた声を出す。「信じらんないですね」

目の前の男がとぼけているようには見えない。こいつも誰かに殺されたのだ。

「お願いがあるんですけど。この白いやつ、剥がしてくれませんか」

蠟の中からギシギシと軋《きし》むような音がした。手足を動かしたいのだろう。

「自分で壊せねえのか」

「ええ。パンツが濡《ぬ》れてて気持ち悪いです」

肋が亀みたいに首をすくめる。

牛男はナイフをポケットにしまうと、金槌で蠟をめちゃくちゃに殴った。酒に酔った化石発掘隊員みたいな気分になる。肋は痛みを堪《こら》えるように目をきつく閉じたが、すぐに痛覚がないことに気づいたらしく、呆《あき》れ顔で自分の身体を見下ろした。

蠟の中から現れた肋は下半身がおしっこでびしょびしょだった。ルームウェアの生地に蠟が染みてすっかり白くなっている。

「ありがとうございます。この恩は忘れません。死んだと思ったのに夢みたいです」

肋は膝《ひざ》を立てて手足に付いた蠟を払った。腕の包帯には赤い血痕《けっこん》が浮き出ている。船室のベッドから落ちたときは外傷はなかったはずだから、犯人に襲われた拍子に、骨が肌から飛び出たのかもしれない。

「腕、痛そうだな」

「いえ、まったく。牛汁さんの頭のほうが痛そうですよ」

肋は壁ぎわに落ちた煙草をつまみ上げ、埃《ほこり》を払って嬉《うれ》しそうに咥《くわ》えた。

「肺が腐っててニコチンを吸うと死ぬかもしれねえぞ」

「牛汁さんらしくないですね。煙草を吸えないなら生き返っても意味ないですよ」

肋は作業台の下からライターを拾い、煙草の先に火を点《つ》けた。神経の太いやつだ。

「このへんに落ちてるのはお前が持ってきたものか？」

「えっと、レインパーカーとポーチと懐中電灯はぼくのですね。ルームウェアは違います」

ルームウェアはあいりが着ていたものを犯人が脱がせたのだろう。肋がポーチを開けると中にジャックナイフが入っていた。

「ところで牛汁さんは、どうしてアトリエにいるんです？」

肋が首を曲げると、蠟の欠片《かけら》がフケみたいに落ちた。

「殺人鬼に出くわしたくねえからだよ。事件が起きたらこのアトリエに籠城《ろうじょう》するってお前も言ってただろ」

「ああ、なるほど」肋が指を弾《はじ》く。

「お前こそなんでアトリエに来たんだ？」

「えっと、夜中におしっこをして、部屋に戻ったら手紙があったんですよ。深夜一時にアトリエに来いって」

「こいつだな。下の砂浜に落ちてたぜ」

牛男はポケットから紙切れを引っ張り出した。

「それです。で、怪しいと思いつつアトリエに来てみたら、誰も見当たらなくて。煙草を吸いながら待とうとしたら、いきなり襲われたんです。蠟人形の裏に犯人が隠れてたみたいですね。痛かったなあ」

肋がアトリエの隅を振り返る。蠟人形は錐《きり》だけを残して姿を消していた。

「襲われてからの記憶はねえのか？」

「まったく。意識を取り戻さなくてよかったですよ」

腫《は》れ上がった腕を眺めて、肋は顔を顰《しか》める。

犯人は肋の意識を奪った後、全身に蠟を浴びせた。蠟人形を砕いて鍋《なべ》に入れ、コンロで火にかけて溶かしたものを、頭からぶっかけたのだろう。

「……そんなことより、他のみんなはどこですか？」

「皆殺しだよ。よみがえったのはおれとお前だけだ」

牛男は部屋で犯人に襲われてから、息を吹き返してアトリエへ来るまでの経緯を説明した。

「すごい。『そして誰もいなくなった』じゃないですか」

肋はなぜか目を輝かせた。

「何だそれは」

「小説ですよ。牛汁さん、本当に推理作家ですか？」

「うるせえ、オタク。死ね」

「沙希さんは砂浜に倒れてたんですよね。どのあたりですか？」

「お前の真下だよ。足元を覗《のぞ》いてみろ」

肋は床穴を覗いて、恍惚《こうこつ》とした笑みを浮かべた。今にも踊り出しそうな勢いだ。

「やっぱりお前が犯人なんじゃねえのか？」

「まさか。せっかく作家になったのに、人を殺したら意味ないじゃないですか」

「理屈で考えると、犯人はお前しかいねえんだよ」

牛男は肋を突き落としたい気持ちを抑えて、犯人の靴にゲロが付いていたことから容疑者が四人に絞られること、その中で身替わりの死体と入れ替われたのが肋だけであることを説明した。

「なるほど。牛汁さん、おっちょこちょいですね。ぼくが犯人じゃないのは、ぼくを蠟の中から引っ張り出すまでもなく明らかですよ」

「おっちょこちょい？」牛男は肋の胸ぐらを摑《つか》んだ。「なめてんのか」

「怒んないでくださいよ。牛汁さんの推理通りなら、ぼくは身替わりの死体をアトリエに運んで蠟をぶっかけたことになりますよね。残念ですけどそれは無理です。ぼくには死体を運ぶ手段がありませんから」

肋はそう言って左腕をこちらに向けた。包帯に血が滲《にじ》んでいる。骨折しているから死体を持ち運ぶような力仕事はできないと言いたいらしい。

「お前の脳味噌《のうみそ》はまだ死んでんのか？　右手を使えばいいだろ」

「スーツケースを引くだけならそうですね。でもどうやって梯子《はしご》を上るんです？　片手で梯子を上るだけでも至難の業です。ましてスーツケースを持って上がるなんて不可能でしょう」

「クルーザーを下りたときの斉加年みたいに、ベルトで背中に固定すればいいだろ。それが駄目なら、スーツケースに縄をくくりつけておいて、アトリエに上ってから引っ張ればいい」

「頑固ですね。ではもっと分かりやすい証拠を見せます。これです」

肋は右手の親指を突き出した。爪が真ん中で割れている。

「ぼくの右の掌《てのひら》にはほとんど蠟が付いていません。牛汁さんも見たと思いますが、蠟を剝がす前から右手だけは外に出ていました。そして親指の割れた爪から出た血が床にも付いていました」

手首を捻《ひね》って足元を指す。床板に刷毛《はけ》で擦《こす》ったような血痕が残っていた。

「それがどうした」

「分かりませんか？　ぼくは仕事柄、たくさんの死体を見てきました。死後は血液の循環が止まり、体温も下がりますから、体内の血液は凝固します。蠟の中に入っていたのが本土から運んできた死体なら、爪を割っても血は出ないはずですよ」

肋は膨れた唇の端を吊り上げた。癪《しゃく》に障る物言いだが筋は通っている。

「そこまで言うならお前の推理を言え。おれたちを殺したのは誰なんだ？」

「分かりませんけど、残りの三人の誰かでしょうね。ぼくと牛汁さんは犯人じゃなさそうですから」

肋が緊張感のない声を出す。饂飩、斉加年、あいりの変わり果てた姿が脳裏に浮かんだ。

「おれは三人とも死に顔を見てる。どれも身替わりには見えなかったぜ」

「じゃあ三人とも本人なんでしょう。誰かが死んだ振りをしてたんじゃないですか？うつ伏せで浴槽に浮かんでいた饂飩さんが、実は息を止めていただけだったとか」

牛男は反論しようと口を開いたが、すぐに言葉を呑み込んだ。饂飩の身体は皮膚が膨れていて、死後数時間は経っているように見えた。だがその姿を見たのは牛男だけだから、ここで声高に訴えても意味がない。

「おれは三つとも本物の死体だと思う」

「じゃあもう一度見に行きましょうよ」

肋が楽しそうに床穴を覗き込む。海風が前髪を捲《めく》りあげた。

「殺人鬼がうろついてるかもしれねえんだぞ」

「大丈夫ですよ。ぼくたちもう死んでますから」

肋は飛び切りの笑みを浮かべた。


あいりの死体は、アトリエを支える骨組みと崖《がけ》の隙間に落っこちていた。梯子を下りたところは格子の外側なので、死体に近づくことができない。死体を直《じか》に観察するには、丸太を伝って格子の内側へ下りる必要がある。片腕を骨折した肋には危険すぎるので、牛男が死体のもとへ下りることになった。

床穴から梯子の裏側へ出て、格子状に組まれた丸太に足を掛ける。高さは桁違いだが、ジャングルジムを下りるのと要領は同じだ。

アトリエの下から見上げると、床板の厚さは十センチほどで、思ったよりも薄かった。細長い合板をつないであり、継ぎ目から細く光が洩れている。床板と柱を斜めにつなぐ太い角材が、床下に直角三角形を作っていた。死角に猫の死骸《しがい》くらいなら隠せそうだが、人間が身を潜めるのは難しそうだ。

丸太を伝って砂浜へ下りると、遠くから鐘の音が聞こえた。あいりからは吐物を煮詰めたような臭いが漂ってくる。思わず鼻を強く押さえた。

あいりは上半身を岩にもたれさせ、あんぐりと口を開けて中空を見つめていた。九年前に秋山雨に見せられた、奔拇族の男の白骨化した死体を思い出す。あの死体も顔に杭《くい》を打たれ、口を大きく開いていた。

硫酸は全身にまんべんなくかけられていた。肌が爛《ただ》れ、眼球が膨らみ、鼻は地滑りみたいに曲がっている。デニムパンツも血と尿の混じったような液体で汚れていた。脇腹から流れた血が背中へ真っすぐに流れている。

「お前にはこいつが生きてるように見えんのか？」

牛男は死体を指して文句を言った。

「医者じゃないんで分かんないです。手首を触ってみてください」

梯子で砂浜に下りた肋が、丸太に顔を押しつけて能天気な声を出す。格子ごしに見る肋は座敷牢《ざしきろう》に幽閉されているみたいだが、あいにく閉じ込められているのは牛男のほうだ。

牛男は息を止めて、あいりの手首の爛れていないところに触れた。亜熱帯の熱気に晒《さら》されていたためか肌は温かい。脈はなかった。

「死んでる」

「別人ってことはないですか？」

「ねえよ。指に絆創膏《ばんそうこう》が巻いてある。それにほら、銀歯があるだろ」

牛男は靴底で側頭部を押して、あいりの顔を肋に向けた。

「本当だ。その銀歯、かわいかったですもんね」

肋の声が上擦る。牛男はあいりの頭をもとの位置に戻して、口の中を覗き込んだ。

ふいに悪寒が背筋を駆けあがった。喉《のど》が潰《つぶ》れたように声が出なくなる。

「どうしました？」

肋の陽気な声。

「空っぽだ」

絞り出した声は調子が外れていた。

上下に並んだ歯の向こうに、ぽっかりと赤い空洞ができている。あいりの口には舌がなかった。ぶら下がったのどちんこと、洞穴みたいな暗闇があるだけだ。

牛男は悍《おぞ》ましいことに気が付いた。ポケットに手を入れ、梯子の下で拾ったそれを取り出す。

赤黒くて柔らかい肉の欠片。舌だった。

「何ですか。カルビ？」

「沙希の舌だよ」

肋が悲鳴を上げた。

呼吸を整えて、ふたたび口を覗き込む。下歯のすぐ奥に傷が残っていた。凄《すさ》まじい出血だったようで、歯茎の裏のあたりに凝固した血が溜まっている。牛男が生き返ったときも口の中にどろっとしたものが溜まっていたが、この血の量は段違いだ。

「それ、どこで拾ったんですか？」

肋が舌を指して言う。

「ちょうど今、お前がいるあたりだよ」

「ひえ」肋がきょろきょろとあたりを眺める。「それじゃ、し、死体の近くに、舌を切った鋏《はさみ》が落ちていませんか？」

言われるままにあたりを見回す。砂浜は平らで、犯人と揉《も》み合ったような形跡はない。鋏や瓶も見当たらなかった。あるのは形の崩れたザビ人形だけだ。

「ねえよ。犯人が持ってったんだろ」

「じゃあ死体の手の爪に砂が入り込んでいませんか？」

「砂？」

牛男はあいりの爪を見つめた。ザリガニみたいな色のマニキュアが塗りたくってある。裏を見ても汚れはなかった。

「何ともねえぞ」

「そうですか。ふうん。他に気になるところはありませんか？」

肋が偉そうにほざく。すっかり探偵気取りだ。

うんざりした気分であいりの死体を眺めていると、頭の後ろの岩に金属片が落ちているのに気づいた。肋に銀歯を見せようと頭を動かしたとき、下から出てきたようだ。

腰を屈めて手に取ると、蠟のついたドッグタグだった。肋が得意げに首からぶら下げていた、あれだ。

「あ、それぼくのです」肋が首を伸ばして言う。「返してください」

「見りゃ分かるよ。なんでお前のネックレスが沙希の頭の下から出てくんだ」

「分かんないです。犯人がぼくの顔に蠟をぶっかけたときに、首から外れて落ちたんじゃないですか」

「本当はお前が殺したんじゃねえのか？」

「そりゃないですよ。ぼくは被害者です。現に一度殺されたわけですし」

肋は頭を掻いて苦笑した。髪に絡まった蠟がぱらぱらと落ちる。

「犯人の気遣いかもな。こんなダサいネックレスを着けたまま死なれると、あの世の住人が閉口するだろ――」

牛男の頭のてっぺんに冷たいものが落ちた。

おそるおそる頭上を見上げる。アトリエを支える横木から水滴が落ち、あいりの顔へ落ちた。公園の便所みたいな臭いがする。肋が漏らした小便だろう。

「あはは、意地悪を言うからですよ」

肋が愉快そうに笑う。

牛男は一つ舌打ちをして、格子の向こうにドッグタグを放り込んでやった。

太陽がじりじりと肌を焼いている。汗が一滴も湧いてこないのが不気味だ。

天城館の玄関ポーチから海を見下ろすと、赤い澱《おり》がさらに広がって見えた。条島が血を流しているみたいだ。

「赤潮ってやつですかね」

「クルーザーの燃料が漏れてんだろ」

「ああ、なるほど。本当の被害者はこの島なのかもしれませんね――なんつって」

さっそく首にドッグタグを下げた肋が、気色の悪い口調で言う。牛男は肋を無視して玄関ポーチをくぐった。肋も後を追ってくる。

「あれ。ブルーシートが外れてますよ」

肋が天城館の左手の空き地に目を向けて言った。荷車を覆っていたブルーシートが外れ、宿泊棟の壁の前に落ちている。

「風で外れたんだろ」

「いや——違いますね」肋は腰を曲げて、荷車の裏を覗き込んだ。「荷台の下の土が湿ってます。荷台がずっと同じ場所にあったのなら、土は乾いているはずです。犯人が荷車を動かしたんですよ」

つられて荷台の下を覗き込む。ぬかるんだ土に点々と水溜まりができていた。

「何のために？」

「分かりません。とりあえず死体を調べてみましょう」

肋はすぐに踵《きびす》を返し、玄関へ向かった。牛男も背中を追いかける。尖塔《せんとう》から鐘の音が聞こえた。

扉を開けると、目の前のペルシャ絨毯《じゅうたん》に血痕がこびりついていた。

「ほら。どう見ても死んでんだろ？」

牛男は二階の廊下から飛び出た斉加年の頭を見上げた。額が割け、血が顎へ流れている。肌に付着しているのは泥だろうか。

「うふふ、すごいですね」

肋は唇を嚙《か》んで笑いを堪えた。

「お前、やっぱり人殺しだろ」

「やめてください。これは捜査ですよ。もっと近くで見てみましょう」

肋は玄関ロビーを突っ切り、正面の階段を上った。ギシギシという足音に合わせて、天井から下がった照明が微《かす》かに揺れる。

廊下を曲がると、レインパーカーを着た斉加年がうつ伏せに倒れていた。首だけが柵《さく》から飛び出たさまはギロチンを思わせる。爪先《つまさき》のあたりに腕の千切れたザビ人形が倒れていた。

肋が腰を曲げ、死体の手首に触れた。掌にはべったりと泥が付いている。

「これは死んでますね」

「だから言っただろ。普通の人間は頭が割れたら死ぬんだよ」

手すりの上から一階を見下ろすと、斉加年の顔から真っすぐ落ちたところに血痕が見えた。

「あれ?」

肋はザビ人形に目を落とした。腕がもげ、泥が絨毯に散らばっている。人形の中は埴輪《はにわ》のように空洞になっていた。

「どうした」

「どうしたもこうしたも。斉加年さんの腕はもげてないのに、人形だけ腕がもげてますよ」

肋はそう言って、人形と斉加年を見比べる。確かに他の現場では、死体とザビ人形には同じ損傷が加えられていた。犯人が斉加年の腕を切り忘れたのだろうか。

「よく分からないですね。とりあえず饂飩さんを見に行きましょうか」

二人は並んで階段を下りた。玄関ロビーから廊下を抜け、浴室へ向かう。

脱衣所のドアはあいかわらず開きっ放しだった。死体を一つ見つけて騒いでいたのが大昔のことのように思える。

「こいつが生きてるように見えるか？」

牛男は浴槽を見下ろして言うと、肋の尻をぺしんと叩《たた》いた。

肋が浴槽を覗き込む。饂飩の身体はさらに膨らんでクラゲみたいになっていた。浴槽の水位は三分の二ほど。泥水のように濁った水面から頭と背中と尻が浮き上がっている。洗い場に横たわったザビ人形は、どろどろに溶けてどちらを向いているのかも分からなかった。

「うーん。死んだ振りにしては無理がありますね」

肋は右腕を浴槽に突っ込んで、饂飩の頭を水面から持ち上げた。頭からぼたぼたと水滴が落ちる。鼻に、耳に、唇に、瞼《まぶた》に、大量のピアスがぶら下がっていた。

「ん？」

肋が饂飩の顔を覗き込む。割れた窓から風が吹き込み、水面が揺れた。

「どうした」

「見てください。ここのピアスがありません」

肋は饂飩の頬を指した。左右に一つずつ、幅一ミリくらいの穴が開いている。晴夏にもらったという頬のピアスがなくなっていた。

「外れたんだろ。ほら」

あらためて浴槽を見ると、シリコン製の留め具が水に浮かんでいた。牛男が饂飩の頭を持ち上げたときに口から落ちた、あれだ。ピアスの本体は底に沈んでいるのだろう。

「なんで取れちゃったんでしょう」

「水へ押し込んだ拍子に留め具が外れたんだろ」

「うーん。そんな簡単に外れますかね」

肋はしばらく饂飩とにらめっこをしていたが、やがて諦《あきら》めたように頭から手を離した。ちゃぽんと音を立てて頭が沈む。

「おれの言った通りだったろ。死んだ振りをしてるやつはいない。おれたちは皆殺しにされたんだ」

「確かにそうですね。でも一つ閃《ひらめ》いたことがあります。牛汁さんが殺された現場を見に行きましょう」

肋は軽やかに言って、浴室を後にした。

自分が殺された現場を調べるのは妙な気分だった。

部屋の真ん中に血まみれの椅子が倒れている。頭を抉《えぐ》られたザビ人形は寂しそうに天井を見上げていた。

「問題のゲロはここですか」

肋は便所を覗くと、鼻をつまんですぐにドアを閉めた。

「わざわざおれのゲロを鑑賞しにきたのか」

「いえ、ぼくが気になってたのはこっちです」

肋は部屋を一通り眺めると、足を止めて床板に目を落とした。窓から吹き込む風がカーテンを揺らす。

「床に何かあんのか?」

「たぶん。椅子に付いた血を見るに、牛汁さんが意識を取り戻す前、その椅子に座らされていたのは間違いなさそうです。でも頭に釘を打ち込むには椅子の上は不安定すぎる。犯人は牛汁さんを床に寝かせて頭に釘を打ってから、死体を椅子に座らせたはずです」

牛男は腕時計に目を落とした。文字盤に血がかかっているが、亀裂《きれつ》の中には血が入り込んでいない。犯人が牛男に釘を打った後で死体を動かしたという推理は、この腕時計から導き出される状況とも一致している。

「でも牛汁さんの頭に打たれた釘は、貫通しておでこから飛び出ています。それなら床にも傷ができるはずだと思うんです」

肋は膝を曲げて、床板をじっと見つめた。血があちこちに飛び散っているが、遺留物はとくに見当たらない。

「お。これですね」肋は犬みたいに鼻を床に近づけた。「傷が二つあります」

牛男は肋の肩ごしに床を覗き込んだ。血痕に紛れるように、丸い傷が二つ並んでいる。アパートの柱にできたキクイムシの巣穴に似ていた。一ミリもない小さな傷だが、窓に近いほうが少し大きく見える。

「シャーロックなんとかみたいだな。犯人は昆虫か？」

「見てください。大きい穴にだけ血が入り込んでいます」

確かに大きいほうの傷の中は血で赤く染まっているが、小さいほうの傷の中はわずかに泥が付いているだけだった。

「うふふ。牛汁さん、ぼく、犯人が分かりました」

「それがどうした」

肋は顔を上げると、目を細くして嬉しそうに笑った。

「閉鎖空間で集団が次々と殺され、最後には全滅してしまう。でも犯人はどこにもいない。じゃあその空間でいったい何が起きたのか？　この強烈な謎が『そして誰もいなくなった』型ミステリの醍醐味《だいごみ》です。ぼくと牛汁さんが巻き込まれたのはまさにこのタイプの事件ですね。被害者がよみがえってしまったのがややこしいところですけど」

肋が大げさに声を張る。息から煙草の臭いがした。

「早く結論を言えよ。犯人は誰だ」

「まあ落ち着いて。牛汁さんから五人が皆殺しにされたと聞いて、ぼくはある疑問を抱きました。犯人はぼくらを殺すとき、眼球だらけの奇妙な仮面を着けてましたよね。あれには何の意味があったんでしょうか」

「ザビマスクのことか？　そんなの決まってるだろ。犯人はおれたちをびっくりさせたかったんだよ」

「あんなものを顔に着けて人を襲うのは大変ですよ。ぼくらを驚かすためだけに使ったとは思えません」

「じゃあ顔を見られたくなかったんだろ。銀行強盗が目出し帽で顔を隠すのと同じだ」

「半分は正解です」肋は得意げに頷《うなず》いた。「全員の部屋にだぼっとしたルームウェアを用意していたのも、服装や体形から正体がばれるのを防ぐためでしょう。ただそれだと妙なことになるんです」

「妙なこと?」

「犯人はぼくたちを皆殺しにしてるんですよ。強盗だって店員を皆殺しにするつもりならいちいち顔を隠したりしないはずです。正体を知られたってどうせみんな死ぬんですから」

「うーん、どうだろうな」牛男は腕組みして首を捻った。「一夜でこれだけの人数を殺すのは至難の業だろ。本当に計画通りいくかは犯人にも分からなかったはずだ。反撃されて横っ腹を刺されるかもしれねえし、現場から出てきたところをうっかり見られる可能性もある。用心のために顔を隠したとしてもおかしくねえだろ」

「牛汁さんの場合はそうかもしれませんね。でもぼくはアトリエへ呼び出されて殺されたんですよ。腕の骨の折れた相手に反撃されるとは普通思いませんし、深夜一時のアトリエに人が偶然通りかかることもないはずです」

肋がわざとらしく左手をぶらぶらさせる。確かに視界の狭まる仮面を着けて人を殺すのは一苦労だ。圧倒的に優位な相手に対し、犯人はなぜ顔を隠したのだろうか。

「あの野郎、何を考えてたんだ」

「簡単なことですよ。犯人が殺害時に顔を見せていたらどうなっていたかを考えてみればいいんです。ぼくたちもこうやって現場を調べて回ったりはしないでしょう。だって犯人が分かってるんですから」

「そりゃおれたちがよみがえっちまったからだろ？」

「はい。それが答えです。犯人は殺した相手が数時間後によみがえるかもしれないことを知っていた。だからとどめを刺すまで顔を見せなかったんです」

犯人がこの怪現象を予想していた？

牛男は腕を組んだまま、肋の言葉を反芻《はんすう》した。そんなことがありうるのだろうか。

「よく分からねえな。犯人は三途《さんず》の川の水夫か？」

「事情は分かりませんけど、犯人はぼくたちの身体に異変が起きるのを予測していたんです。だから自分が殺人鬼だとばれないように先手を打った」

「おれたちの身体で人体実験をしたんだな。となると犯人は医者の斉加年か」

「それは結論を急ぎ過ぎです。この島には五つの死体がありました。全員が殺されたように見えるのに、犯人はどこにも見当たらない。これは矛盾ですから、状況の認識がどこか誤っていることになります。ぼくたちは五人が殺されるのを実際に見たわけではありません。殺されたと断言できるのは自分だけです。五人の中に自殺した死体が交ざっていたとすれば、この奇妙な状況に説明が付きます」

「それはおれも考えたよ。おれは息を吹き返した直後に、犯人が海に物を落とす音を聞いた。あの時点で犯人が生きてたのは間違いない。それから死体を見つけるまでの間に自殺できたやつはいなかった」

「だからトリックを使ったんですよ!」肋は恍惚とした顔でシガレットケースを突き出した。「犯人は自分が殺されたように見せかけるトリックを仕掛けたんです」

「お前、なんで楽しそうなんだ?」

「ここで重要なのは、五人が死んだ順番です。一度死んだらよみがえるまで人を殺せません。必然的に、一番最後まで生きていた人間が残りの四人を殺した犯人ということになります。ここで手掛かりになるのがザビ人形です」

「ザビ人形?」牛男はベッドの下から顔を出した人形を見下ろした。「どういうことだ」

「この子たちは死体とよく似た方法で損壊されていました。でもそれぞれの人形を見ていくと、似せ方の程度に差があります。ぼくのとなりで蠟をかけられていた人形や、沙希さんのとなりで硫酸をかけられていた人形は、文字通り死体と同じ方法で損壊されていました。でも斉加年さんに添えられたザビ人形は様子が違います。斉加年さんが顔を負傷して二階の手すりから頭を突き出していたのに対し、ザビ人形は腕をもがれ、廊下の壁ぎわに横たえられていました」

「犯人は細かいことを気にしねえ性格なんだろ」

「違いますね。斉加年さんの掌には泥がべったり付いていました。これは斉加年さんがザビ人形を掴もうとした証拠です。斉加年さんが手すりの柵に首を押し込まれたとき、手の届くところにザビ人形があったんです」

「なんで斉加年が人形の腕をもがなきゃなんねえんだ?」

「腕がもげたのは結果に過ぎません。斉加年さんはこのとき、割れた額から血を流していました。このまま意識を失ったら失血死してしまう。そう考えた斉加年さんは、何かで傷口を押さえようとします。服が使えれば良かったんでしょうが、うつ伏せに倒れた姿勢ではうまく脱げなかったんだと思います。斉加年さんはやむなく、ザビ人形の泥を顔の傷に塗りました。衛生的には問題だらけですが、背に腹は代えられません。斉加年さんが必死に泥を毟《むし》った結果、ザビ人形の腕がもげてしまったというわけです」

牛男はごくりと唾《つば》を呑んだ。確かに斉加年の顔は、泥を塗りたくったように黒く汚れていた。

「でもおれたちが斉加年の死体を観察したとき、人形はあいつの爪先のあたりに倒れてたぜ」

「ええ。あれでは斉加年さんが人形を摑むことはできません。斉加年さんが死んだ後、誰かが人形を不憫《ふびん》に思って、手すりの縁から廊下の奥へ動かしたんです。死体を運ぶのは大変でも、人形を持ち上げるのは簡単ですからね。

このことから分かるのは、斉加年さんが死んだ後にも、まだ他に生存者がいたということです。斉加年さんは最後の一人ではありません」

「つまりおれたちを殺した犯人でもねえってことか」

「その通りです」

牛男はふと、秋山雨に呼ばれて摩訶大学へ行ったとき、書類の下敷きになった「まかふしぎちゃん」を助けてやったのを思い出した。いくら人形でも、かわいそうな目に遭っているのを放っておけない気持ちは理解できる。この中にも人形思いの善人がいたのだ。

「同じことは饂飩さんにも言えます。饂飩さんに添えられたザビ人形は浴槽の中ではなく、洗い場のタイルに横たえられていました。浴槽が泥水みたいに濁っていたのは、ザビ人形が一度、浴槽に入れられたからです。饂飩さんの死体が見つかった後、誰かがザビ人形をタイルへ移したんです。よって饂飩さんも最後の一人ではありません」

「つまり饂飩も犯人じゃねえってことか。でも死体と人形で様子が違ったのはこの二つだけだ。容疑者はまだ三人もいるぞ」

「いえ、同じ理屈が牛汁さんにも当てはまります」

「おれ？」牛男は肩をすくめた。「どういうことだ」

「牛汁さんは頭に鉄釘を打たれたままでしたが、ザビ人形の頭からは釘が抜かれていました。牛汁さんの死体を見つけた誰かが、人形の頭から釘を引っこ抜いたんです」

牛男は拍子抜けして肩を落とした。随分と乱暴な推理だ。

「それはお前の想像だろ。犯人がザビ人形に釘を打った後、同じ釘を抜いておれの頭にぶっ刺しただけじゃねえのか」

「違います。証拠はこれです」

肋はタップダンスみたいに踵《かかと》で床を叩いた。床板に丸い傷が二つ並んでいる。

「キクイムシがどうした」

「これは犯人が釘を打ったときの傷です。でかいほうの傷は中にべったりと血が付いていますが、小さいほうの傷の中には泥しか付いていません。前者は牛汁さんの頭に釘を打ったとき、額から飛び出た釘の先っちょが床に刺さってできたもの。後者は人形の頭に釘を打ったとき、同じようにしてできたものです。犯人が同じ釘を使い回したのなら、二つの傷は同じ大きさになるはずですよね。傷の大きさが違っているのは、犯人が太さの違う二つの釘を使ったから。でもこの部屋で釘は一つしか見つかっていません。牛汁さんが死んだ後、誰かが人形に刺さっていた釘を引っこ抜いたことになります」

「その釘はどこにいったんだ？　暇人が持って帰ったのか？」

「いえ。釘には泥がくっついていますし、わざわざ持って行く理由もありません。釘を引っこ抜いた誰かは、その釘をこの部屋に残していったんだと思います」

「だからどこにあんだよ」

「ぼくの想像では、そこに刺さってると思います」

肋は下品な笑みを浮かべて、牛男のスニーカーを指した。嫌な予感がする。足を曲げて靴底を覗くと、泥まみれのゴムに釘が突き刺さっていた。

「何だこりゃ」

「牛汁さんが息を吹き返して椅子から落ちたとき、靴底に刺さったんです」

「嘘だろ。全然痛くなかったぞ」

「牛汁さん、頭に釘が刺さってるのを忘れたんですか？」

踏まれたカエルみたいな声が出た。動き回っているうちにすっかり忘れていたが、牛男の痛覚はまるで仕事をしていないのだ。

生き返った直後に脱衣所へ上がろうとしたとき、なぜか足の裏と靴底がくっついて離れなかったのを思い出した。釘は靴底を貫通して、牛男の足の肉に刺さっていたのだ。石段を下りるときにカンカンと景気の良い音がしたのも、釘頭と石がぶつかったせいだろう。

「お前、よく分かったな」

「これでも推理作家組合賞をもらってますからね——というのは冗談です。アトリエで牛汁さんが引っくり返ったとき、靴底が見えたんですよ」

「おれがいつ引っくり返ったんだ」

「ぼくを殴ろうとして、おしっこに滑ってすっ転んだじゃないですか」

肋がおどけて転ぶ振りをする。やはり金槌で殴り殺しておけばよかった。

「お前はどうなんだよ。自分が最後の一人じゃねえって証拠があんのか?」

「あります。沙希さんの死体の下から出てきたネックレスです。沙希さんがぼくより先に殺されていたのなら、ぼくがアトリエで蠟をかけられたとき、床穴の下にはすでに沙希さんの死体が転がっていたことになります。その場合、ぼくの首から外れたネックレスは、死体の上に落ちなければおかしい。犯人がわざわざ砂浜に下りて、死体の下にネックレスを入れたとも思えませんよね。沙希さんが死んだのは、ぼくが殺され、ネックレスが落ちた後です。つまりぼくは最後の一人じゃありません」

肋がますます鼻を高くする。態度は最悪だが、反論は見当たらなかった。

「それじゃ犯人は——」

「沙希さんです。彼女がぼくらを皆殺しにして、最後に自殺したんです」

あいりが犯人？　彼女が自分たちを殺すとは思えないし、ましてや自ら命を絶つとは信じられない。

「待て。それは無理だ。自分で硫酸をかぶったんなら、砂浜に容器が残ってなけりゃおかしい。アトリエで硫酸を浴びてから地面に飛び降りたんだとしても、アトリエのどこかに容器があるはずだ」

「その思い込みを利用したんですよ。沙希さんがマスクを着けてぼくらを襲ったのは、ぼくたちがよみがえるかもしれないことを知っていて、自分が犯人だとばれるのを防ぎたかったからですよね。彼女が殺されたように見せかけて自殺したのも同じ理由です。現場から瓶を隠すだけで容疑を免れるんですから容易《たやす》いもんですよ。あの砂浜には、牛汁さんが見落とした隠し場所がありました」

牛男はアトリエの下の暗がりを思い浮かべた。肋が何を言いたいのか分からない。

「死体の下のことか？　あいにくお前のダサいネックレスしか出てきてないぜ」

「ぼくも初めにその可能性を考えました。でも上にかぶさって容器を隠すだけではあまりに心もとない。誰かが死体を動かしたらすぐに見つかってしまいますからね。現にネックレスは牛汁さんに見つかったわけですし。

次に考えたのが、砂を掘って瓶を地中に埋める方法でした。でも現場にスコップはありませんから、砂を掘ったらどうしたって指が汚れるはずです。ところが沙希さんの爪はきれいなままでした」

「堂々巡りじゃねえか」

「いえ、瓶を隠す場所はもう一つあります。死体の下ではなく、中です」肋は欠伸《あくび》をするみたいに口を大きく開いて、ベロの奥を指した。「ここ」

「ガラスを飲み込んだってことか？」

「はい。沙希さんは硫酸をかぶった後、岩にぶつけて瓶を割って、破片をごっくんしたんです。沙希さんの豪快な食いっぷりは牛汁さんも覚えてますよね。あの胃袋があれば瓶一つ分のガラスを飲み込むくらい朝飯前でしょう」

「胃袋の問題じゃねえだろ。大道芸人でもねえのに、水なしでガラスを飲み込むのは無理だ」

「おっしゃる通り」肋は満面の笑みを浮かべた。「だから沙希さんは、あらかじめ自分の舌をちょん切っておいたんですよ」

ふいに喉の奥がむず痒《がゆ》くなった。

あいりの口を覗いた瞬間の、背筋を駆け抜けるような悪寒がよみがえる。上下に舌がないだけで、あいりは得体のしれない化け物に変貌《へんぼう》したように見えた。

並んだ歯の向こうにぽっかりと開いた、鍾乳洞《しょうにゅうどう》みたいな赤い穴。のどちんこがぶら下がっているのを除けば、穴を遮るものは何もない。言われてみると、まるで漏斗がこちらに口を向けているみたいで、飴玉《あめだま》でも放り込んだら胃袋まですとんと落っこちてしまいそうだった。

あいりはガラスを飲み込んだのではない。ガラスを落としたのだ。

「……いかれてんな。そんなことのためにわざわざ舌を千切ったのか」

「それは考え方次第ですね。残虐な死に方をすれば、それだけ自殺を疑われる可能性は少なくなる。そこまで考えて一舌二鳥を狙ったのかもしれません」

「頭が良いんだか悪いんだかよく分からねえな」

「殺人鬼ってそういうものですよ。でももう心配ありません。犯人は死にました」

「そうか。あいつが人殺しだったとはな」牛男は複雑な気分で頭を掻いた。「またよみがえらなきゃいいが」

「沙希さんはよみがえらないと思います。殺されたように見せかけて自殺する方法は他にもたくさんある。自分が生き返るかもしれないと思っていたなら、全身に硫酸を浴びたり、舌をちょん切ったりする方法は選ばないでしょう」

「それもそうだな」

強張《こわば》っていた肩の力が抜けるのが分かった。誰かに襲われる心配がないだけでこれほど気が楽になるとは驚きだ。

あいりが犯人だと信じたくはなかったが、どこか腑《ふ》に落ちる感覚もあった。コンビニの駐車場で牛男を襲った男の狙いを、些細《ささい》な手がかりから瞬時に見抜いた洞察力。小説を書くためにデリヘルに勤め、指名数一位に上り詰めてしまう行動力。彼女がその気になれば、四人の作家を殺すくらいのことは容易くやってのけるはずだ。

「牛汁さん、お腹が減りました。ご飯にしましょう」

「よし、復活祝いだ」

牛男は声を張り上げて雑念を振り払い、景気よくドアを開けた。

首元に強い衝撃を受けた。

「痛《いて》っ」

牛男は仰向《あおむ》けに引っくり返った。

後頭部の釘が床にぶつかって鈍い音を立てる。

首を持ち上げると、自分の喉にナイフが刺さっていた。

「まじかよ」

ドアの向こうには斉加年が立っていた。

＊

バタン。

雨音に混じって、ドアが強く閉まる音が聞こえた。

時計の針は二時二十分を指している。誰かが部屋を出て行ったようだ。一人きりの夜に耐え切れなくなったのか、あるいは何かの目的で部屋を抜け出したのか――。

真坂斉加年は椅子から腰を上げた。良からぬことを企《たくら》んでいる人間がいるなら、何としてもそれを防がなければならない。

斉加年は麻酔科医として年間百二十件以上の手術に立ち会ってきた。患者は麻酔を投与された瞬間、無防備に、斉加年に命を預けることになる。意識を奪うのはもちろん、筋肉を弛緩《しかん》させるのも、呼吸を止めるのも思うがままだ。

この技能は大きな責任と引き換えに手に入れたものだ。大半の人間は死に怯《おび》え、待ち受ける死を受け入れることしかできない。だが医師は違う。死と正面から向き合い、死を乗り越える責任を負っているのだ。それが才能を持つ人間に与えられた特権であり使命でもある。『甦《よみがえ》る脳髄』が医師から評価されたのも、こうした執念を生々しく描いていたからだ。

病院から遠く離れた島でも、自分の使命は変わらない。本土へ帰る手段が断たれた今、四人の作家たちの命は自分の手の中にある。自分の知らないところで命が奪われるようなことがあってはならないのだ。

斉加年はドアを開けて廊下を覗いた。四人の部屋のドアはすべて閉まっている。人の姿はない。

じっと耳を澄ましていると、二つとなりのドアが開いて沙希が顔を出した。ひどく顔色が悪い。

「今の音、何？」

「誰かが部屋を出ていったようだね」

「誰が？　なんで？」

「分からない」

斉加年はできるだけ落ち着いた声を出した。沙希が不安を堪えるように眉間《みけん》をつねる。

部屋に残っている顔ぶれを確認すれば、出て行ったのが誰か分かるはずだ。斉加年は廊下に出ると、斜め前の部屋のドアをノックした。

「だ、誰ですか？」

鰮飩の怯えた声が聞こえた。

「わたしだ。沙希さんも一緒にいる。ドアを開けてくれないか」

数秒の間を置いて、ノブからコードを外す音が響いた。ドアが薄く開き、饂飩が怯えた顔を出す。

「さっきドアを閉めたのは——きみじゃなさそうだね」

「ぼくはずっと部屋にいました。どうしたんですか?」

沙希が事情を説明すると、饂飩は不安そうに廊下へ出てきた。

「あとは肋くんと牛汁くんか」

斉加年はとなりのドアをノックした。返事はない。ドアの下からはうっすらと明かりが洩れている。

「ここ、肋さんですよね。あの人は寝てるんじゃないかな」

饂飩が祈るように楽観的なことを言う。

斉加年はもう一度ノックをして、ドアノブを捻った。

部屋は蛻《もぬけ》の殻だった。

電気コードはコンセントにつながったままで、ドアを固定するのに使った様子はない。ベッドの掛け布団が乱れているから、一度は眠ろうとしたようだ。床に置かれたスーツケースが開きっ放しで、派手な衣服が覗いていた。

「いませんね。どこへ行ったんでしょう」

「おかしくなって海に飛び込んだりしてないといいが」

「堂々としてそうなやつが一番怖がりだったりするからね」沙希がスーツケースに入った臙脂《えんじ》色のジャケットをつまんで苦笑する。「探しに行く?」

「考え過ぎですよ。小腹でも空《す》いて厨房《ちゅうぼう》に行ったんじゃないですか」

饂飩がわざとらしい身振りで腹を撫でる。

斉加年は廊下に出ると、最後に残ったドアに目を向けた。

「これだけ騒いでるのに、あの皮肉屋が文句を言ってこないのも妙だな」

沙希も同じことを考えたらしく、怪訝《けげん》な顔で牛汁の部屋のドアを叩いた。

「てんち――牛汁さん、生きてる?」

雨音が廊下に響く。返事はない。

「こんなときに死んだ振り?」

ドアノブを捻ると、あっさりとドアが開いた。

雨風の音が大きくなる。窓が割れており、カーテンが風で外にはためいていた。ドアが閉まったのはこの風のせいだろう。

「なんで?」

沙希が膝を折ってくずおれる。

頭に釘の刺さった牛汁が、赤く染まった椅子に腰かけていた。

斉加年は牛汁の手首を摑んで脈拍を確認した。

「死んでる」

「そりゃそうですよ。頭に釘が刺さってるんですから」

饂飩は泣いているような笑っているような妙な顔をしていた。

「店長、どうして――」

沙希が牛汁の身体に縋りつこうとする。

「待て。死体には触れないほうがいい」

斉加年は両手で沙希の肩を押さえた。沙希が訝《いぶか》しげに斉加年を睨《にら》む。

「何よ。あんた、警察の手先なの?」

斉加年は床に目を落とした。ベッドの下からザビ人形が上半身を出している。額には牛汁と同じように鉄釘が刺さっていた。

「考え過ぎかもしれないが、わたしたちがこの島へ呼ばれたことには奔拇族の事件が関係している気がしてならない。彼らが大量死した原因にはいくつかの説があるが、そのうちの一つが細菌感染による敗血症だ。死体に触れるのは避けたほうがいい」

斉加年が冷静な口調で言うと、沙希は言葉を咀嚼《そしやく》するようにゆっくりと頷き、長い息を洩らした。

饂飩はザビ人形を拾い上げると、頭に刺さった釘を抜いて、もとの場所に置いた。

「このままじゃぼくたちも肋さんに殺されます。なんとかしなきゃ」

「ちょっと待って。あいつが犯人なの？」

「そうでしょう。でなきゃ肋さんはどうして逃げたんですか」

饂飩は軽蔑《けいべつ》するように沙希を睨んだ。

「アトリエに行こう」

斉加年が言うと、二人は口を開けてしばらく言葉を失っていた。

「……なんで？」

「肋くんが昨日言った通りだよ。あそこなら犯人の襲撃に備えられる」

「途中で襲われたらどうするんですか。部屋に籠《こも》ってたほうが安全ですよ」

斉加年は床に落ちた電気コードを指した。

「牛汁くんは電気コードでドアを固定していたのに殺された。わたしたちの部屋も安全ではない」

「もしアトリエに犯人がいたら？」

「そのときは逃げるしかない。少なくとも犯人の正体は明らかになる」

饂飩は壁に手をついて俯いた。割れた窓から雨粒が吹き込む。

「分かった。アトリエに行こう」

沙希が顔を上げて言った。

懐中電灯で石段の先を照らすと、砂浜が泥だまりのようになっていた。波音と雨音、それに崖から雨水が落ちる音が重なって、後ろの二人の足音がまったく聞こえない。泥濘《ぬかるみ》に足を取られ歩くのも一苦労だ。アトリエの下にたどりつく頃には汗だくになっていた。

「中を見てくる」

斉加年は手袋を嵌《は》めて梯子を上った。饂飩と沙希が不安そうにこちらを見上げる。床穴に首を入れると、アトリエは暗闇に覆われていた。レインパーカーの袖から水滴が落ちる。床の上に這い上がり、天井の紐《ひも》を引いて明かりを灯《とも》した。

「ひええっ」

斉加年は尻餅をついた。

丸太を積んだ壁にもたれて、蠟をかぶった人間が倒れていた。

「アトリエは安全って言いましたよね。じゃあこれは何ですか?」

饂飩はそう言って棚にもたれた。沙希は死んだような顔で部屋を見回している。壁の時計は三時を指していたが、雨に紛れて鐘の音は聞こえなかった。

「申し訳ない。わたしの考えが甘かった」

斉加年は壁に手をついて肩を落とした。アトリエの隅に横たわった蠟の塊には、肋によく似た顔が浮き出ている。となりには蠟をかけられたザビ人形が倒れていた。

「もう駄目だ。どこにいても殺されるんだ」

饂飩が唇を震わせたそのとき、

「ちょっとごめん」

沙希が饂飩の肩を押しのけ、棚から彫刻刀を取り出した。

「……沙希さん?」

饂飩が狐につままれたような顔をする。

「出てって」

沙希は彫刻刀を二人に向けた。

「何か勘違いしてないか。わたしは犯人じゃないぞ」

斉加年はできるだけ冷静な声で言った。

「あたしも分かんないよ」沙希は彫刻刀を握り直した。「でもこの島には五人しかいない。二人殺されたんだから、犯人は残り三人の誰かってことになる。あたしは犯人じゃないから、犯人はあんたたちのどっちかでしょ」

饂飩が虚を突かれたように、斉加年と沙希の顔を見比べた。彼女の言っていることは正しい。

「もう一回言うよ。ここから出てって」

沙希が彫刻刀を突き出した。額に汗が滲んでいる。

「落ち着いてくれ。ここは安全じゃない。現に肋くんはここで殺されたんだ。きみ一人を置いていくのは危険すぎる」

「せ、先生の言う通りですよ。単独行動を取ったら犯人の思う壺です。一緒に館《やかた》へ戻って、生き延びる方法を考えましょう」

荒い呼吸が饂飩の声をぶつ切りにしていた。

空が光り、雷鳴が空気を揺らす。

沙希はため息を吐くと、彫刻刀の先を床に向け、そのまま手を離した。

「分かった。あんたたちを信じるよ」

つぶてを打つような豪雨の中、三人は石段を上って天城館へ引き返した。

川の水位が上がって石段にも水が溢《あふ》れている。砂浜を見下ろすと、浅瀬に乗り上げたクルーザーが怪物の死骸のように見えた。

饂飩と沙希は何も言わずに斉加年の後を付いてくる。饂飩はいかにも臆病《おくびょう》そうな男だが、これでも推理作家だ。実はこの男がやったという可能性も十分にある。

もちろん沙希も女だからといって油断はできない。見た目に似合わずしたたかな性格のようだから、あれくらいの演技は朝飯前だろう。斉加年は背後を窺《うかが》いながら足を速めた。

天城館は廃屋のように静まり返っていた。玄関ロビーの明かりに照らされ、柱時計の影が伸びている。カチ、と針が動く音が響き、時計が三時半を指した。

「これからどうする」

斉加年がレインパーカーのジッパーを下ろしながら言うと、

「ごめんなさい。ぼくはやっぱり部屋に戻ります」

饂飩は目を合わせずに言って、足早に宿泊棟へ向かった。斉加年を疑っているのか、あるいは腹の中で何かを企んでいるのか分からない。

「あ、あたしも」

沙希も後を追うように廊下を駆けて行った。

ふいにステンドグラスが光り、大地を揺するような轟音《ごうおん》が響いた。近くに雷が落ちたらしい。

火事でも起きたら大変だ。斉加年は階段を上ると、二階の廊下の窓から砂浜を眺めた。アトリエのトタン屋根が見えるが、雨にぼやけて様子は分からない。

暗い空を眺めていると、釘を打たれた牛汁の顔が脳裏にちらついた。

過去を悔やんでも仕方がない。いったい誰がやったのか。この状況ならあと少しで明らかになるはずだ。

　ふたたび空が光り、直後に雷鳴が轟《とどろ》いた。思わず窓の桟から手を離し、背後へ飛び退く。

　そのとき、後頭部に何かがぶつかった。

「――え？」

　振り返った瞬間、額に強い衝撃を受けた。

　そんな馬鹿な。自分まで命を奪われる側だったというのか。

　斉加年はこれまで数え切れないほどの命と向き合い、運命づけられた死を乗り越えてきた。そんな自分が、こんなにあっさりと死を受け入れなければならないのか。

　いや違う。そんなのはまやかしだ。

　この手で助けられなかったいくつもの命の声が、心の底から湧き出してくる。プライドを守るために見栄《みえ》を張り、自分を騙《だま》してきただけだ。たかが麻酔科医に死に抗《あらが》う力などあるはずがない。晴夏の命を助けられなかったことが何よりの証拠だ。

九年前、学会から帰る電車で晴夏を見かけたことがある。ドアの横の手すりにもたれた晴夏は普段よりも化粧が濃かった。斉加年が声をかけようか迷っていると、晴夏は兄埼駅で電車を降り、行きつけのラブホテルのある西口へ向かった。

晴夏が他の男と関係を持っていることには以前から感づいていた。だがあのとき、斉加年は晴夏を追いかけることができなかった。現実を目の当たりにする度胸がなかったのだ。

もしあのとき、晴夏のすべてを知り、そのうえで彼女を受け入れることができていたら。晴夏の不安に気づき、榎本桶から彼女を守ることができたのかもしれない。愛する人と向き合う勇気を持つのが、あまりにも遅すぎたのだ。

意識が現実へ引き戻される。

激痛のあまり全身の力が抜け、足元にくずおれた。頭頂部が手すりにぶつかり、鈍い音を立てる。

味わったことのないみじめさを嚙み締めながら、斉加年は瞼を閉じた。

惨劇㈢

「――違う。痛くはなかった」

牛男は喉《のど》に刺さったナイフを引っ張った。筋肉に食いこんでいるせいか、力を込めても刃が抜けない。

「肋、手伝ってくれ」

「大丈夫ですか？　ナイフが刺さったのに？」肋が牛男の喉元を覗《のぞ》き込む。

「おれはスーパーマンだからな。頭に釘《くぎ》が刺さっても平気なんだぜ」

牛男がおどけた口調で言うと、肋は呆《あき》れた顔でナイフを引っ張った。前に引くだけではぴくりとも動かない。左右に揺すると、傷口が広がってようやくナイフが抜けた。

刃先は黄色っぽい液体にまみれていた。

「おおきなかぶみたいだな」

「冗談を言ってる場合じゃないですよ」

そうだった。

牛男が腰を上げるのと同時に、斉加年が牛男めがけてテーブルナイフを振り降ろした。とっさにペティナイフを突き出す。チャンバラみたいに刃先が擦《こす》れ、耳障りな音が響いた。

「おい、馬鹿医者。どういうつもりだ」

牛男が啖呵《たんか》を切る。斉加年はナイフをかまえて牛男を睨《にら》んでいた。顔は泥で汚れたままだ。

「とぼけるんじゃない。きみたちは死んだ振りをして油断させ、わたしを殺そうとしたんだ」

またこのパターンか。牛男はそんなに人を殺しそうな顔をしていただろうか。

「良いことを教えてやる。お前を殺したのはおれじゃない」

「ふてぶてしい男だな。きみと肋くんが生きているのが何よりの証拠じゃないか」

「違えよ。ほら、こいつを見ろ」

牛男は顎を持ち上げ、斉加年に喉の傷を見せた。

「ナイフを刺されたのにピンピンしてるだろ。おれたちは死んだ振りをしてたんじゃない。死んでんだ」

斉加年の手からナイフが滑り落ちた。唇が小刻みに震えている。

「まさか。ありえない」

「気持ちは分かるぜ。ほら見ろ、こっちもだ」

牛男は前髪を掻《か》き分け、額から突き出た釘を見せつけた。

「ふざけるな。ドン・キホーテで買った玩具《おもちゃ》だろ」

斉加年は触診するみたいに牛男の額に手を伸ばした。肋が唇を嚙《か》んで笑いを堪《こら》えている。牛男に触れた瞬間、火傷《やけど》したみたいに斉加年の指が引っ込んだ。

「冷たいじゃないか」

「死んでるからな」

「ちょっと失礼」

斉加年は泥だらけの手で二人の胸に触れた。

「やめろよ。気色悪い」

「鼓動がない。二人ともどうやって生きてるんだ?」

「気づいてないかもしれないが、お前も死んでるんだぜ」

斉加年は二秒くらい目を白黒させた後、毛づくろいする猫みたいに自分の顔や腕を撫《な》で回した。

「なんてことだ。心臓が止まってる」

「すぐに慣れるさ。それより食堂で一杯やろう」

「ちょっと静かにしてくれ」

斉加年は唇に手を当て、譫言《うわごと》を吐きながら廊下を行ったり来たりした。数分前まで
ナイフを振り回していたのが嘘のようだ。

「考えてもしかたないぜ。それより酒だ。復活祭だ」

「きみたち。身体の調子の悪いところはあるか?」

斉加年が足を止めて医者らしいことを言った。

「そりゃ全部だろ。死んでんだから」

「違いますよ。鼻水が出るとか、喉が痛いとか、そういうやつですよね」

「何でもいい。自覚症状があれば教えてくれ」

牛男は皹《ひび》だらけの鏡で全身を見回した。血色が悪いくらいでとくに異状はない。

「ちょっと頭が重てえけど、それ以外は生きてた頃と同じだ」

「ぼくもですね。とくに不調はありません」

「負傷した箇所に痛みは?」斉加年の舌がどんどん速くなる。

「ねえな。釘が刺さってんのを忘れちまうくらいだ」

「同じです。暑いのに汗が出なくて変な感じですけど、肌の痛みはありません」

「なるほど。無痛無汗症の一部の症状に似てるな」

「そんな便利な病気があんのか」

「とんでもない。厄介な病気だよ。患者は痛みを感じないから、自分で怪我の程度が

分からない。気づかないうちに重篤な状態に陥ってしまうことも多い」

「おれたちは大丈夫だぜ。何たって釘が刺さっても死なねえんだから」

「問題はそこだ。生命維持の方法が分からない。きみたち、そこのベッドで裸になって、身体を触らせてくれないか」

斉加年がゲイビデオみたいなことを言った。

「これだから医者は嫌いなんだ。人間を何だと思ってやがる」

「真面目に言ってるんだ」斉加年は牛男に詰め寄った。「きみたちは事の重大さが分かっていない。わたしたちの身体は箒《ほうき》で空を飛んでいるような状態だ。気球や飛行機と違って、なぜ空に浮かんでいるのかさっぱり分からない。このまま何も調べずに浮遊を続けたら、事故や急降下に対処できない」

斉加年の声には気迫がこもっていた。牛男も一度よみがえってしまった以上、あの世にとんぼ返りするのは避けたい。

「おい肋、さっき蠅《ᅳう》から掘り出してやったよな」

「それは卑怯《ひきょう》ですよ」

「うるせえ。もう一度蠅をぶっかけるぞ」

牛男が怒号を浴びせると、肋はぶつぶつ言いながら、右手を器用に使ってルームウェアを脱いだ。お漏らしのせいでパンツがまだ湿っている。あいりほどではないが肌が腫《は》れていて痛々しかった。

肋が包帯とパンツとドッグタグだけの姿でベッドに横たわると、斉加年は肋に乗っかって、身体のあちこちをまさぐった。肋が天井を見上げてため息を洩《も》らす。斉加年の手が下腹部に触れたところで、ぴたりと動きが止まった。

「何だこれは」

斉加年がパンツを引っぱって、股間《こかん》に耳を押しつける。

「膀胱炎《ぼうこうえん》か」

「脈がある」斉加年は幽霊を見たような顔をした。「心臓だ」

牛男は自分の下腹部に触れた。陰毛の生え際のあたりの肌が、ぴく、ぴく、と震えている。腸閉塞《へいそく》みたいに腹が膨らんでいた。

「心臓が下腹部まで移動したってことか？」

「違う。腹の中に何かがいるんだ」

牛男と肋は顔を見合わせた。

「エイリアンか？」

「おそらく虫だ。寄生虫が体内に擬心臓をつくって、宿主の代わりに体液を循環させてるんだ」

「寄生虫ってお前」牛男は思わず唾《つば》を吹いた。「虫けらにそんな都合の良いことができんのか」

「解剖しないと確かなことは言えないが、考えられる仮説は他にない。宿主の身体を都合よく改変するのは寄生虫の得意技だ。魚の口に侵入したウオノエは、舌を腐らせ、宿主の舌に成りすます。蟹《かに》に寄生したフクロムシは、子どもを育てるために雄の体内に卵巣をつくる。オタマジャクシに寄生したリベイロイアは、宿主の成長を阻害し、わざと足が何本も多い蛙をつくる。わたしたちに寄生した虫にとっては、擬心臓で宿主を生かしておくことにメリットがあるんだろう」

「おれたちは文字通り、虫の息ってわけか」

牛男は鏡で自分の身体を見直した。胸の中の心臓はすでに死んでおり、腹の中の心臓が代わりに身体を動かしているらしい。とんだ異常事態だ。

「待ってください。牛汁さんは脳を破壊されてるんですよ。寄生虫が脳までつくり直すっていうのは、さすがに無理がありませんか?」

「あくまで推測だが、寄生虫は脳の再生を手助けしているんだと思う。人間の体内にはさまざまな細胞、分化する幹細胞がある。一般的に脳梗塞《のうこうそく》を起こした患者の脳が再生しないのは、神経細胞が産生できないからではなく、新しい神経細胞が損傷部まで移動できないからだ。この虫は宿主の体内に幹細胞を循環させることで、損傷した器官を再生させているんだ」

九年前、イタリア料理屋で晴夏から似た話を聞いたのを思い出した。

「じゃあ痛覚がなくなってるのは?」

「身体の変態に耐えられるように、寄生虫が感覚神経を遮断しているんだろう。骨や筋肉に卵を植え付けているのかもしれない」

さらりと悍《おぞ》ましいことを言う。いつ下腹部を突き破って虫が出てきてもおかしくないということか。

牛男はふと、犯人に襲われた後、朦朧《もうろう》とした頭で感じたイメージを思い出した。何もない世界に取り残された自分の口から、虫のような腕が生えてきたのだ。牛男の本能が体内の異変に気づき、自分が壊れていくイメージを喚起させたのかもしれない。

「あまり信じたくない話ですね」

「目の前に症例があるんだから信じるしかない。この寄生虫にとっては、どんな手を使っても宿主を生かしておくことが生存戦略なんだ。

とはいえ宿主が死んでから時間が経ちすぎると、腐敗が進んで器官の再生も難しくなるはずだ。牛汁くん、自分が殺された時刻と、よみがえった時刻を覚えているか?」

斉加年が壁の時計に目を向ける。針はちょうど午後四時を指していた。示し合わせたように尖塔《せんとう》から鐘の音が響く。

「犯人に脳天をぶん殴られたのは夜の十一時半だ。足音が聞こえた気がして、起き上がって時計を見たんだ」

「生き返ったのは？」

「昼の十一時半だな。時計を見て、朝飯を食い損ねたと思った」

「すると十二時間でよみがえった計算だな。肪くんはどうだ？」

「ぼくは怪文書で深夜一時に呼び出されたんですけど、実際にアトリエに着いたのは零時四十五分でした。犯人に襲われたのは五十分くらいだと思います」

「その後で殺されたとすれば一時前後か。よみがえった時刻は？」

「それは分かりません」肪がぐるぐる目を回す。「生き返った直後はだいぶ混乱してましたから」

「昼の一時だ。お前がよみがえる寸前に、おれは生き返って二度目の鐘の音を聞いた。おれの意識が戻ったのが十一時半だから、一つ目の鐘が十二時、二つ目の鐘が一時ってことになる」

「なるほど。肪くんもだいたい十二時間で息を吹き返したことになるね。わたしの場合、饂飩くん、沙希さんとアトリエへ行って肪くんの死体を見つけた後、天城館へ戻ったのが三時半だった。そこで雷の音を聞いて、階段を上って外の様子を見ていたところを何者かに襲われた。時刻は三十五分くらいだろう。よみがえったのは午後三時四十分だ。ちょうど玄関ロビーの柱時計が見えたから間違いない」

「三人とも約十二時間でよみがえってる計算か」

「この寄生虫は半日がけで宿主の身体を改造するようだね」

斉加年は肋の腹を見下ろし、複雑な表情で頷《うなず》いた。

「でもどうして、ぼくたち三人に同じ寄生虫が棲《す》みついたんでしょう」

肋がベッドの上で小首をかしげる。

「確かなことは言えないが、この近辺の島にだけ生息している寄生虫がいるのかもしれないな」

「おれ、分かるぜ」

牛男は手を挙げて言った。斉加年が胡散《うさん》臭そうに眉《まゆ》を顰《ひそ》める。

「わたしはクイズをやってるんじゃない」

「分かってるよ。この三人が仲良く虫に寄生された理由だろ？　おれたちの共通点を考えりゃ一目瞭然《りょうぜん》じゃねえか」

「共通点？」

「晴夏とセックスをしたことだよ。おれたちはあいつに寄生虫を移されたんだ」

斉加年は二秒くらい目玉を丸くしたが、すぐに子どもをあやすような顔をした。

「若造らしい思い付きだな。性病で痛い目に遭ったのか？」

「黙って聞け。おれはうっかり晴夏を殺しかけたことがあるんだ。ベッドから晴夏を落としたら、鏡が割れて破片があいつの喉に刺さった。でも晴夏は死ななかった。首が千切れかけてんのに涼しい顔をして、膿《うみ》みたいな汁を垂らしながら二回目をせがんできやがった。あいつは死なないんじゃない。とっくに死んでたんだよ」

現にあのときの晴夏は、人形かと思うほどに冷たかった。

「でも晴夏さんは、トラックに轢《ひ》かれて死んだはずですよね。牛汁さんの言う通りなら、なぜそのときは復活しなかったんでしょう？」

「そりゃ下半身を潰《つぶ》されたからだよ。晴夏の死体は二十メートルくらい引き摺《ず》られて、お腹から下がぐちゃぐちゃだったって話だ。腹の中の寄生虫も一緒に潰れちまったんだろ」

「なるほど。先生、どう思いますか？」

肋が斉加年に水を向けると、

「医学的な根拠はないが、信憑性《しんぴょうせい》は高そうだな」

斉加年はあっさりと賛同した。

「そっか。晴夏さんに虫を移されたのかあ」

肋はまんざらでもなさそうにつぶやいて、妊婦よろしく腹を撫でる。

「不死身だと思ってたのにあっさり死んじまったから、晴夏もあの世でびっくりしただろうな」

「でも晴夏さん、なんでそんな虫を持ってたんでしょうね」

肋がふと手をとめて言う。

「これも推測だが、どっかの先住民族に移されたんじゃねえかな。あいつ、いろんな部族とセックスをさせられてたんだろ」

「うわあ。ありえますね――」

「そうか！　だから奔拇族は大量死したんだ！」

ふいに斉加年が立ち上がって叫んだ。眉間《みけん》がぴくぴく震えている。

「今度は何ですか。晴夏さんが奔拇族を虐殺したんですか？」

「違う。奔拇族に大量死をもたらしたのは野生動物たちだ。彼らの多くは犬や鰐《わに》などの動物に襲われて命を落とした。だが二千四百年にわたり自然と共存してきた彼らがなぜこんな末路をたどったのか、納得のいく説明はされてこなかった」

熱弁を振るう斉加年の表情が、秋山雨に重なって見えた。

「九十年代以降、奔拇島では急激な人口流出が起きていた。植民地時代の調査資料では八千人の現地民が暮らしていたと記述されているが、秋山教授の著作によれば二百人程度にまで数を減らしていたようだ」

彼らは伝統的に、ダダと呼ばれる首長《しゅちょう》を頂点とするヒエラルキー社会を形成していた。ダダは奔拇語で父を意味する。ダダは世襲ではなく、三年に一度の選挙でもっとも勇敢と認められた者がその座を受け継いでいた」

「知ってるよ。ダダは部族中の女とやり放題なんだろ？　男の夢だな」

「異なる文化に触れるとき、自分たちの常識に当てはめて物を言うのは不適切だ。奔拇族では婚前交渉が禁じられている。ダダは唯一の例外で、島のすべての女性と関係を持つことで、首長としての権威を保っていた」

斉加年の口調はＮＨＫの解説委員のようだった。

「その話と奔拇族の大量死がどうつながるんだ？」

「奔拇族の若い男たちは、ダダの交代が近づくと、犬や鰐や鮫《さめ》を仕留めて自らの勇敢さをアピールする。奔拇族が壊滅した年も、ダダ選挙が行われる年だった」

「アピール合戦がエスカレートしすぎて、たくさんの男性が命を落としたってことですか？」

「それは有力説の一つだが、秋山教授は懐疑的だった。奔拇族も伊達《だて》に二千四百年、生きてきたわけじゃない。たとえダダ選挙の前でも、狩猟の際は丹念な準備をするし、動物たちをよく観察して、身の丈に合わない相手を襲うことはしなかった。素手で熊に立ち向かうような愚かな真似はしなかったはずだ。

でも奔拇族にこの寄生虫が蔓延《まんえん》していたらどうなる？　宿主になった者は心臓が止まっても半日でけろりとよみがえる。喉笛を噛み切られても痛くも何ともない。男たちは自分が不死身になったと勘違いをした。そしてダダの座を射止めるために、守るべき一線を越えてしまったんだ。

だが晴夏さんが死んだことから分かるように、この寄生虫が付いても不死身にはならない。腹の中の虫が獣に食われれば宿主も死ぬ。そうとは知らぬ男たちが功名心のままに無謀な狩りを行った結果、虫の付く機会のなかった老人と子どもを除く大半が命を落としてしまったんだ」

斉加年は一息に言うと、興奮気味に咳《せ》き込んだ。

「質問です。牛汁さんの推測が正しければ、この寄生虫は性交渉を通じて宿主を増やしていることになります。当時の奔拇族が二百人いたとして、彼らは婚前交渉を禁じられていたんですよね。それなのになぜ、部族が滅ぶほど急速に寄生虫が蔓延したんでしょう？」

「確かに妙だな。性交渉の他にも侵入経路があるんだろうか」

「いやいや、違えだろ」牛男は胴間声を張りあげた。「すけべ首長がいるじゃねえか」

「ダダが多数の女性と関係を持っていたのは事実だが、それは男にまで寄生虫が広まったことの説明にはならない」

「馬鹿だな。よく考えろ。一度しかやってないおれが寄生されたことからも分かる通り、この虫は極めて高い確率でセックスをした相手の体内へ侵入する。二百人の中に与太者が一人いて、晴夏とセックスをしたとしよう。寄生虫持ちになったこいつが配偶者とセックスをすると、この夫婦は二人とも虫持ちになる。ダダがこの家の女とやれば、ダダも虫持ちになる。ダダは島の女とやりまくってるから、女どもが次々と虫持ちになる。そいつら一人一人が旦那《だんな》とセックスをすれば、男もみんな虫持ちになる。

「なるほど。こうなりゃ男も女も虫だらけだ」

奔拇族にダダがいる限り、いつ性病の類《たぐい》が蔓延してもおかしくなかったということか。

斉加年は嘆くように息を吐いた。

耳の奥に、賀茂川書店の茂木の飄々《ひょうひょう》とした声がよみがえる。

九年前、トラックに轢かれた晴夏は「水をくれ」と叫びながら死んだという。茂木からこの話を聞いたとき、牛男は奔拇族を死に追いやった何かが晴夏の命を奪ったのかと思った。

あらためて考えると、これは因果関係が逆だったことになる。奔拇族が晴夏を死に追いやったのではなく、晴夏が奔拇族を死に追いやっていたのだ。

「ぼくたちも同じ轍《てつ》を踏まないように気を付けなきゃ駄目ですね。一度よみがえったとはいえ、決して不死身じゃない」

肋が臍《へそ》のあたりを撫でて言うと、斉加年の顔が急に蒼《あお》くなった。

「大事なことを忘れていた。わたしは誰に殺されたんだ？　きみたちじゃないのか？」

「違えよ。お前が殺されたとき、おれと肋はもう死んでたんだから」

「じゃあいったい誰が？」

　斉加年が額の傷に触れる。牛男は肋と顔を見合わせた。

「話すと長くなる。飯を食いながらにしよう」


　ケンタッキーのチキンを膨らませたような巨大な肉の塊が湯気を上げている。他にもサラダ、ホットサンド、オムレツ、クリームスープと復活祭にふさわしい豪勢な料理がテーブルに並んでいた。右手だけでこれだけのメニューを揃えるのだから、肋の料理の腕前は伊達ではない。

　牛男が冷蔵庫から缶ビールを取り出そうとすると、

「待て。アルコールは駄目だ」

　斉加年がすかさず冷蔵庫のドアを押さえた。泥を落とし、額に包帯を巻いたおかげで、ほとんど元通りの顔に戻っている。

「おれが未成年に見えんのか？」

「きみもわたしも寄生虫によって生かされている状態だ。この虫がアルコールを分解できる保証がない」

牛男は三時間ほど前、肋に似たようなことを言ったのを思い出した。

「じゃあ試してみようぜ。酒が飲めねえなら生きてても意味がねえからな」

牛男は缶のタブを開け、ビールを喉へ流し込んだ。芳醇な苦みが喉を抜けていく。旨《うま》い。

「きみみたいな人間のせいで医療費が増えるんだ」

斉加年が医者らしい皮肉を言った。

午後四時五十分。三人は約一日ぶりの食事を摂《と》った。頭に釘の刺さった男、肌が腫れ上がった男、額の割れた男がテーブルを囲む光景は、出来の悪いコメディ映画のようだった。

碗《わん》のスープを掬《すく》おうとして、水面が傾いているのに気づく。洋館が傾いていたのを思い出し、いよいよ笑い出しそうになった。

「それで、わたしたちを殺したのは誰なんだ？」

牛男がすっかり心地よくなったところで、斉加年が唇を拭《ふ》いて言った。テーブルには空の缶が並んでいる。

「名探偵、教えてやんなよ」

牛男が肋の尻《しり》を叩《たた》く。肋は煙草をふかしながら、あいりが自分たちを殺した犯人であることを説明した。

「ひとまず安心ですよね。沙希さんが犯人ならよみがえる心配もありませんし」

肋が気の抜けた声でつぶやく。斉加年は腑に落ちない様子で額の包帯を押さえた。

「なぜよみがえらないと分かるんだ？」

「だってぼくたち、晴夏さんとセックスをしたときに寄生虫を移されたんでしょ。もし沙希さんと晴夏さんがすけべな関係だったとしても、突っ込むものがないですから虫をもらいようがありません」

斉加年が呆れた顔で鼻を鳴らした。

「唾液《だえき》や膣《ちつ》分泌液の接触があれば、女性同士のセックスで性感染症に罹《かか》ることもある。寄生虫の場合も理屈は同じだ。この国の性教育は十年遅れだな」

「そうですか。でも大丈夫です。生き返る可能性が少しでもあったのなら、沙希さんがあんな死に方をするはずがありません」

肋が調子を変えずに言う。斉加年は訝《いぶか》しげな表情のままだ。

「おれも肋の言う通りだと思うぜ。あいつは自分で肌をぐちゃぐちゃに溶かしたり、舌をちょん切ったりしていた。よみがえる気があったとは思えねえよ。——あれ？」

ふいに思考回路からアルコールが引っ込んだ。

アトリエの下の砂浜で目にした、あいりの死体が脳裏によみがえる。一つの疑問が頭をもたげた。

「どうしました？　お腹を下しましたか？」

肋が自分の腹を押さえる。

「確認させてくれ。お前も格子ごしに沙希の死体を見たよな。あいつの上半身は岩にもたれてたのに、脇腹から流れた血が、背中へ真っすぐに流れてなかったか？」

「確かに。そうでしたけど、何か？」

「お前の推理はこうだろ。沙希はあらかじめ舌を切り落としてから、アトリエの下の砂浜へ下り、硫酸をかぶった。それから瓶を割って、ガラスの破片を喉から食道へ落とした」

「そうですけど」

「お前が沙希だったとして、ガラスの破片を飲み込むならどんな姿勢を取る？」

「そりゃこうですよ」肋は背筋を伸ばすと、上を向いて口をあんぐりと開けた。「ぱくぱく、ごくん」

「だよな。食道は喉から腹へ垂直に伸びてるから、物を体内へ落とすには、上半身が直立しているか、少なくとも斜め上を向いている必要がある。

だが沙希の死体は、脇腹から出た血が真っすぐに背中へ流れていた。岩にもたれた姿勢で硫酸をかぶったら、血は重力の向きに沿って、斜めに尻のほうへ流れるはずだ。

つまり沙希は、硫酸を浴びたとき、地面に水平な姿勢で倒れていたことになる」

反論したいのにできないせいか、肋はやたらと口をもごもごさせた。牛男も自分の言葉が何を意味しているのか分からなくなってくる。

「とはいえ仰向《あおむ》けに倒れたままじゃガラスを胃袋へ落とすことはできないし、虫の息の沙希が自力でガラスを嚥下《えんか》できたとも思えない。沙希は砂浜に寝そべった状態で硫酸をかけられ、出血が止まるのに必要な時間が経った後、犯人の手で岩にもたれさせられたんだ」

肋は悔しさをごまかすように、ううと唸《うな》り声を上げた。

「でも牛汁さん。このトリックが駄目でも、犯人が沙希さんなのは確かです。ザビ人形の状態から考えて、最後まで生き残っていたのが沙希さんなのは間違いありませんから」

「わたしからもいいかな」今度は斉加年が口を挟んだ。「残念だがその理屈は根本的に間違っている」

「斉加年さんまで。な、なんでですか？」

肋は反抗期みたいな顔をした。

「きみの推理を整理しよう。牛汁くん、饂飩くん、そしてわたしの殺害現場には共通点があった。牛汁くんが殺された部屋では、ザビ人形の頭から釘が抜かれていた。饂飩くんが殺された浴室では、ザビ人形が浴槽から洗い場に引き上げられていた。わたしが殺された二階の廊下では、ザビ人形が廊下の隅に動かされていた。これらの事実は、犯人以外の第三者が現場に手を加えたことを示している。事実、わたしは饂飩くんがザビ人形の頭から釘を抜くのを見ていた。殺害現場に誰かが手を加えたということは、その人物の死後も誰かが生きていたこと、つまりその人物が五人目の死者ではないことを意味している」

「どこか問題あります？」肋が首を傾げる。

「理屈は正しい。ただし、これらの痕跡《こんせき》から読み取れることはもう一つある。殺害現場のザビ人形に手が加えられていたということは、その人物が五人目の死者でないのと同時に、四人目の死者でないことも意味している。四人の死者が出た時点で、残っている人物は犯人しかいない。わざわざザビ人形を死体と同じ方法で損壊した犯人が、自分でそれに手を加える理由はないからだ」

「あ、そっか」肋が目を白黒させる。「あれれ？」

「現場に手が加えられていた牛汁くん、饂飩くん、わたしは、四人目、五人目の死者ではない。言い換えれば、一人目から三人目までの間に殺されたということになる。ならば四人目と五人目に死んだのは、肋くんと沙希さんだ。

これはおかしい。わたしと饂飩くんと沙希さんは、アトリエで肋くんの死体を見ている。わたしや饂飩くんより後に、肋くんが殺されたということはありえない」

「それじゃいったい」肋は髪をくしゃくしゃに掻き回した。「ぼくの推理のどこが駄目だったんでしょう」

「殺された順番を絞り込んでいく推理は正しい。強いて言うなら、きみの間違いは死体が動かないと思い込んでいたことだ」

「へ?」肋が目をしばたたかせる。「何を言ってるんです?」

「落ち着きなさい。わたしにはもう真犯人が分かっている」

斉加年は咳ばらいをして背筋を伸ばした。

「……死体は動かないですよ。だって死んでるんですから」

「どうかな。病院の安置室で死体が動いたという話はよく聞くよ。死後硬直で硬くなった筋肉が緩解《かんかい》して、手足がベッドにぶつかったりね。中でもよく動くのが水死体だ」

「饂飩さんのことですか?」

「そうだ。もちろん饂飩くんの死体がザビ人形を持ち上げて、タイルに放り投げたと言いたいわけじゃない。

饂飩くんが浴槽で毒物を飲み、自殺したとしよう。死因が溺死《できし》であれば、肺の空気が抜けて死体は水へ沈む。だが毒物による中毒死であれば、肺に空気が残ったままだから、死体は水に浮かぶはずだ。

このとき死体の上にザビ人形を載せておく。浮き袋の上に重りを載せたような状態だ。すぐに死体が沈むことはないが、肺からは少しずつ空気が抜けていく。最終的に浮力が死体の重量を支えられなくなると、死体は浴槽の底へ沈む。風呂釜《ふろがま》は一般的なものより深さがあったから、ほぼ全身が水に沈むはずだ。

だがザビ人形が沈むことはない。人形の中は空洞で、そこにも空気が入っているから、死体が沈んで人形が水に浸《つ》かった時点で浮力が生じる。泥が溶けて中の空気が洩れない限り、人形は水面に浮いている。

死体が浴槽の底へ沈むと、死体の体積の分だけ、浴槽の水位が上昇する。するとザビ人形も水面と一緒に浮き上がり、浴槽の縁《へり》からタイルへ落ちる。これが溶けかけのザビ人形が洗い場に落ちていた理由だ」

「いや、それは駄目だろ」牛男はクレーマーみたいに声を尖《とが》らせた。「おれがよみがえった直後に浴槽を覗いたとき、饂飩は水面に浮いていた。浴槽の水位もそんなに高くなかったぜ」

「そう思わせるのが饂飩くんの狙いだったのさ。一度沈んだ死体も、腐敗ガスが溜《た》まればふたたび水面に浮き上がる。すると水中に沈んでいる部分の体積が減るから、浴槽の水位は下がる。彼のような巨漢なら水位の変化も相当になるはずだ。こうしてただ饂飩くんが浴槽で死んだだけなのに、まるで誰かがザビ人形を掬い上げたような状況ができあがったんだ」

「おお、なるほど」肋が感嘆の声を上げた。「面白いトリックですね」

「この仕掛けを成功させるには、死体をできるだけ早く腐らせる必要がある。死体が水面に浮かぶ前に誰かが生き返ってしまうと意味がないからね。

そのために重要なのは、浴室の温度と湿度を上げることだ。あの浴室はおそらく客室を改装したもので、換気扇がなく、ドアに隙間もなかった。犯人が窓ガラスを割ったのは、屋外の熱気を浴室に取り込むためだろう。浴室はちょうど川に面しているから、ドアを閉めておけば湿気も充満する。もちろん浴槽には温水を溜めておいたはずだ」

牛男は饂飩の死体を見つけたとき、浴槽の水がぬるかったのを思い出した。

「そんな面倒なことをするなら、自分でザビ人形を浴槽に沈めて、溶けたのを床に転がしてから自殺すればいいんじゃねえか?」

「いや。このトリックの肝は、殺害現場に誰かが手を加えたように偽装し、自分が最後の一人ではないように見せかけることにある。呑気《のんき》にザビ人形を溶かしてたら、他の四人の殺害から時間が空き過ぎてしまう。一人だけ遅れて生き返ったらそれだけで怪しまれるからな」

「ああ、それもそうか」

「この場合、第三者によって殺害現場に手が加えられていたのは、わたしと牛汁くんの二人ということになる。二人が殺されたのは、一人目から三人目までの間だ。ただしわたしは肋くんの死体を目にしているから、肋くんがわたしより前に殺されたのは間違いない。よって一人目から三人目までの間に殺されたのは、わたし、牛汁くん、肋くんの三人だと分かる。残りは饂飩くんと沙希さんだ。ただし沙希さんが誰かに硫酸をかけられたことは、先ほど牛汁くんが説明した通り。よって結論は一つ。饂飩くんがわたしたちを殺し、浴槽に自ら身を沈めて命を絶った。これが真相だ」

斉加年は静かに言って、ナイフとフォークを平皿に並べ直した。

「一ついいかな。おれは生き返った直後に、小動物が走り抜けたような音と、何かが海へちゃぽんと落ちる水音を聞いたんだ。おれは犯人が物を捨てた音だと思ってたんだが、あれは何だったんだ？」

「もちろん犯人が何かをした音じゃない。饂飩くんの死体に腐敗ガスが溜まっていた以上、きみがよみがえるまで饂飩くんが生きていたはずがないからね。きみが息を吹き返したとき、浴室の窓とドア、脱衣所のドア、きみの部屋の窓とドアはすべて開いていたんじゃないかな」

「ああ。窓はどっちも割れてたな」

「やはりね。犯人は浴室のドアを閉めておいたはずだが、窓から吹き込む風に押されて開いてしまったんだろう。すると二つの窓の間に風の通り道ができる。小動物が走っているように聞こえたのは、ドアが風に押されて絨毯《じゅうたん》と擦れた音だ。ちゃぽんと聞こえたのは、浴室の天井から水が落ちた音だろう。浜辺から響く波音が重なっていたせいで、海に物が落ちたように聞こえたんだ」

「うーん。ぼくの推理はハズレかあ」肋が肘《ひじ》をついて項垂《うなだ》れた。「ねえ、沙希さんの様子を見に行かない？　もし生き返ってて、格子と崖《がけ》の間から出られなくなってたらかわいそうだよ」

「それより問題は饂飩くんだ。彼の死体は拘束されてないから、よみがえったら何をするか分からないぞ」

「うわ、そっか」

肋が椅子から跳ね上がり、テーブルナイフを握り締めた。また犯人に怯《おび》えなければならないのか。牛男はうんざりした気分になった。

「虫に寄生された人間が生き返るには約十二時間かかる。饂飩くんは三時半過ぎにわたしを殴り殺した後、沙希さんをアトリエへ運んで殺し、ふたたび天城館へ戻って自殺した。どれだけ急いでも一時間はかかるはずだ」

「それじゃ四時半には自殺できたってことか」

三人そろって壁の時計を見上げる。針は五時二十五分を指していた。

「もうよみがえってるかも」肋が涙声で言う。

「饂飩くんの手際が良ければの話だ。まだ浴槽に浮かんでる可能性は十分ある」

「よし。腹の虫をぐちょぐちょにしちまおうぜ」

牛男がナイフを片手に立ち上がると、

「殺すのは駄目だ。麻縄で縛り上げるんだ」

斉加年は動転した患者を宥《なだ》めるように言った。これだから医者は気に入らない。

「寝ぼけたことを言うな。相手は連続殺人鬼だぞ」

「こちらの台詞《せりふ》だ。せっかく生き返ったのに刑務所で余生を送りたいのか」

牛男は顔を背けて舌を出した。ここで口論をしてもしかたがない。いざとなれば饂飩の腹をナイフで抉《えぐ》ってやればいい話だ。

「オーケー。こいつは護身用に持っていく。ちゃちゃっとやっちまおうぜ」

牛男はナイフをポケットにしまうと、食堂のドアノブを捻《ひね》った。


牛男は息を殺し、忍び足で廊下を進んだ。肋と斉加年が後に付いてくる。二人とも舌が回るだけの腰抜けだ。

一人で生存者を探し回っていた昼ごろと比べると、牛男の頭は随分と落ち着いていた。自分の身に何が起きたのか、ぼんやりと分かってきたのが大きい。それでも暖炉や戸棚の前を通るときは、物陰から化け物が飛び出すのではないかと足がすくんだ。

玄関ロビーは一時間前よりも陽が陰っていた。肋が壁のスイッチを捻っても、球体の照明は灯らない。電球が切れてしまったようだ。

斉加年は収納棚から麻縄の束を取り出した。本気で飩を縛り上げるつもりらしい。

ふたたび廊下を進み、宿泊棟の浴室へ向かった。ここを通るのは今日だけで三度目だ。牛男はスニーカーのまま脱衣所に上がり、洗い場を覗き込んだ。

「――あれ？」

すぐに異変に気づいた。洗い場に倒れていたザビ人形が姿を消している。タイルにこびりついた泥が人形と同じ形をしていた。

「どういうこと？」

肋が首を捻った。人形が自分で歩き回るはずはないから、誰かが動かしたのだろう。どろどろの人形を浴室から運び出したら、脱衣所や廊下に泥が垂れて跡が残るはずだ。ザビ人形の居場所は一つしかない。

牛男は洗い場に足を踏み入れ、浴槽を覗き込んだ。縁まで溜まった水に泥の塊が浮かんでいる。表面にできた凹凸で、それが人形の頭だったことが分かった。湯水がドブのように濃く濁っている。

「飩くんの死体は？」

「ない。もうよみがえっちまったみてえだ」

斉加年が背後を振り返る。廊下に人影はない。

肋は牛男の肩越しに浴槽を覗き込み、

「あれ？」

調子はずれな声を上げた。

「何だよ」

「さっきよりお水、増えてません？」

肌が粟立《あわだ》った。

二時間前と比べ、明らかに水位が高くなっている。饂飩がいなくなったのなら、その分水位は低くならなければおかしい。

ボコッと音がして、水面に気泡が浮かんだ。

肋が悲鳴を上げ、足をもつれさせて引っくり返る。

間歇泉《かんけつせん》みたいに泥水が噴き上がり、肉の塊が飛び出した。ふやけて垂れ下がった皮膚の間から、黒い双眸《そうぼう》がこちらを睨んでいる。饂飩だ。

「おりゃあっ」

饂飩がモップみたいに泥水を散らしながら、ガラス製のシャンプーボトルを振り降ろした。

脳天に衝撃が走る。

全身の力が抜け、握り締めていたナイフがタイルに落ちた。

＊

四堂饂飩はベッドに腰かけて、じっと雨音に耳を澄ましていた。

時計の針は五時二十分を指している。窓から薄明かりが差し始めているが、豪雨がやむ気配はない。

頰のピアスを撫でながら部屋を見回した。ドアノブは電気コードできつく縛ってある。窓は嵌《は》め殺しで開閉できないし、便所や衣装棚に人が隠れていることもない。この部屋を一歩も出なければ、犯人に襲われることはないはずだ。

大丈夫だと分かっていても、胸の奥から不安が込み上げてくる。饂飩はコードを引っ張って、ドアが動かないのを確認した。

饂飩は吹き溜まりのような街で幼少期を過ごした。母親は日雇いの労働者にボロの安全靴を売って生計を立てており、警察の世話になることも多かった。そんな境遇にあって、自分が少年院にも刑務所にも入ることなく年を重ねてこられたのは、たった一つの処世術――用心深く生きることを忘れなかったからだ。

――おいしいおやつをあげるよ。

六歳の頃、道端でそう声をかけられた。饂飩を見下ろした老人は歯が欠けていて怪しげだったが、顔いっぱいに人の良さそうな笑みを浮かべていた。

饂飩は老人に連れられ、街はずれのあばら家へ向かった。そこで饂飩は野良犬みたいな臭いのする老人たちに取り押さえられ、蛞蝓《なめくじ》を大量に食わされた。彼らは子どもの腹に蛞蝓が何匹入るかを賭《か》けていた。その日からぬるぬると光る生き物を見ると、全身に脂汗が滲《にじ》み、吐き気が込み上げるようになった。

二度とこんな目には遭いたくない。仕事も、遊びも、その他の付き合いも、少しでも危険を感じたら切り捨てるようになった。おかげで大人になってからは面倒事に巻き込まれることもなく、自分の稼ぎで生活ができている。大好きだった推理小説を出版する夢も叶《かな》えることができた。

釘の刺さった男の顔が脳裏に浮かぶ。牛汁もドアノブを電気コードで固定していたようだが、おそらく犯人の口八丁に乗せられてドアを開けてしまったのだろう。饂飩もさっきは斉加年と沙希に呼ばれてドアを開けてしまったが、もし彼らが犯人だったら自分の命はなかった。もう同じ轍は踏まない。

饂飩はドアに目を向け、コードがたるんでいるのに気づいた。ドアを強く引けば隙間ができてしまう。手を入れてコードを外されたらおしまいだ。

すぐにコードを縛り直そうとして、血の気が引いた。ビニール素材に裂け目が入っている。不安にまかせて何度も引っ張りすぎたらしい。このままでは危険だ。

部屋を見回しても、コードの代わりになりそうなものはなかった。玄関ロビーの収納棚に麻縄が入っていたはずだが、本館へ取りに行って犯人に襲われたら本末転倒だ。やはり部屋の中で大人しくしているしかないのか――。

頭を抱えて目を閉じると、瞼《まぶた》の裏に晴夏の顔が浮かんだ。

晴夏と出会ったのは、饂飩が作家としてデビューした二年後だ。『ギャラクシーレッドヘリング』の感想を楽しそうに話す晴夏に、饂飩は初めての恋をした。浮かされたように告白し、半年間の交際を経て婚約。自分のような育ちの人間には一生手に入らないと思っていた、幸福な時間を過ごした。

だが夢の日々は長く続かなかった。晴夏が男に暴行された挙句、トラックに轢かれて死んでしまったのだ。

饂飩は激しい後悔に苛《さいな》まれた。

なぜ自分は晴夏を守れなかったのか。危険から逃げることしか考えず、立ち向かうことをしなかったからだ。饂飩がもっと晴夏の話を聞き、榎本桶と縁を切るように強く勧めていれば、彼女は死なずに済んだはずだった。

逃げるだけでは何も変えられない。不安に立ち向かうのだ。

饂飩は覚悟を決めると、電気コードを外し、ゆっくりとドアを開けた。忍び足で廊下に出る。人影はない。

渡り廊下を抜けて本館へ向かった。玄関ロビーの明かりは消えており、雨空から差す微《かす》かな朝日が床を照らしている。

収納棚へ駆け寄ろうとして、足元の絨毯が汚れているのに気づいた。赤黒い血のようなものが溜まっている。誰かが怪我をしたのだろうか。

頭上を見上げて、心臓が止まりそうになった。

二階の廊下の手ずりから斉加年の首が飛び出ていた。

顔には赤い色が見える。

斉加年がやられた。犯人は近くにいるはずだ。

饂飩は足を絡ませて玄関ロビーを飛び出した。廊下を駆け抜け、宿泊棟へ向かう。

脱衣所のドアに目が留まった。あそこに使っていないホースがあったはずだ。ドアノブに巻いて固定すれば、部屋に籠《こも》れる。

息を切らして脱衣所に駆け込んだ。五メートルくらいのホースがバスケットに入っている。これだ。

「うぐっ」

慌ててホースを手に取ろうとして、足首を捻った。姿勢を崩し、頭頂部を鏡に打ちつける。ガラスの割れる音が響いた。

「いたたた」

頭と足首が同時に痛む。犯人に物音を聞かれたらまずい。早く部屋に戻らなければ。

床に手をついて顔を上げ、絶句した。

眼球まみれの怪物が、廊下から饂飩を見下ろしている。

いやだ。死にたくない。

饂飩は這うように浴室へ逃げ込み、ドアを閉めた。

後ろ手に把手《とって》を押さえ、室内を見回す。窓を開けて外へ逃げるしかない。

覚悟を決めて把手から手を離した瞬間、

「ぐえっ」

身体に強い衝撃を受け、饂飩の意識は途絶えた。

惨劇㈣

「うらあっ」

饂飩は泥まみれの身体で牛男に馬乗りになると、ガラス製のシャンプーボトルで顔を殴った。頭の中から板が割れるような音が聞こえる。痛みを感じないせいで、牛男は主観モノのSMビデオを観ているような気分になった。

「ごめん！」

肋の声に続いて、脱衣所を出て行く足音が聞こえた。二人とも逃げたらしい。最低な連中だ。

「死ねっ、死ねっ」

饂飩は咳《せ》き込み、喘《あえ》ぎ、涙ぐみながら、絶え間なくシャンプーボトルを振り降ろしてくる。牛男を殺すつもりらしいが、腹を狙う様子はない。寄生虫のことは分かっていないようだ。

「おい、やめろ」

必死に叫んでも饂飩の耳には届かない。潰れた鼻から粘っこい汁が喉《のど》へ流れ込んだ。寄生虫の力を借りても、頭蓋骨《ずがいこつ》をぐちゃぐちゃにされたら無事ではいられないだろう。饂飩から逃れようと腰に力を入れてみたが、ぶよぶよに膨れた饂飩の身体は鉛のように重く、びくとも動かなかった。視界が歪《ゆが》んでいるせいで、ナイフをどこに落としたのかも分からない。腕をあちこちに動かしてみても見つからなかった。

「どうだ、ぼくだってやれるんだっ」

饂飩が牛男の顔を殴る、殴る、殴る。

もう駄目だ。牛男は全身の力を抜いて、両手をだらんと投げ出した。こんな男に襲われて死ぬのは癪《しゃく》だが、痛みを感じずに死ねるならそれも悪くない。

ふと左手の先に柔らかいものが触れた。ルームウェアのポケットが膨れている。手を入れてみると、馴染《なじ》みのない奇妙な感触があった。

顔の前にそれを持ってくる。砂浜で拾った舌だった。

「うわあああっ」

饂飩がバネみたいに跳び上がる。舌を海鼠《なまこ》と勘違いしたらしい。饂飩は後ろ向きにたたらを踏んで、頭から浴槽に落っこちた。

牛男はとっさに立ち上がると、ナイフを拾って浴槽へ突き出した。シャンプーボトルの破片が顔に刺さっているのが分かる。黄色い汁が首から胸へ流れた。

饂飩は泥水から顔を出すと、金魚みたいに口をぱくつかせた。

「ご、ごめんなさい。許してください――」

苦しそうに言って、唇から小さなシリコンの塊を吐いた。浴槽からちゃぽんと飛沫《しぶき》が上がる。ボディピアスの留め具だ。六時間前、ここで饂飩の死体を見つけたときも、口から留め具が落ちたのを思い出した。

「うるせえ。立て。腹を出せ」

饂飩は腰を浮かせたが、あいりの舌を見るなり悲鳴をあげて引っくり返った。頭のてっぺんが浴槽にぶつかって鈍い音を立てる。

ふと疑問がよぎった。この男は舌を海鼠と誤解している。まともに生きていれば切断された舌を見る機会などないから、勘違いするのも無理はない。

だが斉加年の推理が正しければ、あいりを殺したのはこの男だったはずだ。自分で舌をちょん切ったくせに、その舌を海鼠と見間違えるだろうか。

「おい、小芝居はよせ。お前がおれたちを殺したんだろ？」

牛男は舌をポケットに隠すと、饂飩の胸にナイフを押しつけた。やはり心臓の位置が変わっていることは知らないらしい。饂飩はたるんだ顔をぶるぶる震わせた。

「ち、違います。牛汁さんがやったんじゃないんですか？」

どいつもこいつも牛男を犯人にしたがる。

「しらばっくれんな。犯人はお前だろ」

牛男は斉加年の推理をかいつまんで説明した。饂飩は自分が死んでいると聞いて目玉をひん剝《む》いたが、それでもじっと牛男の言葉に耳を傾けていた。

「……殺された四人が順番によみがえるなんて。冗談みたいな話ですね」

「だからお前がやったんだろ？」

牛男が刃先を腹に向けると、饂飩は割れた窓ガラスに背中を張りつかせた。縮んだ陰茎から泥水が落ちる。

「ぼくは犯人じゃありません。だってぼくの死体、うつ伏せでしたよね」

確かに饂飩の死体は底のほうを向いていた。水面から背中と尻《しり》が浮き上がっていたのを覚えている。

「だから何だってんだよ」

「いえ、斉加年さんの考えたトリックを実行したなら、ぼくは仰向《あおむ》けに死んでいるはずだと思うんです」

饂飩は蛇に睨《にら》まれた蛙みたいな顔をしていた。

「何でだよ」

「斉加年さんの推理はこうですよね。ぼくの死因は溺死《できし》ではなく、毒物による中毒死だった。死んだ時点では身体の中に空気が残っていたから水に浮いたものの、数時間後に空気が抜けて浴槽に沈んだ。で、浴槽の水位が上がって、ザビ人形がタイルに落ちた」

「そうだ。どこに問題がある」

「この仕掛けを成功させるには、ぼくがしなければならないことが二つあります。一つは死ぬときにザビ人形を身体に載せておくこと。もう一つは溺死をしない──つまり死の瞬間まで水を飲まないことです」

「そりゃそうだな」

牛男は頷《うなず》いた。饂飩が水を飲んで死んでいたら、身体がすぐに浴槽へ沈んでしまい、ザビ人形を溶かすことができない。

「ぼくの死体が仰向けだったのなら、この二つを両立するのは簡単です。ぼくは腹にザビ人形を載せて水に浮かび、毒が回って死ぬのを待てばいいんですから。でもうつ伏せだったらどうです？　背中にザビ人形を載せて落とさないようにバランスを取りながら、水を飲まないように首を持ち上げ、毒が回って死ぬのを待つ。いくらなんでも無理ですよ」

確かに難しそうだ。牛男は頷いて、ゆっくりと唇を舐《な》めた。

「お前の言い分はよく分かった。だが斉加年が言うには、死体ってのは案外動くもんらしい。お前は仰向けの姿勢で自殺した。だが沈んだ後で腐敗ガスに動かされて、うつ伏せに引っくり返ったんだ」

「そんな」饂飩の顔から泥水が飛ぶ。「無茶苦茶ですよ」

「何とでも言え。おれの目はごまかせねえよ」

牛男がナイフを握り直すと、饂飩はゴールキーパーみたいに両手を突き出した。

「待ってください。ぼくがずっとうつ伏せだった証拠がありますよ。ほら」

饂飩は浴槽に浮かんだシリコンの留め具を拾い上げた。泥水がぼたぼたと落ちる。

「これはぼくのほっぺのピアスの留め具です。ほっぺの外側からシャフトを刺して、口の中の留め具で固定するんですけど。ピアスが外れたら、留め具は口の中に残ります。だからさっき、ぼくの口からこれが落ちたんです。

牛汁さんが言うように、ぼくが仰向けの姿勢で死んだとしましょう。ぼくがそのまま水に沈んだら、シリコンが水に浮かんで、口からぷかぷか出ていくはずです。口の中に留め具が残ってたのは、ぼくが死んでから生き返るまで、ずっとうつ伏せの姿勢だったからです」

なるほど、饂飩の言うことは筋が通っていた。饂飩がうつ伏せで死んでいた以上、死体の変化を利用してザビ人形を浴槽から落とすトリックは成立しない。饂飩が死んだ後、誰かが浴槽からザビ人形を掬《すく》い上げ、タイルに横たえたのだ。よって饂飩は最後の一人ではない――すなわち牛男たちを殺した犯人ではないということになる。

「お前じゃねえのかよ」

牛男は肩をすくめて、ナイフをポケットにしまった。

「分かってもらえてよかったです。顔、大丈夫ですか？」

饂飩が今さら申し訳なさそうに言う。

牛男の顔にはガラスの破片が刺さったままだった。引っ張っても簡単には抜けそうにない。

「またおおきなかぶか。勘弁してくれよ」

牛男は長いため息を吐いた。

綿を千切って丸めたような雲が夕暮れの空を流れてゆく。

牛男、肋、斉加年、饂飩の四人は、あいりの様子を確かめるべく砂浜へ向かっていた。

頭に包帯を巻いているせいで、牛男の上半身は歩くたびにぐらぐらと揺れた。亜熱帯特有の粘っこい湿気が肌にまとわりついて気持ちが悪い。まともな人間なら汗まみれになっていたはずだ。

肋は一目散に浴室から逃げ出したくせに、牛男が事情を説明すると「饂飩さんは犯人じゃない気がしたんですよ」と虫の良いことを言った。斉加年は饂飩への疑いが捨て切れない様子だったが、反論も思いつかなかったようで、渋い顔をして黙り込んでいた。

当の饂飩は、泥水を洗い流してルームウェアを着ると、肌のむくんだハンバーガーの怪物みたいな風貌《ふうぼう》になった。浴槽の底に落ちていたのを拾ってきたらしく、たるんだ頬肉からピアスが飛び出ている。口内炎でもできたのか、石段を下りながらしきりに舌を動かしていた。

「どうした。舌がはずれそうか?」

「いや、そんなことないですけど。なんか違和感があるんですよね」饂飩はぺろりと舌を出した。「何かできてませんか?」

饂飩の口に顔を近づけるとドブみたいな臭いがした。舌苔《ぜったい》の溜《た》まった上皮に、爪で引っ掻《か》いたような痕《あと》ができている。

「傷がある。殺されたときに嚙《か》んだんじゃねえか」

「うーん。ぼくの寄生虫、気が回らないですね」

図々しいことを言った罰だろう、饂飩は根の浮いた草につまずいてたたらを踏み、川へ落ちそうになった。

午後六時。鐘の音とともにアトリエの下にたどりついた。見覚えのある海鳥が格子に体当たりをしている。まだあいりの肉が諦《あきら》め切れないらしい。

「あの鳥、何ですか」

「見りゃ分かるだろ。すけべ鳥だよ。金も払わねえで看板嬢に手を出そうってんだから世間を舐めてやがる」

きょとんとした饂飩を尻目に、牛男は格子に近づいてナイフを振り回した。海鳥は恨めしそうに頭上を旋回しながら崖の向こうへ飛んで行った。

「沙希さん、まだ死んでますね」

肋が格子に顔を押しつけて言った。牛男も背後から暗がりを覗《のぞ》く。あいりは岩に寄りかかったまま、口をあんぐりと開けて中空を見つめていた。

「ひどいですね」

饂飩が死体を見下ろしてつぶやくと、

「騙《だま》されちゃ駄目ですよ。沙希さんはぼくらを殺した犯人ですから」

肋が藪《やぶ》から棒に断言した。懲りないやつだ。

「この探偵気取りの言うことを真に受けるな」

「何てこと言うんですか。犯人は沙希さんに決まってますよ」肋が声を大きくする。「この寄生虫の宿主は死んでから約十二時間で生き返るんです。ぼくたちは四人とも生き返ったのに、沙希さんはまだ死んでいる。これは沙希さんが最後に死んだことを示す確かな証拠です。必然的に、ぼくらを殺したのも沙希さんということになります」

「こいつが虫に寄生されてない可能性もある。ただ死んだだけで、このままよみがえらないのかもしれない」

「それでも同じです。ぼくたちが生き返った順番は、牛汁さん、ぼく、斉加年さん、饂飩さんです。死んでからよみがえるまでの時間が一定なら、ぼくたちが死んだのもこの順番通りってことですよね。四人の中で最後の一人だった可能性があるのは饂飩さんだけです。

でも饂飩さんの殺害現場には、誰かの手が加えられていました。つまり饂飩さんは最後の一人ではない。やっぱり犯人は沙希さんってことになります」

「ガラスを飲むトリックができねえことは証明済みだぜ。沙希がここで自殺したんなら、硫酸が入った瓶はどこへ消えたんだ？」

「それは——」

閃《ひらめ》きが湧いてこないらしく、肋は鼻の穴を広げて驢馬《ろば》みたいな顔をした。

「あの、すみません」

振り返ると、饂飩がおずおずと手を挙げていた。

「小便か？」

「お二人の話を聞いていて思ったんですけど。別に最後まで生きていた人がぼくたちを殺した犯人だとは限らないんじゃないですか？」

牛男は肋と顔を見合わせた。肋は鼬《いたち》に屁《へ》をかけられたような顔をしていた。

「なに言ってんだ。死人に人は殺せねえよ」

「どうしてですか？　ぼくも皆さんも、死んだのに歩き回ってるじゃないですか」

饂飩が声を尖《とが》らせる。肋が苦笑し、斉加年も気まずそうに咳ばらいをした。

「そんなことは分かってんだよ。さっきも肋が言った通り、寄生虫の宿主が生き返るには約十二時間かかる。一番初めに死んだおれがよみがえったのが今日の十一時半だ。この時点でお前ら四人はすでに殺されていた。死人がよみがえって他のやつを殺すには、虫が身体を生き返らせる時間が足りねえんだよ」

「分かってます。ぼくが言ってるのはそういうことじゃないです」饂飩は言葉を探すように目を泳がせると、牛男のスニーカーにぴたりと目を留めた。「牛汁さんの靴、昨日までと履き心地が違いませんか？」

靴？

何が言いたいのか見当がつかない。牛男は膝《ひざ》を持ち上げて、スニーカーの底を饂飩に向けた。

「そりゃ履き心地は良くねえよ。底に釘《くぎ》が刺さってんだから」

「釘だけじゃありません。靴紐《くつひも》の結び方も昨日と違ってますよね」

言われてみればそうだった。昨日はトンボの死骸《しがい》みたいにひん曲がっていた結び目が、なぜかきれいに整っている。さすがは靴屋の倅《せがれ》だ。

「何が言いてえんだよ。殺人犯とおれの靴紐に関係があんのか？」

「あります。犯人は牛汁さんを殺した後、靴紐を解いて結び直したんです。なぜそんなことをしたのか？　人が他人の靴紐を解くのは、靴を脱がせるときです。犯人は牛汁さんのスニーカーを脱がせて、自分のスニーカーと履き替えたんです」

「何のために？」肋が首を傾げる。「ゲロでも踏んだとか？」

「靴底に釘が刺さったんですよ。犯人は牛汁さんとザビ人形の頭に釘を打とうとして、間違って釘を踏んでしまったんです。釘を引っこ抜いても靴底に空いた穴はなくなりません。この靴を履き続けるのは、自分が犯人という証拠を持ち歩くようなもの。四人を皆殺しにするつもりだったとはいえ、死者がよみがえるかもしれないと知っていたのなら、同じ靴を履き続けるのは不安だったはずです。用意しておいたスニーカーは五人分だけなので、こっそり履き替えることもできません。だから犯人は牛汁さんのスニーカーを脱がせて、自分のスニーカーと履き替えたんです」

牛男の蝶々《ちょうちょう》結びが下手すぎたせいで、履き替えの証拠が残ってしまったらしい。

怪我の功名というやつか。

「牛汁さんの足にも釘を刺したのは、よみがえった後で釘を踏んだように勘違いさせ、穴の空いた靴を履いている本当の理由に気づかせないためでしょうね」

「待ってください」肋が声を低くした。「犯人の靴に釘が刺さったって……おかしくないですか？」

「気づきましたか。牛汁さんは一人目の被害者です。四人を次々と殺した犯人は、初めの事件で足に深手を負っていたことになる。普通の人間は、足に釘が刺さったら真っすぐ歩くのも難しいはずです。ましてや警戒している相手に襲い掛かったり、アトリエの梯子《はしご》を上ったりするのは不可能でしょう。

犯人はなぜ、そんな常人離れした真似ができたのか。それは犯人が痛覚を失っていたからです。犯人はこの島へやってきた時点で、すでに死んでいたんです」

世界がぐにゃりと歪むような衝撃を感じた。

目にしたいくつもの光景が、まったく異なる色彩に塗り変えられていく。

牛男たちが条島にたどりついたとき、いや埠頭《ふとう》で顔を合わせたときには、すでにその中に死者が交じっていたのだ。

「――生者を演じていた死者は、誰か」

斉加年が囁《ささや》くように言った。肋が喉仏を上下させる。

「少なくともおれじゃねえよな。おれが犯人なら靴を履き替える必要がない」

牛男が靴底を見せて言うと、

「いえ、そうとは限りません」饂飩が間髪容《い》れずに答えた。「たとえばこんな可能性もあります。牛汁さんは浜辺を散策している途中で、漂着ゴミの金属片を踏んでしまった。金属片は靴底を貫通して、牛汁さんの足に突き刺さります。でも牛汁さんは死んでいるせいでそれに気づきませんでした。

後から破片を見つけて、牛汁さんは慌てます。このままでは自分が死んでいた証拠を持ち歩くようなものですし、金属片を捨てても靴底に空いた穴は残ってしまいます。そこで牛汁さんは、金属片を引っこ抜き、同じところに鉄釘を刺すことにしました。釘なら生き返った後で踏んだとしても不自然ではないからです。靴紐を解いてスニーカーを履き直したのは、金属片が足の裏に深く刺さってしまい、一度スニーカーを脱がないと抜けなかったからです」

「おれはそんなまどろっこしい真似はしねえと思うぞ」

「もちろん可能性の話です」饂飩は気を落ち着かせるようにピアスを撫《な》でた。「うまくいけば犯人が分かるかもしれません。ぼくたちが前泊した港町のホテル、自動ドアが開きづらくありませんでしたか？」

「自動ドア？」

牛男と肋の声が重なった。事件と自動ドアに何の関係があるのか。

「自動ドアのセンサーにはいくつか種類がありますが、真夏に人を認識しづらくなるのは体温を感知するタイプです。体温と外気の温度が近すぎて、センサーが人間を感知できなくなるんです。

一昨日《おととい》の朝、最後にホテルから出てきたのは斉加年さんでした。ぼく、牛汁さん、肋さん、沙希さんの四人で、斉加年さんが出てくるのを見ていましたよね。自動ドアは問題なく開き、斉加年さんは足を止めることなく現れました。斉加年さんはあの時点で体温があった――つまり生きていたことになります」

「確かにきみの言う通りだ」斉加年が満足げに頷く。

「寄生虫の宿主が死んでからよみがえるまでには、約十二時間かかります。ぼくらがクルーザーに乗り込んでから、この島に上陸し、殺人が始まるまでの間に、斉加年さんが死んでよみがえるだけの時間はありませんでした。斉加年さんは犯人に殺されるまで一度も死んでいない。つまり犯人ではありません」

饂飩はそこで言葉を切って、肋に視線を向けた。

「同じことが肋さんにも言えます。クルーザーが鯨に激突したとき、肋さんはベッドから落ちて左腕の骨を折りました。斉加年さんが紐を引いて明かりをつけると、肋さんは床の上で痛みに顔を歪ませていました。でもあのとき、肋さんの腕から血は出ていませんでしたよね」

「ええ。血が出たのは犯人に襲われた後ですけど」

「外傷のない単純骨折だったのに、肋さんはどうして自分の骨が折れていると分かったんですか？」

「そりゃ分かりますよ」肋が不思議そうに答える。「痛いですもん」

「それが証拠です。一度死んでよみがえったぼくたちには痛覚がありません。でもクルーザーに乗っていた時点で、肋さんには痛覚があった。つまり死んでいなかったことになります」

「うわー、骨折ってよかった」

肋が血のついた包帯を撫で、安堵《あんど》の息を洩《も》らす。犯人は残りの三人——牛男、あり、饂飩の誰かということだ。

「その理屈で言うと、饂飩さんも犯人じゃないですね」

肋が指を鳴らして、饂飩の肩を摑《つか》む。饂飩も同じことを考えていたらしく、先を促すように頷いた。

「だって饂飩さん、船の中で耳が切れて痛がってましたから。あのときの船室は真っ暗でした。ピアスが外れたことに気づいたのは、耳のひだが切れて痛んだから。つまりあのときの饂飩さんにはまともな痛覚があったことになります」

「ちょっと待てよ」牛男はドスの利いた声で言った。「饂飩はこの推理を始めた張本人だ。その理屈で饂飩を容疑者から外すのは駄目だろ。この展開を見越して、わざとピアスを引き千切ったのかもしれねえ」

「いや、饂飩くんは犯人じゃない」斉加年が口を挟んだ。

「何だと？」

「あのとき饂飩くんの耳からは赤い血が出ていた。だが一度死んだ人間の血は膿《うみ》みたいな薄い黄色をしている」

斉加年の言う通りだった。残る容疑者は二人。嫌な予感がする。

「それ、沙希さんにも当てはまりますよね。鯨と衝突したとき、沙希さんも人差し指を切っていました。赤い傷ができてるのを見ましたよ」

肋が手柄顔で言った。

居心地の悪い沈黙。波の音が耳に迫って聞こえる。

「やっぱり牛汁さんが犯人でしたか」

饂飩の目には興奮と恐怖が入り混じっていた。

「馬鹿。おれじゃねえよ」

「ではなぜ、死んでいるのに生きている振りをしたんですか？」

肋が言葉を重ねる。身に覚えのないことを聞かれても答えようがない。

「いいか。おれはお前らが死のうが生きようがどうでもいいし、わざわざ南の島へ呼び出して殺人ゲームをやるほど暇人でもない」

「そんな言い分は通用しませんよ。ぼくらはちゃんと自分が犯人じゃないことを証明したじゃないですか」

饂飩の言葉に肋が頷く。確かにそうだ。この二人は濡《ぬ》れ衣《ぎぬ》を着せられそうになっても、理屈をこねて反論してみせた。

では牛男は、自分が誰も殺していないことをどう証明すればよいのか。牛男は腕を折っても耳を切ってもいない。二段ベッドから落ちた肋が腕にぶつかったときも、あいにく悲鳴の類は上げていなかった。

「反論できないなら拘束するしかないな。救助が来るまでの間、身動きを封じさせてもらう。どうだ」

斉加年が担いでいた麻縄を手に持って、肋と饂飩に目配せする。二人は同時に頷いた。自分に降りかかった火の粉は死に物狂いで払いのけるくせに、他人事《ひとごと》になるとこれだ。

こうなったらヤケクソだ。

牛男はポケットからあいりの舌を取り出し、饂飩の眼前にぶら下げた。饂飩が女みたいな悲鳴をあげる。牛男は饂飩の首に手を回し、喉元にナイフを押し付けた。

「このデブを死なせたくなかったらそこをどけ」

牛男は声を張りあげた。饂飩が濡れた犬みたいに首を震わせる。饂飩の皮膚はぶよぶよに膨れていて気味が悪かった。

「無駄ですよ」肋が呆《あき》れた顔をする。「そこからどうするつもりですか？」

「おれはアトリエに籠城《ろうじょう》する」

「なるほど。でも牛汁さん、そこじゃ意味ないと思いますよ」

肋が言うのと同時に、饂飩が牛男の腹に肘《ひじ》を打ち込んだ。牛男が屈《かが》んだ隙に饂飩が前へ飛び出そうとする。慌てて腕に力を込めると、ぬちゅ、と音がしてナイフが饂飩の喉に刺さった。喉仏が裂けて黄色い汁が流れる。振り向いた饂飩は涼しい顔をしていた。

「くそっ」

とっさに駆け出そうとしたところを饂飩に突き飛ばされた。身体が砂浜に叩《たた》きつけられ、口の中が砂だらけになる。

「首だ。首を絞めろ」

斉加年が医者らしからぬことを叫んだ。首と両腕を押さえ付けられ身動きが取れない。饂飩が牛男の手足を麻縄で縛った。

「また変な虫に食われたらどうすんだ」

「安心しろ。宙に浮かべておいてやる」

三人はこそこそと相談しながら、牛男の身体を引き摺《ず》って梯子の下へ運んだ。饂飩が梯子を上り、てっぺんの丸太に縄を引っかける。

「せーの」

斉加年が頭上から垂れた縄を引っぱった。丸太が軋《きし》み、牛男の身体が中空へ跳ね上がる。ルームウェアの背面が丸太に擦《こす》れて破れた。もし生きていたら痛みで失神するところだ。牛男は家鴨《あひる》みたいに足をばたつかせた。

「お前ら、覚えとけよ」

「救助が来るまでの辛抱だ。生かしてやるだけ感謝しろ」

斉加年が顎《あご》を上げて言った。

「騙されんな。真犯人はお前らの中にいる」

「でもさっき、ぼくを殺そうとしましたよね？」

饂飩が喉の傷を指す。牛男は文句を言おうと口を開いたが、続く言葉が出てこなかった。首にナイフを刺しておいて反論も糞《くそ》もない。

三人は安堵の表情を浮かべると、石段を上って砂浜を後にした。

白い月がぽつんと浮かんでいる。

クルーザーのあたりに漂っていた赤い澱《おり》は姿を消していた。浜辺に人の姿はない。

波が押し寄せるたび身体の芯《しん》が震える。

バンジージャンプをしたまま宙吊《ちゅうづ》りで取り残されたらこんな気分だろうか。自分の意識が溶けて、海に流れていくような恐怖を覚えた。

「畜生。舐めやがって」

牛男は声を出して意識を奮い立たせた。

雪山でもないし眠っても死なないだろうが、二度ともとの自分に戻れないような不安があった。せっかく生き返ったのに、頭がおかしくなったら意味がない。

頭上から、キィと金属が軋むような音が聞こえた。

おそるおそる首を持ち上げる。アトリエの屋根に海鳥が止まっていた。濃淡のない黒一色の瞳が牛男を見下ろしている。さっきまで格子に体当たりをしていた、あいつだ。

ふわりと羽を広げて海鳥が飛び上がった。何の感情もない、そのくせ殺気だけを滾《たぎ》らせた怪物の頭が迫ってくる。牛男は俯《うつむ》いて目を閉じた。

羽の擦れる音。

全身に強い衝撃を受けた。尖った嘴《くちばし》が目の前に現れる。

「うわっ」

黒い眼球が真っすぐに牛男を見ていた。鎌のような嘴が顔の真ん中に突き刺さる。

頭の中からゴミ袋を漁《あさ》るような音が聞こえた。痛みがないのが不気味だ。

「やめろ、ボケ」

開いた口の中を鉤爪《かぎづめ》が引っ掻いた。黄色い汁が飛び散る。嘴から肉片がぶら下がっていた。

ふいに身体が宙に浮き、数秒後に砂浜へ落ちた。海鳥の爪が引っ掻いたせいで縄が体重を支えられなくなったのだろう。仰向けに倒れた牛男めがけて、すかさず海鳥が舞い降りる。嘴が下っ腹を抉《えぐ》った。まずい。腹の中の寄生虫が死んだら牛男の命も終わりだ。

牛男は自由になった両手をめちゃくちゃに振り回した。海鳥はいったん空へ舞い上がると、すぐに急降下して襲ってくる。なんとか腹だけは守らなければ。牛男は砂浜に肘をついて、身体をうつ伏せに引っくり返した。頭から肉と汁がぼたぼたと落ちた。後頭部に強い衝撃を受け、顔が砂にめり込んだ。海鳥が頭の皮を啄《ついば》んでいる。顔を上げると、目の前に鉄釘が落ちていた。痰《たん》と血を混ぜたようなどろどろが絡まっている。頭から抜け落ちたらしい。

牛男は右手で鉄釘を握ると、身体を捻《ひね》って海鳥めがけて突き出した。鈍い感触。先っぽが腹に刺さっていた。キィキィと鳴きながら海鳥が飛び上がる。

「あはははは、くたばれ!」

海鳥は血を吸い過ぎた蚊みたいにふらつきながら、崖の向こうへ姿を消した。

牛男は手足を大の字に広げた。月が斜めに歪んで見える。天城館からは七時の鐘の音が聞こえた。なんとか生きているらしい。

顔を撫でると指に硬いものが触れた。肉が剝《は》がれて骨が剝き出しになっている。もはや化け物だ。

ふいに息遣いが聞こえた。

首を傾ける。格子の向こうから誰かが牛男を見下ろしていた。

「こりゃひどい。ひきてるの？」

舌足らずな幼児みたいな声だった。

「なんであと五分早く生き返らねえんだよ」

牛男がぼやくと、あいりは銀歯を光らせて笑った。

「ごめんごめん。ヒロインはちょっと遅れてくるんだよ」

＊

滝のような雨音が聞こえる。

目を開けると、金鳳花沙希はベッドの上にいた。

眠っていたような気もするし、ずっと神経を尖らせていたような気もする。

壁の時計は六時十分を指していた。店長と肋の死体を見つけてから三時間が過ぎている。

不審者が忍び込めないように、ドアノブとベッドの脚を電気コードで結んであった。窓は嵌《は》め殺しだから、この部屋に籠《こも》っていれば誰かに襲われる心配はない。頭では分かっていても、雨に煙った窓の外を見ていると恐怖に呑《の》まれそうになった。

ベッドから手を伸ばしてカーテンを閉め、化粧台に置いたガムを口へ放り込む。味がよく分からず、ゴムの塊を嚙んでいるような気分になった。

沙希は自分が殺人犯に怯《おび》えていることに驚いていた。取り柄はどんな事態にも冷静に対処できること。そう信じていた自分が、これほど取り乱す日が来るとは思っていなかった。

沙希はいつも猫をかぶり、腹の中に打算を隠して生きてきた。あるときは文壇の大人たちが好みそうな天真爛漫《らんまん》な文学少女に、あるときは男受けしそうな頭の悪いデリヘル嬢に成りすましてきた。

高校生のうちに急いでデビューしたのも、それが読者を獲得する一番の近道だったからだ。ほとんどの大人は小説に関心がないが、文学好きの少女には興味を持つ。

売れなくなったら作風を転換して話題をつくるのも、デビュー当初からの計画だった。天城菖蒲の招待に応じたのも、作家としての将来を考えたとき、天城とバカンスを過ごしておくのが無駄にならないと考えたからだ。

だがこの一週間で、沙希の化けの皮は見事に剝がれていた。店長が作家だと知ったのをきっかけに、作家の金鳳花沙希とデリヘル嬢のあいり――二つの人格を使い分けられなくなってしまったのだ。その結果現れたのは、幼稚で、意地っ張りで、どうしようもなく小説が好きな自分だった。

今になって振り返ると、店長と沙希は妙に馬が合っていたのかもしれない。推理作家が二人、同じデリヘルで働いていたというだけでも奇跡的な巡り合わせだ。コンビニでの襲撃事件から一週間、怒濤のシフトをこなすべく店長と能見市内のホテルを駆け回った沙希は、親にも見せたことのない素顔をさらけ出していた。

「――――」

瞼《まぶた》がぴくぴく痙攣《けいれん》している。

その店長も殺されてしまった。

作家たちが次々と殺されていく中で、偽物の自分を演じ続けるのは不可能だった。アトリエから斉加年と饂飩を追い出そうとした、あの幼稚で身勝手な女こそ、自分の本当の姿なのだろう。

「何なのさ……」

沙希は晴夏にもらったブレスレットを外し、両手で強く握り締めた。

晴夏はどんなときも自分を隠さずに生きられる人だった。父親から悍《おぞ》ましい仕打ちを受け、心をズタズタにされても、その思いをすべて沙希にさらけ出すことができた。人の目ばかり気にして自分を取り繕っている沙希とは正反対だ。晴夏に恋をしていたのかは分からない。だが晴夏に憧《あこが》れていたのは確かだ。

沙希は首を振った。自分と晴夏を比べても意味がない。

口からガムを出そうと、化粧台のティッシュ箱に手を伸ばした、そのとき。

ガン、ガン。

何かが窓ガラスにぶつかる音が聞こえた。

「晴夏?」

ベッドから身を乗り出し、カーテンを引く。

雨に濡れたガラスの向こうから、無数の眼球がこちらを覗いていた。

「――――!」

叫んだ気がしたが、声は出なかった。

ガン、ガン。

怪物が部屋に侵入しようとしている。

沙希はベッドから飛び降りた。ブレスレットが床を転がる。ドアノブに巻き付けた電気コードを外そうとしたが、指が滑ってうまくいかない。足がすくんで倒れそうになる。

パキッ。ガラスに罅《ひび》の入る音が聞こえた。

もう駄目かと思った瞬間、コードがゆるんで床に落ちた。ドアを押し開け、部屋を飛び出す。


廊下を挟んだ正面、脱衣所のドアが開いていた。

三時間前にここを通ったときは閉まっていたはずだ。浴室のドアも開いており、窓が割れているのが見える。浴槽には何かが浮いていた。

背後を振り返る。怪物が部屋に入ってくる様子はない。

沙希は息を殺して脱衣所に入った。雨音が耳に迫って聞こえる。罅割れた鏡に横顔が映った。

「ひえっ」

ピンク色の浴槽に浮かんでいたのは、大きな人間の死体だった。

店長かと思い血の気が引いたが、あいにく店長はもう殺されている。見間違えるほどのデブといえば饂飩しかいない。

水が濁っているせいで肌が黒く汚れている。髪には泥の塊が絡みついていた。頭上から糞を落とされたみたいで滑稽《こっけい》だ。

おそるおそる背中に触れてみたが、たるんだ肌に体温は残っていなかった。

浴槽の縁と肉の間にはザビ人形が押し込められている。死体を冒瀆《ぼうとく》しているのか、何か呪術《じゅじゅつ》的な意味があるのだろうか。沙希はザビ人形を引っこ抜いて、浴室の床に横たえた。

店長、肋、そして饂飩までもが殺されてしまった。沙希の他に生き残っているのは斉加年だけだ。あの医者が自分たちを条島に呼び寄せた犯人だったことになる。

こんなとき晴夏ならどうするか？　もちろん全力で生き延びようとするはずだ。

斉加年は近くにいる。早く逃げなければ。

浴室を出ようと踵《きびす》を返したそのとき、重たいものが空気を切る音が聞こえた。

「えっ」

頭頂部に激痛が走る。

黒黴《くろかび》で汚れた床が目の前に迫り、次の瞬間、沙希は意識を失った。

＊

目を開けるとトタン屋根があった。

背の高い棚が沙希を見下ろしている。アトリエの床に倒れているらしい。斉加年が沙希を昏倒《こんとう》させ、ここへ運んだのだろう。壁の時計は七時を指している。

音が洩れないように手で口を覆って、深呼吸をした。手を離すと血が付いている。

運ばれる途中で舌を噛んだようだ。

肘をついて起き上がると、上半身に何も着ていなかった。作業台の下にルームウェアが落ちている。身を屈めてそれを取ろうとした瞬間、怪物が手を伸ばすのが見えた。

「やめて――」

肩と腰を押され、身体の下に床がなくなった。

世界が地面に吸い寄せられていく。何というあっけない結末だ。こんなところで死ぬなら、もっと自由に、思うままに生きればよかった。

砂浜に身体を打ちつけたところで、ふたたび意識が途切れた。

惨劇 (五)

「ひんじらんないけど、ひんじるしかないみたいね」

牛男が経緯を説明すると、あいりは目を伏せてため息を吐いた。硫酸のせいで肌が爛《ただ》れているが、牛男と比べるとだいぶまともに見える。格子を上り、梯子《はしご》を下りたせいで掌《てのひら》が汚れていた。

「信じてくれんのか？　おれが犯人じゃないって」

「店長が一晩で四人も殺せるほど要領が良かったとは思えないからね」

あいりは皮肉めいた笑みを浮かべた。褒められているのか貶《けな》されているのか分からない。

「お前も犯人の顔は見てねえのか？」

「うーん。よく覚えてなひな。窓の外から覗ひてたときは眼球がうじゃうじゃあった気がするけど」

「ザビマスクだろ」

「たぶんそれ」あいりが頷《うなず》く。

「でもお前の部屋、おれのとなりだろ？　窓の外は崖《がけ》だぜ」

「あ、たひかに」あいりが唇に手を当てる。「怪人が空に浮いてたってこと？」

「お前を部屋から追い出すためのトリックだな。麻縄にザビマスクをくりつけて、屋根からぶら下げてたんじゃねえか」

篠突《しのつ》く雨の中、屋根に上ってザビマスクを下ろす怪人の姿が浮かぶ。

備え付けの梯子を使えば、宿泊棟の屋根へ上るのは簡単だ。屋根を囲うように雨樋《あまどい》が走っているから、麻縄を結び付けておけばマスクが落ちる心配もない。マスクが風に揺れて窓にぶつかれば、あいりは怪人が侵入しようとしていると思い込む。あいりが異変に気づくまでの時間で屋内へ戻り、部屋から出てきたところを襲ったというわけだ。あいりがマスクに気づかなければ、となりの牛男の部屋から棒状のもので窓を叩《たた》いて、外に意識を向けさせるつもりだったのかもしれない。

「しょうもなひ仕掛けだね。騙《だま》された自分に腹が立ってくる」

「安心しろ。まんまとやられたのはお前だけじゃない」

「とひあえず、天城館に戻る」

あいりが立ち上がり、ルームウェアについた砂を払った。

「待て。何しに行くんだ」

「シャワー浴びる。手も汚れちゃったし、身体もべとべとだし」

「おれを置いてくつもりか？　また海鳥に襲われたらいよいよお陀仏《だぶつ》だぜ」

「一緒に来る？」

「ふざけんな。斉加年たちに何をされるか分かんねえよ」

牛男が吠《ほ》えると、あいりは呆《あき》れたように唇をすぼめた。

「それじゃあたひは、ここで店長の看病をしなきゃひけなひの？」

「あいつらは島へ来る前からおれが死んでたと言い張ってるんだ。おれがちゃんと生きてたことを証明してほしい」

「うーん」あいりは首を傾げて空を見上げた。「ちゃんと痛覚があれば良ひんだよね。あ、そうだ。店長、あのとき痛がってたよ」

「あのとき？」

牛男は背筋を伸ばした。海鳥に裂かれた顎《あご》の肉が垂れ下がって、あっかんべをしたみたいになる。

「ほら、佐藤さんっていう頭のおかしい客にコンビニの駐車場で襲われたとき。店長、顔面に金属バットのフルスイングを食らってめちゃくちゃ痛がってたじゃん。血もちゃんと赤かったよ」

牛男は肩を落とした。いつの話だ。

「一週間も前だろ。それじゃ意味がねえよ」

「そんなことなひ。あの日から一昨日《おととい》まで、店長、無休だったでしょ。うちは午前十一時に受付が始まって、最後の送迎が深夜十二時過ぎまである。店長が休める時間は十一時間もなひ。うっかり遅刻したらオーナーに締められるしね。死んでよみがえるまでに十二時間かかるんなら、店長は一度も死んでなひことになるよ」

あいりの言う通りだった。三紀夫がいなくなってからというもの、牛男が悠長に死んでいる暇はなかったのだ。

「なんでもっと早くよみがえられねえんだよ。鳥に齧《かじ》られずにすんだのに」

「どうかな。残りの四人に関する推理も筋は通ってたから、これじゃ犯人が一人もいなひことになっちゃう。結局は吊《つ》るしあげられてたかもよ」

「それじゃ犯人はどこに消えちまったんだ」

牛男がやけっぱちな気分で砂浜に寝転がると、

「ん？」

あいりが腰を屈め、砂に埋もれた腕時計を拾い上げた。海鳥と格闘したときに腕から外れたらしい。裏蓋《うらぶた》の DEAR OMATA UJU の文字が砂で擦《かす》れている。

「どうした。羨《うらや》ましいか？」

「ちょっと思いつひたことがあるんだけど」

あいりが牛男を見下ろして言った。

天城館は廃墟《はいきょ》のようだった。

月を覆っていた雲が流れ、あたり一面が淡い光に照らされていく。静かに響く葉擦れの音。

丸太でできた橋を渡り、玄関へ向かう。空き地の荷車が風に軋み、宿泊棟の雨樋に下がった蜘蛛《くも》の糸が揺れた。食堂の窓からは橙《だいだい》色の明かりが洩《も》れている。三人はあそこにいるのだろう。

玄関ロビーで壁のスイッチを捻《ひね》っても、天井から下がった球体に明かりは灯《とも》らなかった。やはり電球が切れているようだ。

牛男とあいりは廊下を抜けて宿泊棟へ向かった。ルームウェアを着替えて部屋を出る。あいりの右手には一日ぶりのブレスレットが着いていた。

「行くか」

二人はロビーと廊下を抜けて食堂へ向かった。

あいりがノックもせずにドアを開ける。

肋が煙草を咥《くわ》えたまま椅子から転げ落ちた。饂飩が立ち上がってナイフとフォークをかまえる。斉加年だけが座ったままこちらを睨《にら》んでいた。

「お待たせ。あたひも生き返ったよ」

水を打ったような沈黙。テーブルの花瓶が転がって床に落ちた。

「人にナイフを向けんのはやめな。あたひもてんちょ……牛汁さんも犯人じゃなひから」

あいりが牛男の背中を叩く。ぐちゃぐちゃに崩れた牛男の顔を見て、饂飩が「ぐえっ」と嘔吐《えず》きを洩らした。

「お前らのせいで海鳥の夜食になりかけたぜ。ますます化け物らしくなっただろ」

牛男が垂れ下がった顎の肉を弾《はじ》くと、

「沙希さん、きみはこの男に騙されてる。彼はわたしたちを殺したんだ」

「その話はもう聞ひたよ」

あいりは椅子に座って、自分が牛男と一緒に仕事をしていること、牛男には不審者に襲われてから死んでいる暇がなかったことを説明した。三人の顔色がますます悪くなる。

「……それじゃ犯人が誰もいなくなっちゃいますけど」

肋が椅子によじのぼって、呻《うめ》くように言う。饂飩が不安げに頷いた。

「あんたたちの推理が根本的に間違ってたってことでしょ」

「沙希さんには真相が分かってるんですか？」

「それを説明しにきたんだよ。でもその前に」

あいりは厨房に目を向け、舌のない口を開いた。

「──お腹が空《す》いた。ローストチキン残ってる？」

「あたひたち五人は、昨夜から今朝にかけて、立て続けに何者かに襲われて命を落とした。この島には五人の招待客しかいなひのに、全員が殺され、犯人は煙みたいに姿を消してしまった──少なくともそうとしか思えなひ状況が生じたわけだ。もちろん実際はそんなことはあひえない。じゃあこの島でいったい何が起ひたのか？」

あいりは気だるそうに四人の顔を見回した。ここまでに披露された推理は、すべて牛男からあいりに伝えてある。

「実を言うと、誰があたひたちをこの島へ招待したのかはまだ分からなひ。晴夏と深い関係にあった誰かが、あたひたちに何かを伝えようとしたんじゃなひかと思うけど、真相は藪《やぶ》の中だ。あたひが今から説明するのは、この島で何が起きたのかってこと。

一番初めによみがえったのが店長だ。次々と死体を見つけた店長は、四つの死体の中に身替わりが交じっていると考えた。犯人が第三者の死体を使って、自分が死んだように偽装したってわけだ。肋さんの死体が蠟《ろう》をかぶっていて、人相が分からなかったことから、肋さんが犯人だと推理した。

これ自体はありえそうなトリックだけど、いま考えたら不正解に決まってるよね。五人全員がよみがえって、こんなふうに顔を合わせてる以上、誰かが別人と入れ替わってたってことはありえなひ。見た目が多少変わっていても、こうして話をすれば別人じゃなひことくらい分かるしね」

全員の視線が交わり合う。肋は頭が外れそうな勢いで頷いた。

「次によみがえったのが肋さんだ。肋さんは、犯人が他殺に見せかけて自殺したと推理をした。それができるのは最後に殺された一人だけ。じゃあそいつは誰か。肋さんは三つの死体を観察したうえで、あたひが犯人だと推理した。自分で硫酸を浴びてからガラス瓶を飲み込めば、他殺にしか見えなひ死体ができるってわけだね。

残念だけどこれも不正解。砂浜に水平に寝そべってたらガラス片を喉《のど》に落とせなひのは店長が推理してくれた通り。もちろんあたひはガラスを呑《の》んだり、自分の舌をナイフで切ったりはしていなひ」

ばつが悪そうに顔を伏せる肋に、斉加年が蔑《さげす》むような視線を向ける。

「三番目によみがえったのが斉加年先生だ。先生も肋さんと同じで、自殺した五番目の死者が犯人だと考えた。そこで容疑者に浮上したのが饂飩さんだ。死体の腐敗を利用すれば、誰かがザビ人形を掬《すく》い上げたような殺害現場ができるってわけ。

いまとなってはこれも不正解に決まってる。饂飩さんがあたひより先によみがえった以上、饂飩さんは五番目の死者ではあひえない」

斉加年が不快そうに咳《せき》ばらいをする。饂飩は頬に笑みを浮かべ、くしゃみをするみたいに顔を手で覆った。

「四番目によみがえった饂飩さんの推理は、犯人像をまるごと引っくり返した。店長のスニーカーの靴紐《くつひも》が結び直されていたことから、犯人は足に釘《くぎ》が刺さっても平然としていられる者——つまり最初から死んでいた人物と考えられる。そこで島へ来たときから死んでいたのは誰かを検証した結果、店長が犯人という結論に至った。

この推理が不正解なのはさっきも説明した通り。店長は不審者に襲われた日からずっと働き詰めで、十二時間も死んでる暇はなかった」

饂飩が気まずそうに目を泳がせる。

「それじゃやっぱり、島に来たときは五人とも生きてたことになりますよね」肋が蟀《こめ》谷《かみ》を押さえて唸《うな》る。「犯人はどこにいったんでしょう?」

「ごめん、全部間違ってるんだわ。最初から説明するね。あたひが真相に気づいたきっかけはこれ」

あいりはポケットから牛男の腕時計を取り出し、テーブルの真ん中に置いた。三人が腰を浮かせて汚れた文字盤を覗《のぞ》き込む。

「これは店長の腕時計。血はかかってるし、文字盤に亀裂《きれつ》は入ってるし、ひどいもん

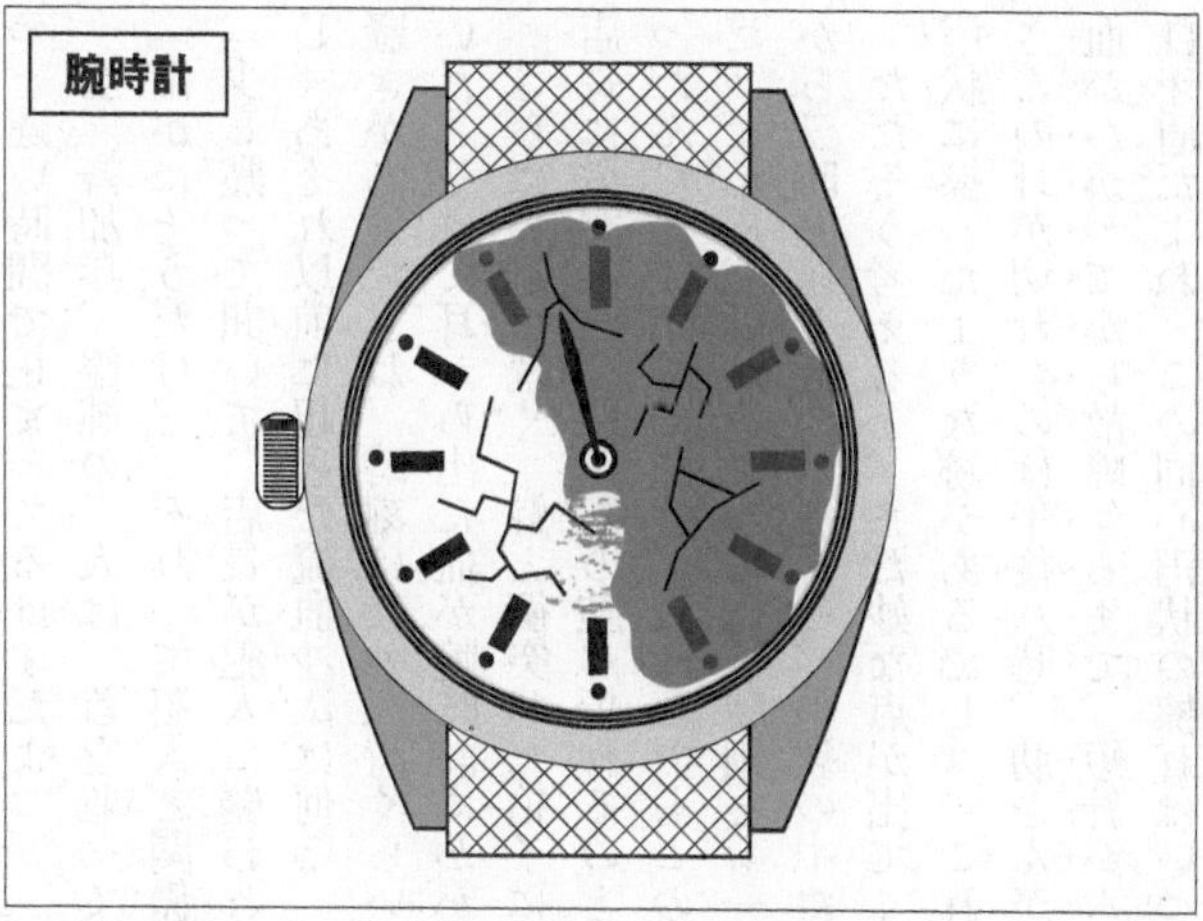

でしょ。十一時半を指してるから、一見すると店長が殺されたときに壊れたみたいだけど、実はそうじゃなひ」
「へ。どうして？」
「文字盤の亀裂の中にまったく血がついてなひでしょ。店長が襲われたときに文字盤が割れて、同時に血飛沫《ちしぶき》がかかったんなら、亀裂の中にも血が入り込んでるはず。つまり血がかかってから亀裂が入るまでに、血が乾くだけの時間が空いてたってこと。
じゃあ腕時計が動かなくなったのはいつ？　亀裂が入るくらい強い衝撃を受けたときだよね。店長が襲われたとき、壁の時計はすでに十一時半を指していた。そこで腕時計に血がかかって、その血が乾いてから亀裂が入ったんなら、針はもっと遅い時間で止まってるはずだよ」

肋、斉加年、饂飩の三人は、首を並べて文字盤に目を凝らした。

「確かにそうだけど。それって犯人と関係あるの?」

「少し黙って聞いて。店長が犯人に襲われる前から、文字盤には血痕が付いていた。じゃあそれ以前に起きた流血沙汰《ざた》は何? クルーザーの中で、饂飩さんの耳が切れる騒ぎがあったよね。時刻は夜の八時くらい。あのとき店長は饂飩さんのとなりで寝ていた。それで耳から出た血が腕時計にかかったんだよ。

さらに災難は続く。鯨と衝突した拍子に肋さんがベッドから落ちて、下で寝ていた店長に激突した。肋さんの腕が折れるのと同時に、店長の腕時計も壊れて動かなくなったんだ。文字盤に亀裂が入ったのもこのときだね。鯨と衝突したのは十一時半ごろだったから、針が止まっている時刻とも一致する。腕時計に饂飩さんの血がかかってから三時間以上経ってるから、亀裂の中に血が入ることもない。

ただそう考えると、また妙な点が出てくる。文字盤の六時のあたりに、血痕を同心円状に擦《こす》ったような跡があるでしょ。これは針が血の上を通過した痕跡だ。でも饂飩さんの耳が切れたのは午後八時、肋さんがベッドから落ちたのは午後十一時半のこと。血がかかってから故障するまで、短針が六時を指すことはなかったはずなんだ。これは矛盾だよね。この同心円状の擦れはいつできたのか?」

「まさか――」斉加年が目を見開いた。

「びっくりするでしょ？　でも証拠がある以上は信じるしかなひ。饂飩さんのピアスが外れたのは十五日の午後八時、鯨と衝突したのは翌日――十六日の午後十一時半だったんだ。あたひたち五人は船室で一夜を過ごしたつもりでいたけど、実際は誰も気づかなひうちにもう一日経ってたんだよ。

もちろん普通の人間には、そんな集団催眠みたいなことが起きるはずがなひ。でもあのとき、全員が船室で死んだとしたら、この奇妙な状況にも説明がつく」

「全員が船室で死んだ？」饂飩が目を白黒させる。「そんなことありえるの？」

「原因は一酸化炭素中毒だと思う。肉団子を焼いた七輪の底で燃え残っていた火が不完全燃焼を起こし、一酸化炭素が発生したんだ。

あたひたちが寝るとき、通気口から変な臭いがして、店長が養生テープで塞《ふさ》いじゃったんだよね。そのせいで換気も十分にできなかった。一酸化炭素は無臭だから、酒に酔ったあたひたちは気づかなひまま命を落としちゃったってわけ。

饂飩さんの耳が切れた十五日の夜八時の時点では、みんなまだ生きていたはずだ。あたひたちが死んだのはその後だね。みんなの推測よりも生き返るまでにかかる時間は長かったんだと思う。意識を取り戻したのが十六日の夜なら、知らぬ間に一日が過ぎていたとは誰もひづかない」

「そういえば、やけに燃料が減るペースが早かったんだよな」

斉加年が魂の抜けたような顔で言う。

「それは一日多く燃料を使ってたからだよ。十六日の時点でクルーザーは予定外の場所へ進んでいたはずだけど、先生は鯨と衝突して針路を変えたせいだと勘違いしたんじゃなひかな。

あたひたち五人はこの島にやってきた時点ですでに死んでいた。上陸してからは殺人事件なんて一つも起きちゃいなかった。これが条島連続殺人事件の真相だよ」

時間が停まったような沈黙。

肋、斉加年、饂飩の三人は、まばたきもせずにあいりの顔を見つめていた。

「それじゃマスクを着けた怪人は何者なの？」

肋が絞り出すように言う。

「そんなやつは存在しなかった。強いて言うなら、正体はこの島と海だ」

「は？」

三人は狐に脳を抉《えぐ》られたような顔をした。

「別に頭がおかしくなったわけじゃなひよ。昨日の雨のせいで川原は泥だらけになっていた。草が流されていたところもあったよね。いくら雨が降ったとはいえ、これはちょっとおかしい。亜熱帯では豪雨は珍しくないはずなのに、なぜ川原に根を張っていた草が昨日に限って流されたのか。

　あたひが生き返ったときはもう消えてたけど、クルーザーのあたりの海が赤く染まってたんでしょ。この赤い澱《おり》の正体は燃料じゃなひ。血だよ。巨大な生物の死骸《しがい》が川を堰《せ》き止めてたんだ」

「巨大な生物？」

「鯨だよ。クルーザーに激突した鯨が条島に流れ着いて、河口に突っ込んだんだ。じゃあこの鯨はどこへ消えたのか？　鯨の死骸は世界のあちこちで爆発を起こしてる。身体が腐敗ガスで膨れ上がって、破裂するんだ。こいつも爆発してバラバラになって、潮に流されたんだろう。いまごろ海鳥の豪華な夕飯になってるだろうね」

「あの、何の話をしてるんですか？」肋が不安そうに尋ねる。

「分かんないかな。あたひはクルーザーから鯨を追い払うために、鯨の肌に釘《くぎ》を刺した。昨日の夜十一時半、その鯨が爆発した衝撃で、釘が空中へ飛び出した。そんで店長の部屋の窓を突き破って、店長の頭に刺さったんだ。店長が血まみれに見えたのは、一緒に飛んできた鯨の血を浴びたから。宿泊棟の壁にも血がかかっただろうけど、雨水に流されて跡は残らなかった。

　もちろんすでに死んでいた店長は、頭に釘が刺さったくらいじゃびくともひない。寄生虫がすぐに神経細胞の再生を始めたはず。けど運の悪いことに、釘が刺さった衝撃で意識を失ってしまった。それで誰かに殺されたような現場ができちゃったってわけ」

三人は顔色を失ったまま、牛男の全身を舐《な》めるように見回した。

「このとき鯨の体内から噴き出した大量のメタンガスは、風に乗ってアトリエのほうへ流れた。メタンは空気よりも軽いから、床穴からアトリエに流れ込んで、室内に充満した。

初めの爆発から約一時間半が過ぎた、午前一時。手紙に呼び出された肋さんがアトリエにやってくる。この手紙を出したのが誰かは詮索《せんさく》しないでおくよ。メタンは無色、無臭だから、肋さんはアトリエの異変にひづかない。時間潰《つぶ》しに煙草を吸おうとライターの火を点《つ》けた瞬間、メタンに引火して爆発が起きた。衝撃で肋さんは壁に叩きつけられ、意識もネックレスも吹っ飛んだ。

炎は身体に燃え広がり、じわじわと肌を焼いていく。このままなら肋さんは腹の虫ごと死んでいたはずだ。そこへ幸か不幸か、熱で溶けた蠟人形の蠟が肋さんに降り注いだ。全身が蠟に覆われたことで酸素が燃焼できなくなり、炎は鎮火。こうして肋さんが蠟を浴びせられたような現場ができあがった」

肋は驚きと怯《おび》えの混じった顔で、ライターをテーブルに放り投げた。

「悲劇は続く。鯨が河口を堰き止めたせいで水位が高くなった川は、くの字に曲がった箇所でついに決壊する。鉄砲水になった巨大な水流が、宿泊棟の壁に叩きつけた。この衝撃が本館に伝わり、玄関ロビーの照明は振り子のように揺れた。二階の廊下で窓の外を見ていた斉加年先生が姿勢を崩した瞬間、頭上を球体が通過する。一度目は直撃を免れたものの、姿勢を直した先生の顔に、もとの位置へ戻ろうとする球体が激突した。先生は額を砕かれ、手すりの柵に頭を突っ込んで意識を失った。玄関ロビーの明かりがつかなくなってたのは、このとき電球が切れたからだ」

斉加年は何も言わず、頰杖《ほおづえ》を突いた手で額の包帯を撫《な》でた。

「この鉄砲水はもう一つ悲劇を生んだ。川のくの字に曲がった箇所は宿泊棟の浴室に面している。水流が激突したとき、そこには饂飩さんがいた。窓を破って流れ込んだ大量の水が直撃して、饂飩さんは意識を失ってしまう。顔のピアスが外れたのもこのときだ。浴室には換気扇がなく、ドアにも隙間がないから、部屋全体が巨大な水槽のように水浸しになった。

川の水は浴槽の底からゆっくりと排水されていく。すると浴槽へ流れる水流ができ、饂飩さんの身体も浴槽へ流れ込んだ。やがて水量が少なくなったところで、転がっていたゴム栓が排水口にはまる。こうして饂飩さんが浴槽に沈められたような現場ができあがった。浴槽の水が濁っていたのは、ザビ人形の泥が溶けたせいじゃない。水の正体が川から流れ込んだ泥水だったからだね」

「でも牛汁さんがぼくの死体を見つけたとき、浴室のドアは開いてたんですよね？」

「あたひが見つけたときから開いてたよ。これは想像だけど、水が引いた後に鯨が二回目の爆発を起こして、その衝撃でドアが開いたんじゃなひかと思う。崖の下の方向から衝撃が伝わって、ドアの枠が水平方向に撓《たわ》んだ。それでドアが枠に収まらなくなって、外側へ開いたんだ」

水流に呑まれた自分の姿を想像したのか、饂飩は溺《おぼ》れたみたいに口をぱくつかせた。

「最後はあたひ。あたひは浴室で意識を失って、気づいたらアトリエに倒れていた。誰かがあたひを運んだんだけど、これが誰かはいったん置いておこう。あたひが気を取り戻したところで、鯨が最後の爆発を起こした。衝撃でアトリエが揺れて、あたひは床穴から砂浜へ落っこちる。身体を打ちつけて意識を失ったところに、鯨から噴き出した大量の血と胃酸が降り注いだ。さらに格子にかかったそれを雨水が洗い流したおかげで、あたひだけが硫酸を浴びたような現場ができあがった」

「沙希さんの舌は？　たまたま千切れることはないですよね？」

「あー、それね」あいりは下顎を押さえて苦笑した。「実はあたひが切ったんだ」

「自分で舌を切った？　なんで？」

「ガムを嚙《か》むつもりでうっかり舌を嚙んじゃったみたい。まさか痛覚がなくなってるとは思わなひから、最初は何が起きたのか分かんなかった。唇に血が付いてて、口の中に何かあるから。吐き出してみたら舌だったの」

「確かに無痛無汗症の患者は、自ら舌や唇を損傷しやすいとされてる。きみもこのケースだったのか」

斉加年が頰杖から顔を離して言う。

「そういえばぼくも、気づいたら舌に傷ができてたんですよ」

饂飩が思い出したように舌を出した。

「痛覚を失った人間は、いつ舌を嚙み切ってもおかしくなひってことだね」

「あの、すみません」肋が手を挙げる。「ぼく、意識を失う前に眼球がいくつも並んだ怪人を見たんですよ。あれは何だったんですか？」

「分かってるよ。殺される前にザビマスクを見たのは、店長、肋さん、饂飩さんの三人だよね。店長が血まみれになっていた部屋と、肋さんが蠟を浴びていたアトリエ、それに饂飩さんが浮かんでいた浴室の前の脱衣所。三つの部屋には共通点があった」

「共通点？」

「罅割れた鏡だよ」

あっ、と息を吞む音が重なった。

「鏡に罅が入ると、部位ごとに反射角が変わって、一つのものが何通りも見えるようになる。三人は意識を失う直前に、鏡に映った自分の顔を見た。そしてたくさんの目を持つ怪物が現れたと勘違いしたの」

「でも牛汁さん、犯人の足を見たって言ってませんでした？」

肋が牛男に目を向ける。

「それも聞いたよ。店長が最後に見たスニーカーにはゲロがくっついていた。じゃあこの中で昨日、ゲロを吐いたのは誰？　店長だよ。この人は散策に出る前と夕食の後、二度も吐いたそうだ。

店長が倒れていた部屋には血まみれの椅子があった。頭に釘が刺さった店長は、意識を失う寸前、朦朧《もうろう》としながらこの椅子に座った。上半身が折れると、目の前に自分の両足が現れる。それを犯人の足と勘違いしたんだ」

「じゃあ現場に置いてあったザビ人形は？　あれはどっから出てきたんです？」

肋が慌ただしく言葉を挟む。

「こればっかりは事故や偶然じゃ説明できなひ。事故現場を殺人現場に見せかけるために、ザビ人形を置いて回った迷惑なやつがいるんだ。それはいったひ誰か？

これは難しい問題じゃなひ。当たり前だけど、鯨の爆発やら鉄砲水の直撃やらを意図的に引き起こすのは不可能だ。ザビ人形を置いて回った犯人も、自分の身に災厄が降りかかるまで、自分がそんなことをするとは考えていなかったはずだ。

死体とセットにされたザビ人形が最初に現れたのは、あたひと斉加年先生と饂飩さんが、血まみれの店長を見つけたときだよね。この時点で災厄に巻き込まれていたのは店長と肋さんだけ。ただし肋さんは全身に蠟をかぶってたから、アトリエから動けなかったはず。ザビ人形を置いて回れたのは店長しかいないひ」

四人の顔が一斉に牛男を見た。頭を掻いて苦笑するしかない。

「ぼくたちが牛汁さんの死体を見つけたとき、牛汁さんには意識があったってこと？」

「もちろん。あのときの店長はアトリエでザビ人形に蠟をかけて、自分の部屋にもザビ人形を運んだ後だった。頭に釘が刺さった人間が生きているなんて、誰も気づくはずがなひ。店長はただ息を潜めて椅子に座ってただけ」

「他の現場にザビ人形を置いて回ったのは？」

「店長に決まってるじゃん。この人は一番初めに殺された——いや事故に遭ったのを良いことに、残りの現場にザビ人形を並べて、この島で連続殺人が起きたように見せかけたんだ。初めは被害者役は自分と肋さんだけだと思ってたんだろうけど、みんなが次々と倒れていくもんだから、すべての現場に人形を置いて回る羽目になったってわけ」

「なんでそんな真似を？」肋が声を荒くする。

「自分のせいで五人が中毒死した事実を隠すためだよ。店長は頭に釘が刺さってから数十分で意識を取り戻し、自分が怪人に襲われたのではないこと、頭に釘が刺さったのに生きていること、身体に未知の異変が起きていたらしいことにひづいた。斉加年先生みたいに医学的な究明はできなくても、自分がすでに死んでいたことには感づいたはずだ。

そこで一昨日の夜、自分が通気口を塞《ふさ》いだせいで、自分を含む五人が命を落とした可能性に思い至った。みんなが真相に気づひたら、何をされるか分からない。そんな不安に怯えていたところで、肋さんが事故に巻き込まれ、蠟を浴びて倒れているのを見つけた。うまく立ち回れば、みんなは肋さんが島へ来てから命を落としたと誤解するかもしれない。店長はそう考えたんだ」

「虫の良いやつだな」斉加年がぼやく。

「とはいえ条島で起きた出来事は突飛すぎた。いくら小説家とはいえ、鯨の爆発や鉄砲水のせいで死んだと言われて、素直に信じるほど脳のふやけた連中じゃない。だから店長は、ことの経緯を分かりやすくするために、殺人鬼が作家を殺して回ったように見せかけることにしたんだ」

「じゃあきみをアトリエに運んだのも？」

「店長だね。でも理由はちょっと違う。実はこの人、あたひがいなくなると困るんだ。すごくおっかない雇い主がいて、あたひに怪我をさせたら殺されるかもしんないの。

偶然とはいえみんなが次々と倒れていくから、さすがに店長も慌てたんだと思う。それで肋さんの言葉を思い出して、あたひを荷車に載せてアトリエに運んだってわけ。その気遣いが裏目に出て、こうなっちゃったんだけどね」

あいりはルームウェアの袖《そで》を捲《まく》って、爛れた腕に目を落とした。

三人は怒りと呆れの混じった表情で、牛男の顔を睨んでいた。

「本当なんですか?」饂飩が声を尖《とが》らせる。

「そんな顔すんなよ。実を言うと、気が動転してて昨夜のことはよく覚えてねえんだ。だが沙希の言う通りだったとしても、おれはただ人形を運んだだけだぜ。責められる筋合いは——」

「きみをアトリエに吊るしたのは正解だったな」

斉加年が真面目な口調で恐ろしいことを言う。

「海鳥に悪いことをしましたね。こんなゴミを食わせてしまうなんて」

肋が舌を嚙んだような苦い顔をする。

「腹の中の虫も、こんなろくでなしに寄生したのを後悔してると思います」

饂飩が首を左右に振って、ゆっくりと目を閉じる。

人の気も知らずにひどい連中だ。牛男は舌打ちして窓の外に目を向けた。

空が白み始めている。長い夜が明けようとしていた。

顛末

地平線に一艘《そう》の漁船が現れたのは、五日目の朝のことだった。

「こっちにきてますよ！」

饂飩が叫びながら窓を開ける。朝食を摂《と》っていた牛男たちに海風が吹きつけた。

「わたしの同僚が探しに来てくれたんだろう」

斉加年がコーヒーカップを片手につぶやくと、

「ぼくの読者が追いかけてきたんだと思います。熱烈なファンが多いんですよね」

肋が誇らしげに反論する。

ふと胸騒ぎがして日付を確かめると、「たまころがし学園」は今日から営業再開の予定だった。牛男が仕事を休んだら、オーナーは地の果てまで懲罰金を毟《むし》りにくる。漁船に乗っているのがあの男だったら最悪だ。

饂飩を皮切りに、五人は天城館を出て砂浜へ向かった。饂飩が漁船に向けて目一杯手を振る。漁船は浅瀬に乗り上げないよう、砂浜から三十メートルほどのところでエンジンを停めた。操舵室《そうだ》のドアが開く。

「うわっ」

あいりが調子はずれな声を洩《も》らした。

現れたのは、紺色のジャケットをまとった太鼓腹の男だった。サングラスをかけた顔の左右で縮れ毛がゆらゆら揺れている。

「あいりちゃあん、大丈夫？」

男の声は子どもみたいに甲高かった。肋と斉加年が顔を見合わせる。

「あれが斉加年さんの同僚ですか」

「違うよ。肋くんのファンじゃないのか」

「あいつはうちの店のストーカーだ」

牛男は吐き捨てるように言った。

「ストーカー？　牛汁さんの？」

「こいつの」

牛男は顎《あご》であいりを指した。あいりがうんざりと肩を落とす。

「やっぱさ、店長が情けないからああいうのが出てくんじゃないの」

「おーい、あいりちゃあん」

佐藤が両手を振って叫ぶ。

「そのおかげで本土へ帰れそうだぜ」

牛男が冗談めかして言うと、あいりは眉《まゆ》を寄せて牛男の肩を殴った。

五人は天城館へ引き返すと、荷物をまとめて砂浜へ戻った。

斉加年と饂飩がクルーザーに上り、海面にボートを放り投げる。海水が大きく跳ね、崖《がけ》の上から海鳥が飛び上がった。

手分けして荷物をボートに運ぶと、斉加年がオールを漕《こ》ぎ、ぐらぐら揺れるボートで漁船へ向かった。

漁船の甲板では佐藤が腰を抜かして震えていた。異形の人間が五人、妖怪軍団のようにやってきたのだから怯《おび》えるのも無理はない。

斉加年がボートをロープで固定し、梯子《はしご》で漁船に乗り込む。牛男たちも後に続いた。

甲板にはウィンチや餌料《じりょう》タンクが雑然と並んでいた。

「この船、あなたの？」

「いえ、レンタルです」

「じゃあ貸してくれる？」

あいりが船べりに足をかけて言う。佐藤は五秒ほど凝視してようやくあいりだと気づいたらしく、破裂しそうなくらい目と鼻と口を広げた。

「あ、あいりちゃん。この人たち、何なの？」

「黙って言うことを聞けよ。ぶち殺すぞ」

牛男が凄《すご》むと、佐藤は「ごめんなさい」と額を甲板に擦《こす》りつけた。

「本土に戻ったら、あたひたちはこんなふうに日本中から化け物扱いされるわけだ」

あいりが甲板に立ち、爛《ただ》れた手足を見下ろして言う。

「うちの病院に来るといい。わたしたちの身体に何が起きたのかを徹底的に調べる。世間に公表するのはその後でも遅くない」

斉加年が荷物を運びながら、無機質な声で応えた。

「小説家が麻酔をかけてるような病院じゃ心配だな」

「それならよそに行って、寄生虫に身体を乗っ取られたと言えばいい。精神科へ回されるのが落ちだろうね」

「斉加年先生の病院は、本当にぼくたちを信じてくれるんですか？」

饂飩が不安そうに口を挟む。

「大学院に寄生虫学の先生がいるから事前に連絡しておこう」斉加年は思い出したように佐藤を振り返った。「きみ、携帯電話を持ってないか」

「ははは、はい」

佐藤が背筋を伸ばして、ジャケットから携帯電話を取り出す。斉加年はディスプレイに目を落とし、小さく首を振った。「圏外だ」

「本土へ着くまでにつながるといいですね。埠頭《ふとう》で化け物扱いされたら最悪ですし」

「この携帯、借りてもいいか？」

斉加年が野太い声で尋ねると、佐藤は狂ったように首を縦に振った。

「本土へ近づいて電波が戻ったら、患者搬送車を回してもらえないか頼んでみる。できるだけ人目に付かずに病院へたどりつけるといいんだが」

「それまで虫が出てこないといいですね」

饂飩が腹を撫《な》でて言った。牛男も思わず自分の下腹部に触れる。心なしか、膨らみが大きくなっているような気がした。

五人分の荷物を運び終えると、斉加年が操舵室でエンジンをかけた。振動音とともに水飛沫《みずしぶき》が上がる。

牛男は船べりに立ち、条島に目を向けた。悪夢のような日々を過ごした島が遠ざかっていく。地獄へ通じているかのように思えた島が、ちっぽけな岩礁にしか見えないのが不思議だった。

半日が過ぎ、太陽は地平線へ沈んだ。

甲板には牛男だけが残っていた。操舵室の窓に斉加年の姿が見えるが、残りの四人は船室で休んでいるようだ。

眠るとろくでもない目に遭うような気がして、牛男は意味もなく海面を眺めていた。夜の海は静寂に包まれている。ときおり航空機の明かりが空を通り過ぎるだけで、船も島も見当たらない。

牛男は欠伸《あくび》をして、海に垂らしていた足を引き上げた。階段を下り、船室へ向かう。ドアを開けると、いくつかの寝息が重なって聞こえた。行きのクルーザーとは違いベッドがない。四人はタオルケットにくるまって雑魚寝《ざこね》をしている。鼾《いびき》の鼾が懐かしかった。

牛男も部屋の隅にタオルケットを敷いて、仰向《あおむ》けに横たわった。

十分ほど過ぎた頃だろうか。少し離れたところから布の擦れる音が聞こえた。足音に続いて、ドアノブを捻《ひね》る音。月明かりが差し、肋がデッキへ出て行くのが見えた。小便だろうか。

妙な胸騒ぎを感じ、牛男は息を殺して立ち上がった。ドアを開け、忍び足で階段を上る。

甲板に人の姿はない。操舵室を見ると、肋がドアを開けるところだった。

「斉加年さん。携帯の電波、まだ戻りませんか」

「どうだろう」

エンジン音に紛れて二人の声が聞こえる。斉加年は操縦台の携帯電話を手に取り、芝居じみた仕草で首を振った。

「圏外だ」

「あ、幽霊船！」

肋が奇天烈《きてれつ》な声を上げる。斉加年が振り返った隙を突いて、肋が携帯電話を奪い取った。

「あはははは。ちょっと、電波あるじゃないですか！　なんで嘘つくんですか？」

肋がディスプレイを見て、鬼の首を取ったように叫んだ。斉加年は何も言わず立ち尽くしている。

「ぼくの思った通りだ。今日は二十日ですね。やっぱり沙希さんの推理は間違いだったんですよ」

肋が斉加年にディスプレイを向ける。

「ぼくたちが埠頭に集まったのは十五日です。一酸化炭素中毒で死んだせいで一日を無駄にしたのなら、条島へたどりついたのは十七日。今日は島へ来て五日目だから、十七、十八、十九、二十ときて二十一日になるはずです。でもほら、携帯には二十日って表示されてます」

肋が斉加年に詰め寄る。斉加年は石のように動かない。

「なんで分かったと思います？　ぼく、クルーザーの船室でベッドから落ちたとき、めちゃくちゃ痛かったんですよ。ところが沙希さんの推理だと、あの時点でぼくは一酸化炭素中毒で死んでたことになる。これは矛盾です」

肋は携帯電話を操縦台に置いて、名探偵みたいな咳《せき》ばらいをした。

「とはいえこれはぼくの主観です。ぼくの痛みは錯覚だったと言われればどうしようもありません。でも決定的な証拠が目の前にあったんですよ。それがこれです」

肋は銃口を向けるみたいに、両腕を前に突き出した。

「ぼくがアトリエで目を覚ますと、右手の親指と左手の包帯に血が付いていました。どちらも意識を失う前はなかったので、蠟《ろう》を浴びた際の負傷によるものです。でもよく見てください。この血、赤いんですよ。ぼくがすでに死んでいたのなら、傷口からは黄色い液体が出るはずですよね。アトリエで意識を失ったとき、ぼくはまだ生きていた。これは客観的な事実です。

じゃあぼくだけが運よく一酸化炭素中毒を免れたんでしょうか？　これも違います。鯨が激突した後、沙希さんの人差し指にも赤い切り傷ができていました。ぼくたちは死んでなんかいなかったんですよ」

時間が停まったような沈黙。

斉加年が反論しないのを見て、肋は笑みを広げた。

「でもね、おかしいんです。斉加年さんはクルーザーの船室で、ぼくの折れた腕に包帯を巻いてくれました。あのとき斉加年さんはぼくの腕に触れましたよね。もしぼくが死んでいたら、体温がないことに気づかないはずがないと思うんです」

斉加年は何も言わずにドアを閉め、肋に向き直った。嫌な予感がする。

「斉加年さん。あなたは沙希さんの屁理屈《へりくつ》が間違っていることに気づいていましたね。なんで反論しなかったんです？　ひょっとして、沙希さんの推理は先生に都合が良かったんですか？　殺人犯は存在しなかったという、あの推理が——」

斉加年が肋の顔を殴った。肋は操縦台に腰を打ちつける。その隙に斉加年は抽斗《ひきだし》を開け、折り畳み式のナイフを取り出した。

「まじかよ」

斉加年は肋のシャツを捲《めく》り、臍《へそ》の穴にナイフを刺した。肋が目を丸くする。斉加年がナイフを掻《か》き回すと、湧き水みたいに腹から水が滲《にじ》み出た。シャツがみるみる黄色く染まっていく。肋の全身が大きく波打ち、倒れた一斗缶から液体が溢《あふ》れた。

「店長、どうしたんですか？」

船室のドアが開いて、あいりが顔を出した。タオルケットにくるまった饂飩と佐藤もこちらを見ている。物音で目を覚ましたのだろう。

「斉加年が肋をぶっ刺した」

牛男は見たままのことを言った。

操舵室からガタンと音が響く。肋が腹を押さえたまま、膝《ひざ》を折って蹲《うずくま》っていた。妊婦みたいに腹が膨らんでいる。肩が震える。唾液《だえき》が迸《ほとばし》る。痛みを感じないはずの顔が苦痛に歪《ゆが》む。

斉加年の指先からジャックナイフが落ちた。茫然《ぼうぜん》とした顔で、助けを求めるようにこちらを見る。

その瞬間、風船が割れるように肋の腹が裂けた。五センチほどの線虫が大量に溢れ出す。斉加年が腰を抜かし、狂ったような悲鳴を上げた。

線虫は一匹一匹が身をくねらせ、絡み、ねじれ、もつれながら、腹の裂け目から滔々《とうとう》と溢れ出てくる。大群はみるみるうちに操舵室の床を覆い尽くし、液体のように斉加年の鼻や目へ流れ込んだ。

「くるな、くるな！」

線虫に呑《の》み込まれ、マルチーズの怪物みたいになった斉加年が悲鳴を上げる。肌を擦って線虫を落としても、すぐに何倍もの大群が押し寄せてくる。喘《あえ》ぐように開いた口へも線虫がなだれ込んだ。

「店長、やばくなひですか」

あいりが操舵室のドアの下を指した。スチール板と床の間から線虫が這《は》い出ようとしている。

「やべえな」

牛男はドアに駆け寄ると、スニーカーで線虫を踏みつけた。果実を潰《つぶ》すような感触。ぬちゅ、と音を立てて黄色い液体が広がった。

「やだやだやだ」

あいりの声が大きくなる。ドアと床の隙間から、二匹、三匹と線虫が溢れ出てきた。

牛男はめちゃくちゃに線虫を踏み潰す。切りがないのは分かっているが他にどうしようもない。

「――ん？」

右足の裏に違和感を覚えた。靴の中で何かが蠢《うごめ》いている。足を曲げて靴底を見ると、釘《くぎ》の刺さった穴に線虫が入り込んでいた。足がもつれ、船べりに腰を打ちつける。

「た、助けてくれ」

牛男は絞り出すように言った。線虫はどんどん靴に侵入してくる。あいりが駆け寄り、顔を顰《しか》めながら線虫を摑《つか》んだ。線虫が踊るように身をくねらせる。

「早くしろ！」

「うるさい！　黙って！」

あいりは線虫を引っこ抜いて海に放り投げた。水の跳ねる音。あいりは手に付いた汁を振り落としながら船べりにもたれた。

操舵室を見ると、斉加年の身体は線虫の大群に呑み込まれてほとんど見えなくなっていた。蟻の群がった鼠の死骸《しがい》みたいだ。肋は魂の抜けたような顔で斉加年を見つめている。

ドアの下からは、二十匹ほどの線虫が外へ這い出ようとしていた。このままではまずい。

ふとガソリンスタンドに似た臭いが鼻を刺した。操舵室の床に一斗缶が倒れ、透明な液体が広がっている。灯油だ。

とっさにズボンのポケットを探った。ライターは見つからない。

「おい佐藤、ライターをよこせ」

船室に向けて叫ぶ。船底がぐらりと揺れた。

「オイル切れてるんですけど、良いですか?」

佐藤がジャケットからライターを取り出し、レバーをカチカチ鳴らす。

「役立たずだな。なら煙草だ。煙草をよこせ」

「へえ」

佐藤がシガレットケースを差し出す。牛男はそれを受け取ると、甲板を横切り、深呼吸をして操舵室のドアノブを捻った。隙間が開くのと同時に、線虫の大群が溢れ出てくる。足の裏を撫で回されるような感覚。あいりが息を呑む音が聞こえた。

「肋、餞別《せんべつ》だ。あの世じゃ吸えねえだろ」

床に蹲った肋の眼前にシガレットケースを突き出した。肋の蒼褪《あおざ》めた顔がこちらを向く。埠頭に集まったときの気取った雰囲気はどこにもない。

「ぼく、死ぬんですか?」

瞳孔《どうこう》が開いて焦点が合わない。腹が空気の抜けた風船みたいにへこんでいた。

「そりゃそうだろ。お前の腹はもう抜け殻だ」

「そうですか。どうもありがとう」

肋は震える指で煙草を抜くと、ポケットからライターを取り出し、口に咥《くわ》えて火を点《つ》けた。

「あの世でも感謝を忘れんなよ」

牛男は肋の唇から煙草を引っこ抜くと、床の灯油めがけて放り投げた。肋が口をへの字にして牛男を見る。ボン、と音を立てて炎が一面に燃え広がった。

牛男は踵《きびす》を返して操舵室を飛び出した。あいりが息を合わせたようにドアを閉める。

操舵室は炎に包まれていた。床を覆っていた線虫たちが炎に呑まれ、身を捩《よじ》りながらチーズみたいに溶けていく。斉加年にも炎が燃え移り、声にならない雄叫《おたけ》びが洩れた。体毛が剝《は》がれるように大量の線虫が床へ落ちていく。目玉焼きの黄身を潰したみたいに、斉加年の腹からも線虫が溢れ出た。

「あはははは、死ね」

牛男は甲板に這い出た線虫たちを踏み潰した。

ドアを閉めたまま待っていると、炎は十五分ほどで燃えやんだ。肋と斉加年はどちらも肌が爛れ、腹がへこみ、肉や骨が剝《む》き出しになっている。床は線虫の死骸に覆われていた。

「参ったな。操縦パネルがぶっ壊れてる。これじゃ本土に帰れねえぜ」

あいりが床に転がった携帯電話を覗《のぞ》く。ディスプレイが割れて基盤が剝き出しになっていた。とても電話がかけられるとは思えない。

「な、何が起きたんですか？」

饂飩が船室から蒼白《あおじろ》い顔を覗かせた。

「肋の腹から虫が飛び出たから丸焼きにしてやったんだ」

「それは分かりますよ。さっき斉加年さんが肋さんを刺したって言いましたよね。なんで斉加年さんはそんなことをしたんです？」

饂飩がなぜか牛男を睨《にら》む。牛男はあいりと顔を見合わせた。こうなった以上、嘘をついても意味がない。

「本当のことを教えてやる。三日前の推理はでたらめだ。おれたちを殺したのは鯨でも鉄砲水でもない。あいつだ」

牛男は燃え殻のようになった斉加年を見下ろした。

饂飩が階段を上り、操舵室を覗いて膨れた頬を歪める。佐藤はあいかわらず船室で身を縮めていた。

「それじゃ肋さんは、真相を言い当てたから斉加年さんに殺されたんですか？」

「そんなようなもんだ。真相をすべて見抜いていたとは思えねえけど、斉加年が何かを隠していることには気づいていたみたいだな。だから斉加年は、口止めのために肋の腹を刺して殺した」

「いやいや、待ってください」饂飩が唇を突き出す。「ぼくらが気づかないうちに一酸化炭素中毒で死んでたっていうのは、牛汁さんの腕時計の血痕《けっこん》から考察した推理ですよね。ちゃんと理屈が通ってるように感じましたけど、あれも全部嘘だったんですか？」

「腕時計に血が付いてたのも、文字盤に亀裂《きれつ》が入ってたのも本当だ。でもあの推理は正しくない。都合の良い推理に説得力を持たせるための屁理屈だ。ほら、よく見ろ」

牛男はポケットから腕時計を取り出し、左腕に嵌《は》めて文字盤を饂飩に向けた。

「何がおかしいんですか？」

「この程度のトリックに騙《だま》されるやつがよく推理作家をやってこれたな。時間を調整するつまみが左側にあるだろ。腕時計は左手に嵌めるんだから、つまみを動かすのは右手だ。それならつまみも文字盤の右に付いてなきゃおかしい」

「あ、確かに」饂飩がぽかんと口を開ける。

「高級品だと、リューズが左に付いてるレフトハンドモデルもあるけどね。うちの店長は右利きだし、晴夏がわざわざ合わないモデルを贈ったとも思えなひ」

あいりがすかさず補足する。

牛男は条島に到着した日、DEAR OMATA UJU と彫られた裏蓋を四人に見せつけた後、表裏だけを引っくり返して左手に付けた。このとき、四人に向けた文字盤が自分を向くように回転させなかったせいで、時計が反対を向いてしまっていたのだ。

「こいつを正しい向きに直すとこうなる」

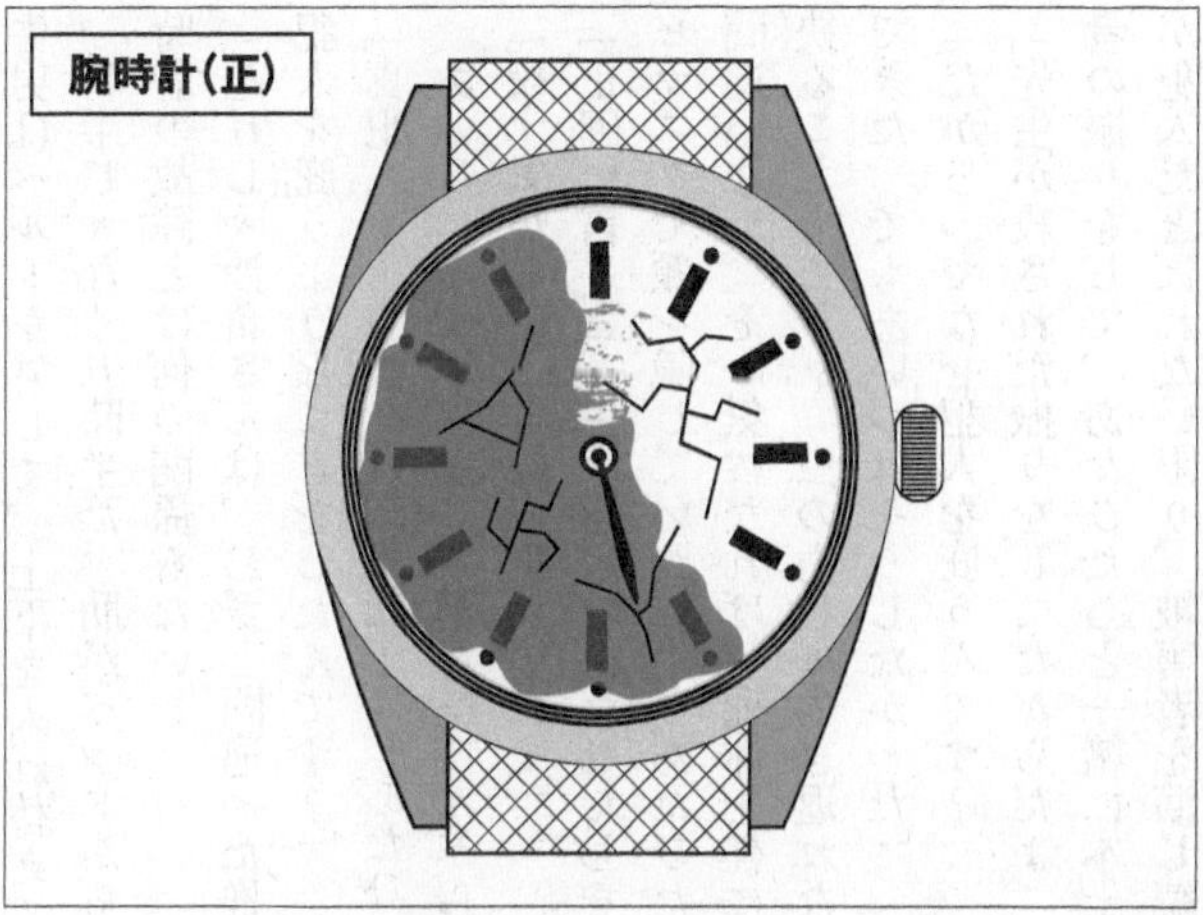
腕時計（正）

牛男はベルトを外して、上下を入れ替えて腕に嵌め直した。「針が止まってんのは十一時半じゃなく五時半だ。肋がベッドから降ってきたのは深夜の十一時半だから、腕時計の故障とは何の関係もない」

「それじゃ沙希さんは、わざと間違った推理を披露したんですね。なんでわざわざ真犯人を庇《かば》うようなことをしたんです？」

「真犯人——つまり斉加年先生に、あたひたちを殺す気がなひって分かったからかな」

あいりがゆっくりと、言葉を選びながら答える。

「殺す気がない？　殺人犯なのに？」

「正確に言うと、生き返ったあたひたちをもう一度殺す気はなひってこと。先生がザビマスクで顔を隠していた以上、あたひたちが生き返る可能性があると知ってたのは間違いない。その気になれば、死体を柱に縛っておいて息を吹き返したらすぐに腹を抉《えぐ》ることもできた。虫の力じゃ生き返れなひくらい身体をめちゃくちゃにすることもできた。でもあいつはそうしなかった」

「だからってなぜ犯人を庇うんです？」

「先生が殺された振りをしてたからだよ。こんなに手の込んだ真似をしたのは、被害者の振りをして、あたひたちと一緒に本土へ帰ろうとしてたからでしょ。先生は自分が犯人だとばれない限り、被害者を演じ続けるつもりでいたはずだ。

三日前の夜、あたひは店長から話を聞いて、犯人が斉加年先生だって分かった。けど食堂に乗り込んで先生を問い詰めたら、先生は何をやらかすか分からなひ。犯人だってばれちゃったら、被害者の振りを続ける理由もなくなるからね。もともとあたひたちを殺す気はなひんだから、下手に刺激しなひほうが安全でしょ」

「別にぼくたちは斉加年さんを疑ってなかったですよ。わざわざ嘘の推理を披露する必要はないんじゃないですか？」

「それはね、人助けだよ」あいりはちらりと牛男を見た。「あのとき、店長は海鳥に啄《ついば》まれてボロボロになっていた。いくらなんでもあの店長を砂浜に置き去りにするわけにはいかなひ。でも店長が犯人じゃなひってことを証明したら、みんなはまた好き勝手な推理を始めるに決まってる。作家ばっかり揃ってるもんだから、目の前に転がった謎を誰も放っておかなひでしょ。誰かがうっかり真相にたどりついたら命取りになる。だからあたひと店長で頭を絞って、誰も犯人にならなひ推理を捻り出したの。なかなかよくできてたでしょ？」

「そこまで考えてたんですね」ようやく納得したと思いきや、饂飩はすぐに口を開く。

「でもなんで斉加年さんが犯人って分かったんです？　それにあの人の目的は何だったんですか？」

「落ち着けよ。物事には順序ってもんがある」

牛男は船べりにもたれ、佐藤から奪った煙草を咥えた。火を点けようとしてライターがないのを思い出す。操舵室に肋のライターがあるはずだが、取りに行く気にはなれない。

「おれたちが真相に気づけたのは、斉加年がミスを犯してくれたおかげだ」

「現場に手形でも残ってたんですか?」

「斉加年は二階の廊下で、手すりの柵から頭を出してぶっ倒れていた。額から流れ落ちた血は一階の玄関ロビーにも染みをつくっていた。

肋と死体を見て回ったとき、おれが二階の廊下から一階を見下ろすと、死体の顔から流れた血が真っすぐに一階の絨毯《じゅうたん》に落ちているように見えた。よく考えてみると、こいつはおかしい」

「なんでですか? ものが上から下へ落ちるのは当たり前ですよ」

饂飩がぶよぶよの首を傾げる。

「問題は血が真っすぐ落ちたように見えたことだ。地滑りのせいか知らねえが、天城館の床は斜めに五度くらい傾いていた。だが床が傾いていても、液体は重力に引っ張られて垂直に落ちる。天城館の中では、液体は床に対して斜めに落ちたように見えるはずなんだ」

「廊下の高さは五メートルくらいだったから、床の傾きが五度だとすると、tan5°×

500で四十三・七五センチのずれができることになるね」

あいりが肩幅と同じくらいに両手を広げて言う。

「だそうだ。あの絨毯の染みは本物じゃない。二階から血が垂れたように見せようと、斉加年が偽装したものだったんだ」

「なんでそんな面倒なことをするんです？　斉加年さんが犯人だったとしても、顔から血を流して倒れてたのは本当なんですから、血痕を偽装する必要はないですよ」

「斉加年の目的は、誰かに襲われたように見せかけて自殺することだった。それには現場から凶器を取り除く必要がある。死体と一緒に血の付いた凶器が落ちてたら、どうしたって自殺の余地が残るからな。

じゃあ現場に凶器を残さずに死ぬにはどうすればいいのか。他の場所で自分に傷を付けてから、凶器を処分し、死体発見現場へ移動すればいい。とはいえ血を垂らしながら歩き回ったら意味がねえから、傷を付けていったん止血し、現場へ移動して、凶器の残らない別の方法――おそらく毒物を口に放り込んで自殺したんだろう。

ただこの場合も一つ問題がある。死体発見現場に本来あるはずの血痕がなくなっちまうことだ。だから斉加年は、あらかじめ自分の血を抜いて、廊下やロビーの絨毯に振りまいておいたんだ」

「なるほど。偽装工作が犯人の命取りになったんですね」

饂飩が黒焦げの斉加年を見下ろして、微かに頬を引き攣《つ》らせた。

「ザビ人形の泥を剝がして顔に塗りたくったのも同じ理由だ。一見すると泥で止血を試みたように見えるが、実際の狙いは泥で廊下を汚して、あの場所で重傷を負ったように見せかけることだった」

「でもなんで一階の絨毯に血を垂らしたんでしょう。二階の廊下だけにしておけば、真相を見抜かれずにすんだかもしれないのに」

「廊下でぶっ倒れてるだけじゃ、なかなか人に見つからねえだろ。斉加年は自分が倒れているところを誰かに見せる必要があった」

「それなら二階の廊下じゃなく、もっと目立つ場所で死ねばいいんじゃないですか?」

「やつも初めはそう考えていたはずだ。おそらく斉加年は、あそこでうっかり怪我をしたんだと思う。

事件の後、玄関ロビーの照明がつかなくなっただろ。球体の照明がぶら下がってたのは、あいつが死んでいた二階の廊下のすぐ近くだ。床が傾いてるせいで、振り子みたいな照明が廊下側に傾いて見える。やつは景色を眺めていて、何かの拍子に後頭部を照明にぶつけたんだ。雷鳴を聞いて窓の外を見に行ったと話していたから、雷に驚いて後ろへ飛び退いたのかもしれない。球体は振り子みたいに揺れて、もとの位置へ戻ってくる。そこには何事かと振り向いた斉加年の顔があった。床の傾きも相まって、斉加年は思い切り殴られたように感じたはずだ。やつは顔に怪我をして、うっかり廊下の床に血を垂らしちまったんだ。

斉加年は焦った。この血痕が見つかると、誰かが廊下で怪我をしたことが分かっちまう。負傷した場所と死んだ場所が違うことがばれれば、芋蔓式《いもづるしき》に凶器や血痕の偽装も見抜かれかねない。

そこで斉加年は発想を逆転させた。血痕を隠すのをあきらめて、実際に二階の廊下で命を絶つことにしたんだ。もっとも人に見つからないと意味がないから、二階から血が垂れたように見せかけて、一階の玄関ロビーにも血痕を偽装しておいた」

「そこまでして死体を見つけてもらうことに、何の意味があるんです?」

饂飩が難しそうに蟀谷《こめかみ》を押さえる。あいりが口を開こうとするのを、牛男は右手で制した。

「斉加年のやったことを理解するには、やつの企《たくら》みをちゃんと理解する必要がある。さっきも沙希が言った通り、斉加年の行動はちぐはぐだった。おれたちを殺してるくせに、おれたちへの殺意が感じられないんだ。四人に恨みがあるのなら、殺してからも拘束しておいて息を吹き返すなりもう一度殺すか、虫がどう足掻いても生き返れないくらい身体をめちゃくちゃにしちまえばいい。でも斉加年はそうしなかった。

やつがやったことを振り返ると、二つの目的があったことが分かる。

一つ目は、四人を一度ずつ殺すこと。この『殺す』ってのは、相手を懲らしめるとか恨みを晴らすとかじゃなく、物理的に生命活動を止めるって意味だ。おれたちが殺されたのには理由があるんだが――これは後回しにしておこう。

二つ目は、必要以上に人を殺さないこと。言い換えれば、一度よみがえった人間をそれ以上死なせないことだ」

「犯行後に心変わりしたってことですか？」

「違う。斉加年は快楽殺人鬼じゃない。ただの麻酔科医だ。とある理由でおれたちを手にかけただけで、初めから人を殺したいとは思っていなかった。今日までおれたちを殺さずにいたこと、こうして生きたまま本土へ運ぼうとしていたことが何よりの証拠だ。

現に斉加年は、生き返ってすぐ、おれと肋に寄生虫の説明をした。不死身になったと勘違いをして、おれたちが奔搊族と同じ轍《てつ》を踏まないようにしたんだ。

もっと分かりやすい証拠もある。斉加年はおれたちを殺すとき、ザビマスクで顔を隠していた。二度殺すのを厭《いと》わないのであれば、顔を隠したりせずに、よみがえったらまたすぐに殺せばいい。顔を隠したのは、生き返った後のおれたちを殺さずに済むようにするため――おれたちの命を守るためだったんだ」

「まあ、そんな言い方もできますね」

饂飩は苦いものを飲んだような顔をした。

「とはいえ一度死んでからも犯人だとばれずにいるのは簡単じゃない。なぜならおれたちは、死んでからほぼ同じ時間で生き返るからだ。全員が生き返った場合、どんな小細工をしたところで、結局は最後に生き返ったやつが犯人ってことになる」

「確かに。犯人がばればれですね」

「厳密に言えば、あらかじめ死んだ状態でこの島へ来るって離れ業もある。これは饂飩、お前の推理だったな。でもあいにく、クルーザーに乗り込んだ時点で誰も死んでなかったことは立証済みだ。斉加年は自動ドアのセンサーがきちんと反応していたし、饂飩は暗闇の中でピアスが外れたことに気づいていた。肋は腕を折って痛がっていたし、沙希も指から赤い血を流していた。おれが生きてたことも沙希が証言してくれた通りだ。一酸化炭素中毒が起きたって推理がでたらめなのもさっき説明した。おれたちがこの島へ来たとき、犯人はまだ生きていた。これは事実だ」

「それじゃ犯人は、最後に生き返った沙希さんってことになっちゃいますけど」

饂飩が申し訳なさそうにあいりを見る。

「違えよ。くりかえすが、斉加年はおれたちの命を守ろうと苦心していた。だが誰かに自分が犯人だと見破られたらそいつを殺さなきゃいけなくなる。それじゃ意味がねえんだ。犯人であることを隠すには、五番目の死者にならないこと。だから斉加年は、自分が死んだ後に人を殺す方法を考えた」

「死んだ後に、人を殺す？」饂飩が鸚鵡《おうむ》並みの反応をする。

「もちろん死人は、人を殴ったり首を絞めたりできない。だから斉加年は、自分の手を動かさずに饂飩と沙希を殺す仕掛けを考えた。ヒントはやっぱりこいつだ」

牛男は腕時計を外して、饂飩の鼻先にぶら下げた。針は五時半のあたりを指して止まっている。

「そういえば、なんで時計が壊れたのか分からないままでしたね」

「そうだ。船室でおれの上に肋が降ってきたのも、天城館でザビマスクの怪人に襲われたのも、夜の十一時半ごろだ。五時半に針が止まった理由は説明できない」

「たまたま電池がなくなったってことはないですか？」

「よく見ろ。文字盤の十二時のあたりに血痕を同心円状に擦ったような跡があるだろ。これは夜の十一時半におれが襲われたとき、文字盤に血がかかっただけで、まだ腕時計が壊れてなかった証拠だ。

でも生き返った直後に腕時計を見たときには、もう針は動かなくなっていた。この時計はちょうどおれが死んでいる間に壊れたんだ。ただの電池切れなら偶然が過ぎる。おれが三途《さんず》の川を彷徨《さまよ》っていた早朝の五時半に、腕時計が壊れるような何かがおれの身に降りかかったんだ」

「うーん、何だろう」饂飩が奥歯を鳴らす。

「白状すると、おれだけが知ってるヒントがあるんだ。おれが生き返ったとき、口の中に血とゲロを混ぜたような異物が溜《た》まっていた」

どろどろとした感触を思い出すだけで気分が悪くなった。

「死に際に嘔吐《おうと》したってことですか？」

「おれは寝る前に、腹が空っぽになるまで吐いた。あれはゲロじゃない」

「じゃあ何です？」

「難しく考えるな。肌を刺せば血が出る。胃袋を刺せば消化中の食い物が出る。斉加年はおれの頭に釘をぶっ刺した。頭から出るのは何だ？　脳だろ。おれの口の中には脳が入ってたんだ」

「口の中に……脳？」饂飩が撓《たわ》んだ顔をいっそう歪ませる。

「もちろん後頭部から額へ釘を刺すだけなら、口に脳が入ることはない。斉加年は夜の十一時半におれの後頭部から額へ釘をぶっ刺した後、五時半にいったん釘を抜いて、後頭部から口の中へ釘を刺し直したんだ。それで上顎の肉に穴が空いて、頭蓋《ずがい》の中身が口へ押し出された。このとき釘を打ちやすいようにおれの身体を動かしたせいで、腕時計が床か椅子にぶつかったんだろう」

「何のために、そんな訳の分からないことを？」

「殺害時刻を誤認させるためだよ。おれは夜の十一時半に、ザビマスクを着けた斉加年に襲われて意識を失った。次に意識を取り戻したとき、おれの身体は血まみれの死体だった。おれは当然、夜の十一時半に殺されたと思い込んだ。

でもよく考えろ。意識がなければ、人は自分が生きていたかどうかも分からない。意識がなくなったのと死んだのが同時だとは限らないんだ。斉加年は夜の十一時半におれを襲った後、意識が戻らないように静脈麻酔を打ち、五時半になるのを待っておれを殺した。この時間差が、斉加年が自分を五番目の死者にしないために編み出した仕掛けの肝だったのさ」

「それは間違いですよ。ぼくと沙希さんは、夜中の二時半ごろに牛汁さんの死体を見ました。牛汁さんは血まみれで、頭蓋骨を貫通した釘がおでこから飛び出てました」

饂飩は牛男とあいりの顔を交互に見る。あいりは出来の悪い子どもを憐れむように眉を下げた。

「見ただけでしょ？　店長が死んでるかを実際に確認したのは斉加年先生だった。あいつはわざとらしく脈拍を確認して、店長が死んでいるとあたひたちに思い込ませた。さらに奔拇族は細菌感染による敗血症で滅んだ可能性があると都合の良いことを言って、あたひたちが死体に触れないように仕向けた。店長が血だるまに見えたのは、斉加年先生がアトリエの血糊《ちのり》をぶっかけたからだね」

「いやいやいや。確かに触ってはないですけど、頭に釘が刺さってたんですよ？」

「お前の目は狂ってない。確かに頭には釘がぶっ刺さってた。でも生きてたんだ」

「へえ？　頭に釘が刺さったら人間は死にますよ」

「そうとは限らない。あいにく脳にはいろんな役割がある。釘は後頭部から頭蓋骨を貫いて、おでこの真ん中から飛び出ていた。釘が刺さったのは大脳半球の一部分――視覚や触覚などの情報を統合する頭頂葉と、思考や感情を司《つかさど》る前頭葉のあたりだ。損傷してもそれだけで死ぬことはない」

「大脳が駄目になって脳幹が生きてる状態が、遷延性意識障害――いわゆる植物状態ってやつだね」

あいりは額のあたりで指をくるくる回した。九年前に晴夏とイタリア料理屋へ行ったとき、彼女も似たような仕草をしていたのを思い出す。

「もちろん覚醒状態で頭蓋骨や硬膜に穴を空けられたら激痛を感じるはずだし、出血が多けりゃ本当に死ぬ。でも刺さった釘を動かさなければ、傷から血が噴き出すようなことはない。組織が壊死《えし》すりゃいずれ死ぬが、数時間で死に至ることはない」

「そんな。牛汁さん、あのとき生きてたんですか」

饂飩は横っ面を殴られたような顔をしていた。

「おれだって驚いたよ。斉加年は十一時半におれを襲い、静脈麻酔を打って身体が動かないようにしてから、大脳に釘をぶっ刺した。そんでお前や沙希がおれの部屋に来るように誘導して、死にぞこないの姿を目撃させた。さらに五時半になるのを待っておれにとどめを刺した。

このとき首を絞めたりしたら、もともとはなかった扼痕《やくこん》が残っちまう。だから斉加年は、頭に貫通した釘を抜いて、脳の奥へ届くように向きを変え、同じところにもう一度刺し直したんだ。脳幹を抉れば、人間は呼吸ができなくなって死ぬ。またもとの向きに釘を刺し直せば、外傷を増やさずにおれを殺せるってわけだ。口の中に脳があったのは、脳幹を刺したとき、釘が口腔《こうこう》まで貫通したからだろうな」

牛男はザビマスクの怪人に襲われた後、朦朧《もうろう》としながら目にした、悪夢のような情景を思い出した。世界が崩れるような衝撃とともに、口から虫のように硬い腕が生えてきた——あれだ。

真実を知った今、振り返ると、あれはただの幻覚ではなかったのが分かる。斉加年が突き刺した鉄釘の先端が、上顎を貫通して、唇の間から飛び出たのだろう。脳を掻き回されながらも、牛男の目はその瞬間を捉《とら》えていたのだ。

「でも牛汁さんが意識を取り戻したのって、昼の十一時半でしたよね。実際に殺されたのが早朝の五時半なら、六時間でよみがえったことになりませんか？」

「それでいいんだよ。寄生虫に棲《す》みつかれた人間がよみがえるまでにかかる時間は六時間だ。それを倍の十二時間だと思い込ませるのが斉加年のトリックだったんだ」

「んん？」饂飩が目を白黒させる。「ぼくたちの計算は間違ってたんですか？」

「間違えるように仕向けられていたんだ。斉加年はおそらく、晴夏が死ぬ前から、彼女の身体が異常をきたしていることに気づいていた。晴夏の肌は異様に冷たかったし、本人もそれを隠そうとはしていなかったからな。斉加年は晴夏の話をもとに類似症例を調べ上げ、この虫に寄生された人間が死後約六時間でよみがえることを突き止めていた」

「でも牛汁さん以外のみんなは、十二時間でよみがえってますよ？」

「お前は罠《わな》に嵌まってる。斉加年は他のやつらにも似たような工作をしていたんだ。おれの次に襲われたのは肋だ。斉加年は午前一時に怪文書で肋を呼び出すと、頭を殴って失神させ、意識が戻らないように静脈麻酔を打った。そしてアトリエの壁に顔を押しつけ、全身に溶かした蠟をぶっかけた。壁は丸太を重ねたものだから、空気の通る隙間がある。窒息の心配はない。

　実際は部屋の外に顔を向けていても、蠟をかぶっちまえばどっちを向いているか分からない。さらに後頭部のあたりに石膏《せっこう》の型を軽く押し当てれば、蠟の中から顔が浮き出たような凹凸ができる。これで肋に蠟を浴びせて窒息死させたような現場の出来上がりだ。あとはアトリエへ向かうようにお前らをけしかけ、肋の姿を目撃させればいい。肌に直接触れられないから、体温や脈拍を確認することもできない。

斉加年が本当に肋を殺したのは、肋が襲われた午前一時から六時間後、つまり午前七時あたりだ。ぶっかけた蠟を壊して、肋にアトリエの内側を向かせ、もう一度溶かした蠟をぶっかけたんだ。今度は本当に息ができなくなって、肋は死んだ。

もちろん蠟の形状をまったく同じに再現することはできない。おれが見つけた肋の死体は、お前や沙希が目にした肋とは違ってたはずだ。でも死体を見つけるのはおれだから、その違いに気づくことはなかった」

「ぼくたちが三人で見つけたと思っていた死体は、どちらも生きてたんですね。――それじゃぼくが殺される直前に見つけた、斉加年さんの死体も？」

「もちろん死んだ振りだ。一階の絨毯に血を垂らしたのは、自分の身体を見つけてもらいやすくするため。もっとも肌に触れられると生きてることがばれちまうから、おれの死体を見つけたときに敗血症の話をして、死体に近寄らないように念を押しておいたんだ。

しばらく死んだ振りをしても誰も通らなければ、沙希の場合と同じように、窓にザビマスクを垂らしてお前を部屋から出させるつもりだったんだろう。よみがえった時間から逆算すると、やつが本当に死んだのは朝の九時四十分あたりだ」

「じゃあ、ぼくも？」饂飩が膨れた手足を見回す。

「理屈は同じだ。ただお前の場合、おれや肋とは少し事情が違う。麻酔を打った人間をうつ伏せで浴槽に浮かべたら、どうしたって呼吸ができずに死んじまう。生きた人間をそのまま水死体に見せかけるのは不可能だ。だから斉加年はトリックを使った」

「トリック……潜水用の空気タンクを浴槽に隠しておくとか？」

「あほか。呼吸音で生きてんのがばればれだろ。ヒントはおれのスニーカーだ。おれが生き返ったとき、なぜか靴紐《くつひも》の結び方が変わっていた。死んでいる間に斉加年がスニーカーを脱がせたんだ。

ここで斉加年がスニーカーを脱がせた意味を考え出すとおかしなことになる。やつが脱がせたのがスニーカーだけとは限らない。ルームウェアもパンツもみぐるみ脱がされていたが、おれが気づいていないだけだった――そう考えると正解が分かる」

「牛汁さんの服を脱がせる？　何のためにですか？」

「勘の悪いやつだな。おれとお前の体形はよく似てる。斉加年はおれの死体を素っ裸にして、お前の死体に見せかけたんだよ。うつ伏せにして浴槽に浮かべておけば顔は見えない。頭髪に泥を絡めておいたのは、後頭部に刺さった釘の頭を隠すためだ。あの泥水にはおれの脳味噌も混ざってたかもしれねえな」

饂飩は息を止めて、牛男の爪先《つまさき》から顔までを見上げた。

「で、でもその時点で生き残ってるのって沙希さんだけですよね。わざわざ牛汁さんの死体を浮かべても、沙希さんが気づかなければ骨折り損になりませんか？」

「浴室は沙希の部屋の向かいだぜ。窓にザビマスクを吊《つ》るして部屋から追い出せば目の前だ。浴室の窓を割って、外から見えるようにドアを開けておけば、異変に気づかないはずがない。死体が目に入ったところで背後に忍び寄って、頭をぶん殴ってやれば一丁上がりだ。

そっから先は他の連中と変わらない。斉加年はお前に麻酔を打っておいて、浴室でお前の意識を奪った六時間後――十一時半あたりに浴槽へ沈めて殺した」

襲われたときの恐怖がよみがえったのか、饂飩の肩がびくんと波打った。

「五人目の沙希も同じだな。こいつを襲うときにはもう誰も残ってないから、他の四人みたいな工作は必要ない。アトリエから砂浜へ落として失神させた後、麻酔を打って意識が戻らないようにしておき、六時間後に殺せばいいだけだ。沙希が意識を失ったのは早朝の七時だから、実際に殺されたのは六時間後の午後一時だ」

饂飩は言葉を咀嚼《そしゃく》するように頷《うなず》いた後、ふいに首を止めた。

「あれ？　駄目ですよ。斉加年さんは九時四十分に死んだんですから、十一時半にぼくを浴槽に沈めたり、午後一時に沙希さんに硫酸をかけたりはできません」

「よく気づいたな。でも初めに言っただろ。一連の偽装の目的は、自分を五番目の死者にしないことだ。そのためには死後に人を殺す仕掛けを作る必要がある。

斉加年に必要なのは時間だった。沙希を襲ったのが朝の七時、斉加年が死んだのが九時四十分だから、自殺までに約二時間半の空き時間ができる。斉加年はこの二時間半を手に入れるために、よみがえりにかかる時間を誤認させたんだ」

「その二時間半で自動殺人トリックを設《しつら》えたんですね」

推理小説オタクらしい言い回しに、あいりが苦笑する。

「そんな感じだ。じゃあどんなトリックを仕掛けるか。ここで必要なのは、自分の手を動かさずにトリックを発動させる仕組みだ」

「時計の針が動くとクロスボウから矢が飛び出すとか、そういうのですか？」饂飩が弓を引くポーズをとる。「陽が差して温度が上がると、火薬が爆発するとか」

「やり方はいろいろあるだろうが、精密機械みたいに複雑な仕掛けを作っても失敗したら意味がない。確実に発動させるにはどうすりゃいいのか。自分が死んだ後、高い確率で起きる出来事を利用するんだ」

「そんな都合の良いものあります？」

「ヒントは時間だ。お前が死んだ十一時半は、おれが生き返ったのとちょうど同じ時刻だろ。これが偶然なわけがない。斉加年はおれが生き返ることで、お前が死ぬ仕掛けを作ったんだ」

「牛汁さんが生き返ると、ぼくが死ぬ？」饂飩が怪訝《けげん》そうに目を細める。

「別におれがお前を殺したわけじゃないぜ。おれの死体は部屋の真ん中の椅子に座らされていた。おれは息を吹き返すのと同時に椅子から転げ落ち、床に倒れた。

斉加年はこの椅子の脚に麻縄を巻き付けていた。縄の一方に重りを、もう一方にはアトリエから持ってきた長い鉄釘をくくり付ける。おれの部屋の窓を割って、釘を付けた方の縄を外へ垂らす。館《やかた》を出て、梯子で屋根に上り、垂れた釘を引き上げる。雨樋に縄を通しながら屋根の上を回り込んで、浴室の窓の外に釘を垂らす。ふたたび館内に戻って、ぶら下がった釘を浴室に引っ張り込む。

釘の用途は、饂飩、お前の頭の固定だ。浴槽に水を張り、お前の身体をうつ伏せで水に浮かべる。頭を持ち上げて、ほっぺの左右にできたピアスの穴に釘を貫通させる。この釘を浴槽の左右の縁《へり》にかかるように置けば、お前は顔だけが浴槽から浮き上がった恰好《かっこう》になる。

一方、縄の反対側の重りは、おれの部屋の窓からそのまま垂らしておく。窓の外は切り立った崖で、その下は海だ。窓からぶら下がった重りが海へ落ちないのは、麻縄を椅子に巻き付けてあるからだ。

十一時三十分。おれの身体は息を吹き返し、椅子から床へ転げ落ちた。椅子に体重がかからなくなり、脚に巻き付けた麻縄が外れる。すると重りが海へ落ち、麻縄に引

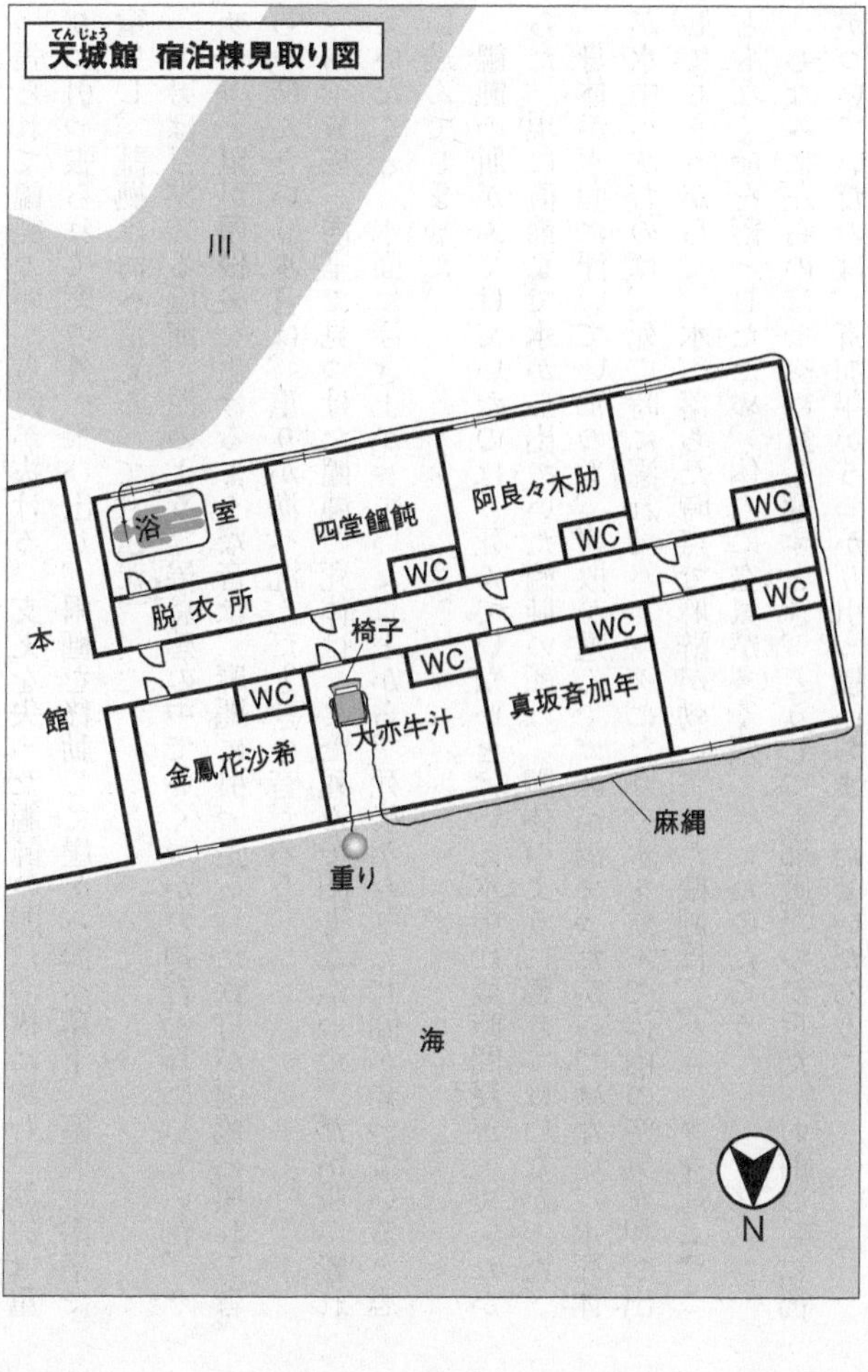
天城《てんじょう》館　宿泊棟見取り図
川
浴室
四堂饂飩
阿良々木肋
WC
WC
WC
WC
WC
WC
WC
脱衣所
椅子
本館
大亦牛汁
真坂斉加年
金鳳花沙希
麻縄
重り
海
N

っ張られて饂飩の顔から釘が抜ける。支えを失った饂飩の頭は浴槽に沈む。鉄釘は重りに引っ張られて窓の外へ飛び出し、雨樋を移動して崖から海へ落下。饂飩は浴槽で窒息し、証拠は海へ消えるって寸法だ」

牛男は目覚める直前、泥のような倦怠《けんたい》感の中でいくつかの物音を耳にしていた。ササッと鼠が屋根裏を駆けるような音は、麻縄に引っ張られた鉄釘が雨樋と擦れる音。ちゃぽんという水音は、重りが海へ沈んだときの音だろう。

約十分後、浴室で見つけた饂飩の死体は、まだ死んで間もなかった。だが肌が膨れていたこと、水面に浮き上がっていたことから、死後かなりの時間が経っていると思い込んでしまった。

饂飩の肌がふやけていたのは、死んでいないとはいえ水中に数時間浸《つ》かっていたからだ。現に直前まで水から出ていた饂飩の顔は、胴体のように膨れてはいなかった。

身体が水面に浮いていたのも、腐敗が進んでガスが溜まったからではない。水死体が水中へ沈むのは、死亡時に溺《おぼ》れてパニックになり、水を飲んで体内の空気を押し出してしまうからだ。水へ落ちた時点で麻酔が効いていた饂飩は、パニックを起こすこともなく命を落としたため、体内に空気が多く残っていたのだろう。

「ちなみに左右のほっぺに釘を通すとき、どうしても邪魔なのが舌だ。お前の舌に傷がついていたのは、斉加年がうっかり引っ掻いちまったせいだろう」

「ぼくの頭は串刺《くしざ》しにされたってことですね。行きの船で食べた串焼きの肉団子みたいに」

饂飩が恨めしそうに、ピアスの付いた頰を撫でる。

牛男が思い出したのは、九年前に目にした「昆虫人間の顔面串刺しショー」のポスターだった。頰に針を貫通させた女の、うつろな笑みがよみがえる。

「おれが意識を取り戻したとき、ザビ人形がベッドの下から上半身を覗かせていた。あれはおれの注意をベッドに向けるための小細工だ。万一おれが目を覚ますのが早すぎて、重りが海へ落ちる前に窓の外を見ちまったら、せっかくの仕掛けが台無しになる。だからザビ人形で気を逸らして、窓へ目を向かせないようにしたんだ」

「じゃあ沙希さんもぼくと同じ目に？」

「トリックの仕組みは同じだ。沙希が死んだのは午後一時だから、肋が生き返るのと同時に命を落としたことになる。斉加年は肋がよみがえることで沙希が死ぬ仕掛けを作ったんだ」

岩にもたれ、爛れた肌を晒《さら》していたあいりが脳裏をよぎる。牛男がアトリエの下であいりを見つけたとき、彼女はまだ死んでいなかったのだ。

「そもそも沙希が斉加年に襲われたのは、アトリエじゃなく宿泊棟の浴室だ。斉加年が沙希を荷車でアトリエに運んだのは、仕掛けのために二人の身体を近くに置いておく必要があったからだ。じゃあ肋が生き返ることで沙希を死なせるには、どんな仕掛けを作ればいい？」

牛男が水を向けると、饂飩は授業中に指名された生徒みたいな顔をした。

「うーん。……肋さん、よみがえったときにおしっこを漏らしてたんですよね」

「それがどうした」

「こんなのはどうでしょう。斉加年さんは肋さんの頭を殴って意識を奪った後、毒物を溶かした液体を飲ませて、膀胱《ぼうこう》におしっこを溜めさせたんです。肋さんが生き返ってお漏らしをすると、おしっこが床板の隙間から滴り落ち、丸太を伝って沙希さんの顔へ流れ込む。沙希さんはおしっこの中の毒物を摂取して死に至る」

「あはは。愉快な仕掛けだな」牛男は笑い声をあげた。「でも無理だ。致死量の毒物を飲んだら、肋自身が中毒症状を起こして、膀胱におしっこが溜まる前に死んじまう。それじゃ生き返っても毒入りのお漏らしは出ない」

「あ。確かに」

「ヒントはアトリエにある。お前らが斉加年に連れられてアトリエに行ったときのことを思い出せ。珍しく取り乱した沙希は、棚から彫刻刀を取り出し、お前と斉加年を脅してアトリエから追い出そうとした――そうだな？」

「最初に死んだやつは気楽でいいよね」

あいりが皮肉を言い、饂飩が首を縦に振る。

「問題は、このとき沙希が彫刻刀を使ったことだ。わざわざ棚から彫刻刀を取り出すまでもなく、アトリエには二人を脅すのにぴったりな道具があったはずだぜ」

饂飩は記憶を探るように目を閉じ、すぐに開く。「そんなのありました？」

「錐《きり》だよ。おれが生き返ってアトリエに行ったとき、床には錐が落っこちていた。おれはてっきり、犯人が蠟人形を溶かしたとき、人形の胸から引っこ抜いた錐がそのまま転がってたんだと思った。

でも深夜にお前らがアトリエを訪れたとき、錐は落ちていなかったことになる。なぜこのときだけ錐が消えたのか？　斉加年が隠していたとしか考えられない。沙希を殺す仕掛けを作るのに、棚の中の錐じゃなく、人形に刺さっていた錐が必要だったんだ。護身用に持ち出されると困るから、棚の裏にでも隠しておいたんだろう」

「釘の次は錐ですか。なんだか代わり映えしませんね」

「そうでもないぜ。釘を使ったのはお前を浴槽に落とすため——言ってみれば仕掛けを完了させるためだ。一方、錐を使ったのは仕掛けを発動させるためだった。

斉加年は肋に一度ぶっかけた蠟を剝がし、向きを変えて壁にもたれさせてから、丸太をつたって床の下へおりた。床板の厚さは十センチくらいで、斜めに固定された角材が合板を支えている。仕掛けを隠したのはこの角材の裏だ。斉加年は床板の下から、板の継ぎ目に錐を差し込んで、肋の左腕を刺した。そのための長さが他の錐では足りなかったんだろう。

肋の包帯に付いていた血は、錐を刺した傷から出たものだ。動物に尖《とが》ったものが刺さると簡単には抜けない。繊維の多い筋肉ならなおさらだ」

牛男は顔と喉の傷を撫でた。ナイフやガラスの破片が刺さるたび、引っこ抜くのに苦労したのを思い出す。

「この錐の持ち手に小さな瓶をくくりつけ、毒物を溶かした液体を入れておく。斉加年は瓶の蓋を開けると、アトリエへ戻り、肋に蠟をぶっかけて窒息死させた。これで準備は終わりだ。

六時間後に肋が生き返って立ち上がると、左腕に刺さった錐が抜け、支えを失った錐と瓶が一緒に引っくり返る。すると瓶から零《こぼ》れた液体が丸太を伝って、沙希の顔へ流れ落ちるってわけだ。肋は痛覚がなくなってるから、錐が刺さっていたことにも気づかない」

「それだと錐も地面に落っこちちゃいませんか?」

「紐で丸太にくくりつけておけばいいだろ」

「いくら痛覚がなくても、腕に穴が開いていたら気づきませんか?」

「だから包帯を巻いた左腕に錐を刺したんだ。生地が粗いから痕《あと》も残らないし、もともと怪我をしている部位なら血が出てもさほど気にならない。もし腕を折っていなかったら、本人が気づきにくい尻《しり》の裏にでも刺すつもりだったんだろう」

「アトリエのすぐ下から零れた液体が、うまく沙希さんの顔まで流れますかね？」

「どこに寝かせれば沙希を殺せるか、事前に検証しておけばいいだろ。岩にもたれさせて上半身を傾けたのは、顔に浴びせるだけじゃなく、腹の中へ液体を流し込むためだ。皮膚に触れるだけで中毒症状を引き起こす毒物もあるが、確実に命を奪うには消化管の粘膜から吸収させるに越したことはない。

このとき邪魔になりかねないのが舌だ。舌が反り返って喉《のど》を塞《ふさ》いでしまうと、液体が口に留《とど》まって死に至らない恐れがある。だから斉加年は、あらかじめ沙希の舌をちょん切ったんだ」

肋が生き返った後、肋にけしかけられてあいりの死体を観察したときのことを思い出す。軽口を言い合っていると、頭のてっぺんに冷たい水滴が落ちたのだ。てっきり肋の小便かと思っていたが、あれは瓶に残った液体だったのだろう。肌を傷つける種類の毒物が含まれていたとしても、痛覚を失っているから痛みを感じることはなかった。

「牛汁さんが生き返ってアトリエに行ったとき、錐が落ちていたのはなぜですか？トリックに使う錐はまだ床板の下にあるはずですよね」

「おれが見つけた錐は、蠟人形に刺さっていたのとは別の物だ。人形の胸に錐が刺さっていたことは全員が知っている。なぜ錐がなくなったのかを勘繰られると、芋蔓式に錐を使った仕掛けを見抜かれかねない。だから斉加年は棚にあった別の錐を床に転がしておいたんだ」

「牛汁さんが沙希さんを見つけたとき、きちんと生死を確かめていたら、犯人の罠にかかることもなかったってことですね」

「だから斉加年は、おれがすぐに近寄れないように、格子と崖の間に沙希を転がしておいたのさ。すべての現場にザビ人形を置いたのも、このとき沙希が生きていることに気づかせないためだ」

「ザビ人形？　あの人形にそんな力はないですよ」

「斉加年はおれに先入観を刷り込んだんだ。頭に釘を打たれた死体と、頭に釘を打たれた人形。蠟をぶっかけられた死体と、蠟をぶっかけられた人形。こんなふうに死体とよく似たザビ人形が現場に置いてあれば、誰だって犯人は人間の死を人形に模倣させていると考える。そのうえで硫酸を浴びた人形を見たら、となりの沙希も硫酸を浴びて死んでいると思い込んじまうだろ」

「ああ、確かに」

「斉加年はおれたちの死亡時刻をずらし、さらに最後の二人を機械的に殺すトリックを仕掛けた。こうして斉加年は、見事に自分を三番目の死者にしてみせたんだ」

牛男はひとつ息を吐いたが、饂飩はあいかわらず不満そうな顔をしていた。

「それ、やっぱり運任せですよね。誰が本当に生き返るかはやってみなきゃ分からなかったはずです。もしぼくらが死んだままだったら、あれもこれも無駄骨になるところでしたよ」

「お前の脳味噌はどこを切っても斉加年より下だな」

「どういうことです？」饂飩が膨れた頰をさらに膨らませる。

「やつが一番困るのは、二つの仕掛けがどちらも発動せず、四番目と五番目の被害者が生き残っちまうことだ。だから一番目と二番目の被害者には、よみがえる可能性がとくに高そうな二人を選んでる。一番目のおれは晴夏とやったことを認めてたし、二番目の肋も女を九年間抱いてないって宣言してた。あれは九年前に晴夏とやったって言ってるようなもんだろ。

一方、四番目と五番目の被害者が生き返るかどうかは斉加年にも分からなかった。四番目のお前は晴夏と婚約していたそうだが、やったかどうかを聞かれたときは返事をしていない。五番目の沙希にいたっては、肉体関係を持っていないと嘘を吐いていた。

もちろん晴夏は作家なら誰とでも寝る女だ。二人が本当にやってないとはとても思えない。だが万一どっちもよみがえらないと、最後に生き返るのが斉加年ということになる。それで犯人と疑われた場合は、廊下のザビ人形が動かされていたことを根拠に、饂飩か沙希が犯人だと言い張るつもりだったんだろうな」

「死んだままで犯人にされるのは癪《しゃく》ですね。生き返ってよかったです」

饂飩は声を低くして、船尾の向こうの水平線に目を向けた。条島の影はもう見当たらないし、どの方向にあるのかも分からない。

「斉加年さんのやったことは分かりました。けど動機は分からないままですね。ぼくたちを皆殺しにしたくせに、よみがえった後は急にぼくたちを助けようとしていた。ぼくらに恨みがあったのならこんな面倒なことしないでさっさと殺しちゃえばいいはずです。斉加年さんの目的は何だったんですか？」

「あんまり難しく考えないほうがいい。斉加年は怨恨《えんこん》とは違う、ある理由でおれたちを殺した。こいつの目的は、おれたちを一度殺せば達成できるものだった。だからよみがえったおれたちを殺さずに済むように、こんな手間のかかる工作をしたんだ」

「それを聞いてるんですよ。ある理由って何ですか？」

饂飩が顔を寄せる。浴室の黴《かび》の臭いがした。

「晴夏が死んだ後、秋山雨の家に侵入した不審者がいたらしい。正体は十中八九、斉加年だ。あの男は晴夏が死んでからも、晴夏の情報を掻き集めていた。愛し合ってい

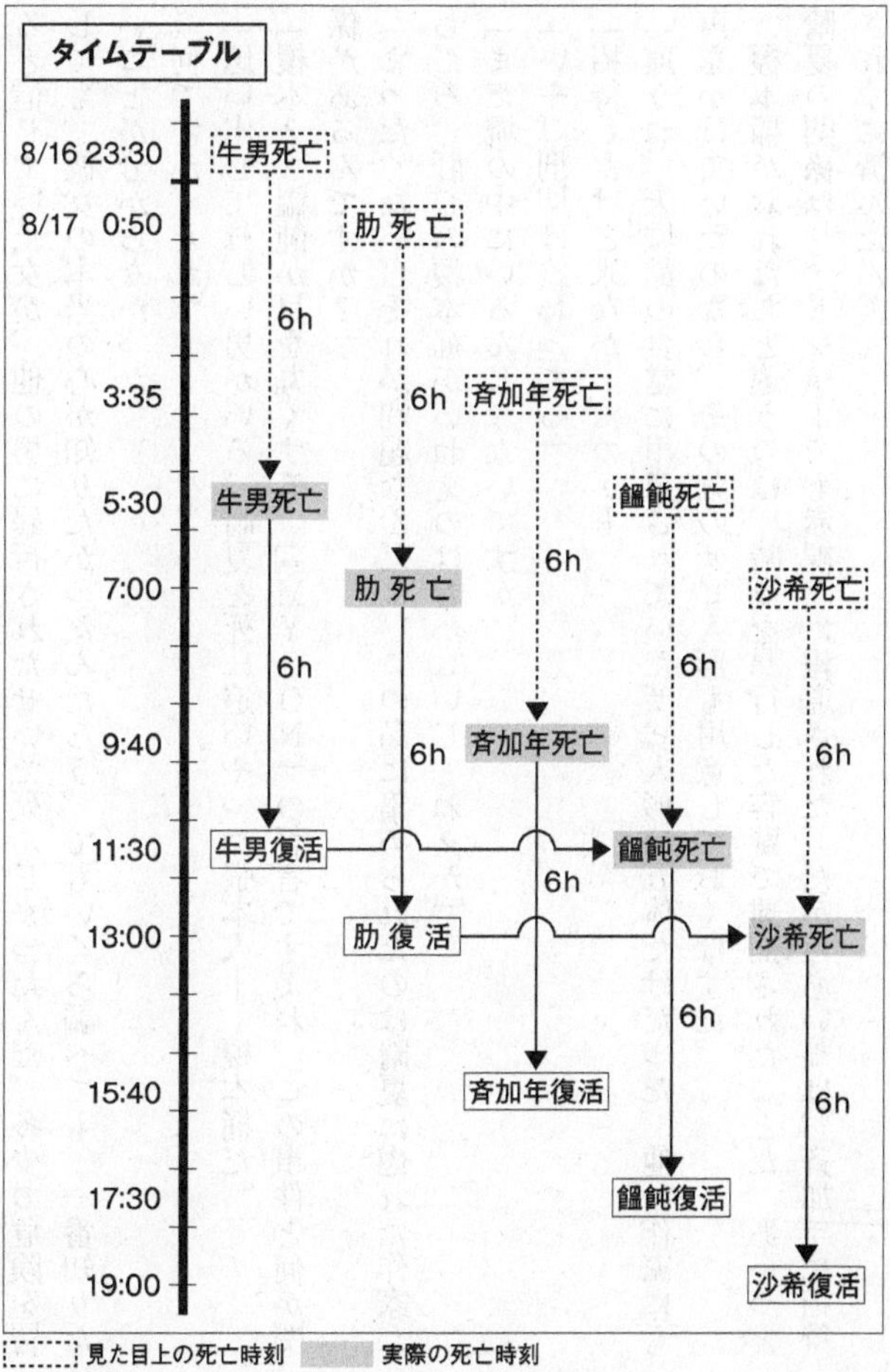
タイムテーブル
8/16 23:30
8/17 0:50
3:35
5:30
7:00
9:40
11:30
13:00
15:40
17:30
19:00
牛男死亡
肋死亡
斉加年死亡
饂飩死亡
沙希死亡
6h
牛男復活
肋復活
斉加年復活
饂飩復活
沙希復活
見た目上の死亡時刻
実際の死亡時刻

ると信じていた女が、他の男に暴行されたせいで死んじまったんだ。多少の危険を冒しても、彼女の本当の心が知りたかったんだろう。でもいくら調べても、一番知りたいことが分からなかった」

「何ですか、それ」

「思い出してほしい男がいる。晴夏を死に追いやった張本人――榎本桶だ」

「榎本？」饂飩が目を丸くする。「『MYSON』の著者ですよね。この事件と何か関係があるんですか？」

「まったくない。それが問題なんだよ。この島に集められたのは晴夏に惚《ほ》れた作家たちだろ。肝心の榎本桶がいねえのはおかしいじゃねえか」

「まだ塀の中にいるんじゃないですか」

「いや。刑期は終わってる」

「招待したけど来なかったのかも」

「違うね。天城館の食堂に用意されていたザビ人形は五体だけだった。他の作家にも声をかけていたのなら、その分のザビ人形も用意しておくはずだ。

　榎本桶がおれたちと違うのは、晴夏を暴行した容疑で逮捕されたことだ。あいつと晴夏の関係はワイドショーでも赤裸々に報道された。だからあいつは、斉加年に招待されずに済んだんだ」

「あ、なるほど」饂飩は魂が抜けたような顔をした。「それじゃ斉加年さんが知りたかったのは――」

「晴夏の肉体関係だ。斉加年は晴夏がセックスをした相手を知るために、おれたちをこの島に集め、皆殺しにしたんだ」

斉加年の異常な執念を想像するだけで、牛男は目眩《めまい》を起こしそうになる。

奔拇族が一人の宿主をきっかけに壊滅したことからも分かるように、この寄生虫がセックスを介して体内に侵入する確率は極めて高い。

殺した相手が生き返れば、晴夏から寄生虫をもらった――つまり晴夏とセックスをしていたことになる。殺した相手が死んだままなら、寄生虫をもらっていない――つまり晴夏とセックスをしていなかったことになる。

斉加年にとっては、自分一人だけが生き返るのが最良の結果だったに違いない。だが犯人だとばれないように念入りな準備をしていたことを考えると、大半がよみがえることも覚悟していたはずだ。

綿密に計画を立て、四人の命を奪った結果、明らかになったのは最悪の事実だった。全員が一度死んだものの、六時間後にはよみがえってしまった。

最終的には誰も死ななかったのだ。

「……ぼくたちはそんなことのために殺されたんですか？」

饂飩の口調は、胸の中の怒りを懸命に押し留めているようだった。

五人で島を散策したとき、斉加年は真面目な顔でこう尋ねた。

——きみたちは本当に秋山晴夏と肉体関係を持っていたのか？

この唐突な問いに正直に答えたのは牛男だけだった。あいりは嘘を吐き、肋は回答を拒否し、饂飩は何も言わなかった。もしも全員が正直に答えていたら、自分たちは殺されずに済んだのかもしれない。

「斉加年には人生を懸けるくらい重要なことだったんだろ。あいつは別におれたちを恨んでたわけじゃない。ただ、晴夏の人生に関わるすべてを知りたかったんだ」

「いくらなんでも身勝手すぎますよ——」

ドン、とドアを叩《たた》く音がした。

操舵室を振り返り、心臓が止まりそうになった。

斉加年が立ち上がっている。爛れた肌が垂れ下がり、頭蓋骨から眼球が浮き出ていた。身体を揺するたび、線虫の死骸が床へ落ちる。

「生きてたのかよ」

斉加年がドアノブに手を伸ばす。とっさにドアを押さえようとしたが、斉加年がノブを捻るのが早かった。

「……みすを」

唇を開いた瞬間、涎《よだれ》みたいに線虫の塊が零れた。口の中に線虫が溜まっているらしい。

「何だって？」あいりが後ずさる。

「みずをくれないか――」

言葉が終わるより早く、斉加年の喉が盛り上がり、口から数十匹の線虫が溢れ出た。

饂飩とあいりの悲鳴が重なる。

「いい加減にしろ。とっとと死ね」

牛男は斉加年の腹を蹴《け》った。斉加年がドアに背中を打ちつけ、うぅと唸《うな》り声をあげる。そのまま倒れるかと思いきや、両手を伸ばし、牛男の身体にのしかかってきた。

「みずを――」

牛男に馬乗りになると、斉加年は大きく胸を反らした。ふたたび喉が盛り上がる。まずい。このままでは線虫のシャワーを浴びる羽目になる。

「斉加年先生！」

あいりの声が聞こえた。

斉加年が老人みたいにゆっくりと首を曲げる。船べりに手をついたあいりは今にも腰を抜かしそうだった。

「先生、あたひ、言い忘れてたことがあるんだ」線虫が太腿《ふともも》を這いまわっている。

「アトリエに赤いノートがあったの、覚えてる？　あれ、晴夏の日記だったよ」

嘘だった。

ノートに記されていたのは、蠟人形の制作に関する、ただのメモだ。

「晴夏、お父さんと条島へ来てたみたひ」

斉加年の瞳孔が萎《しぼ》んだ。口を薄く開き、じっとあいりを見つめている。

ふいに身体が軽くなった。斉加年が立ち上がり、海の向こうに目を向ける。

「……はるかさん」

斉加年はふらふらと船尾へ向かうと、上半身をくの字に折って、頭から海へ落ちた。

スクリューがギギギと耳障りな音を鳴らす。水飛沫が上がり、船底が上下に揺れた。

あいりが背筋を伸ばし、手すりの下を覗き込んだ。牛男も腰を浮かせ、あいりの後ろから海を見下ろす。

海水が黄色っぽく濁っていた。

数匹の線虫と、斉加年の頭が浮かんでいる。

スクリューが首を切り落としたのだろう。運の悪いやつだ。

「やっと死んだか」

「違う」

饂飩が海を指した。

船尾から五メートルほどの海面が揺れている。

波の間から数秒おきに、爛れた肉が顔を出していた。首のない斉加年が蛙みたいに両手を広げて泳いでいる。

「嘘でしょ。ありえなひ」あいりがつぶやいた。「条島へ行く気だ」

牛男はふと、九年前に「べろべろ」で食べた蟇蛙《ひきがえる》を思い出した。腹を裂かれているくせに、皿に止まった蠅に食らいついていた、あいつだ。

斉加年はあの蟇蛙と同じだった。求めていたものが手に入るなら、自分が死にかけていることなど些細《ささい》な問題に過ぎないのだろう。

斉加年がゆっくりと遠ざかっていく。

牛男は息をするのも忘れて、海面の水飛沫を見つめていた。

図版制作／REPLAY

解説

佳《か》多《た》山《やま》大地《だいち》

何人にも解けない殺人ミステリを案出するのが、私の大きな夢だった。

——アガサ・クリスティー『そして誰もいなくなった』（青木久恵訳）より

英国ミステリの女王、アガサ・クリスティーの数多《あまた》ある作品のなかでも、一九三九年発表のノンシリーズ長篇『そして誰もいなくなった』は抜群の知名度を誇る。逃げ場のない孤島に集められた十人の男女が、彼らの中にひそむ殺人者の手にかかり、見る見る数を減らしてゆく……いわゆる孤島物の古典的代表作である『そして誰もいなくなった』では、最後はタイトルどおり、島に渡った誰一人生きては戻らない。強烈なサスペンス味と、まだ殺されていない者どもの〝心の声〟を丹念に読み解くことが肝腎《かんじん》な犯人探し《フーダニット》の興味が相俟《あいま》って、クリスティー入門に最適の書としてオススメされることしばしばの名品だ。

加えて、米国版の原題 And Then There Were None から来る邦題そのものがなんとも魅惑的。豪華ヨットの乗船者が次々と〝退場〟してゆく『そして誰かいなくなった』(ⓒ夏樹《なつき》静子《しずこ》)や、芝居の台本どおりの悲劇が現実に起こってしまう『そして誰もいなくなる』(ⓒ今邑彩《いまむらあや》)、外部との連絡が遮断された核シェルター内で連続殺人が発生する『そして二人だけになった』(ⓒ森博嗣《もりひろし》)などタイトルを捩《もじ》って下敷きにしたことを宣言した作品は十指に余るほど。さらに、雪に閉ざされたプチホテルで招待主と六人の客全員が殺害される『殺しの双曲線』(ⓒ西村京太郎《にしむらきょうたろう》)や、無人島の曰《いわ》くつきの館《やかた》で合宿を行う大学生男女の中に復讐者《ふくしゅう》がひそむ『十角館の殺人』(ⓒ綾辻行《あやつじゆき》人《と》)など、タイトルにはそれと明示されていないものの強い影響下に書かれた作品まで含めると枚挙にいとまがない。もちろん、気鋭の若手ミステリ作家・白井智之《しらいともゆき》が物した『そして誰も死ななかった』(二〇一九年)もまた、歴史と伝統ある〝そして誰もいなくなった』オマージュ〟の系譜に連なる孤島物の収穫であり、きっと女王クリスティーも雲の上で目を細めている……とは言い切れないんだなあ。

不健全で不道徳、だけれど〈作者対読者〉の知能的ゲームとして不公正なところはいっさいない。そんな物語世界を、二〇一四年の作家デビュー以来一貫して構築し続けているのが平成ひと桁《けた》生まれの新世代作家、白井智之だ。タイトルからして人を食ったデビュー作『人間の顔は食べづらい』は、第三十四回横溝正史《よこみぞせいし》ミステリ大賞の最終候補に残った一本。惜しくも受賞は逃したけれど、選考委員を務めていた有栖川有《ありすがわあり》栖《す》、道尾秀介《みちおしゆうすけ》両名の熱烈な支持を得て、世に問われることになる。食糧として人間のクローンが育成される近未来を背景にした奇っ怪な推理劇は、一九九〇年代に西澤保彦《にしざわやすひこ》がその可能性を摸索《もさく》した特殊設定パズラーの流れに棹《さお》さしつつ、この若い作者独自の〝露悪的エログロ路線〟を開く野心にあふれていた。首切り殺人の珍無類のバリエーション（注文客のクローンは加工施設で首を切り落とされてから出荷される。だって、自分の顔がついた人肉は食べづらいもんね！）であり、クローン人間に対する扱いに人種問題や移民問題といった社会派テーマの反映を見ることもできる問題作だった。

白井智之の快進撃は、ここから始まる。

続いて発表された『東京結合人間』（二〇一五年）がまた凄《すさ》まじくユニークだった。

その並行世界では哺乳類《ほにゆうるい》のうち人間の生殖だけが特異な進化を遂げていて、ひと組のカップルは片方――多くは女性――が相手の肛門《こうもん》から体内に侵入することで子を生《な》せるようになる。だが、男女の結合により巨大化した姿は、もはやわれわれの常識では怪物と呼ぶほかない醜さだ。世界設定はエログロを極めても解明のロジックは曇りなくクリーンな異形のパズラーは、権威ある日本推理作家協会賞の候補にも推挙され、斯界《しかい》の話題をさらった。その後も白井智之は、人の顔をした瘤《こぶ》ができる奇病が蔓延《まんえん》した世界で圧巻の推理合戦を繰り広げる『おやすみ人面瘡』（一六年）、未成年の少女が大量かつ無慈悲に殺されまくる『少女を殺す１００の方法』（一八年）、遺伝病家系の青年が誰を強姦《ごうかん》したのかが真相究明の決め手となる『お前の彼女は二階で茹で死に』（一八年）と残虐多彩なパズラーを矢継ぎ早に発表し、その才能が本物であることを証明してみせた。もちろん、そんな白井の六作目の単独著書にあたる本作が、登場人物が本当に誰も死なない牧歌的な作品であるわけがないのだ。

デリヘル「たまころがし学園」の雇われ店長・大亦牛男《おおまたうしお》のもとに、とあるパーティへの招待状が届いた。差出人は、ミステリ作家の天城菖蒲《あまきあやめ》。絶海の無人島・条島《さなだ》に構えた別荘に、同朋《どうほう》たるミステリ作家にぜひ集まってもらいたいという。かつて牛男は、文化人類学者だった父が遺《のこ》した未発表のミステリを自分が書いたと偽って発表したことがあったのだ。牛男を含む五人のミステリ作家は一日半がかりの航海で条島に上陸するも、そこに招待主の姿はない。逃げ場のない孤島に集められた五人の男女は、招待主の名を騙《かた》って彼らの中にひそむ殺人者の手にかかり、見る見る数を減らしてゆくことに……。

本作の初刊単行本の帯紙には「五人全員が死んだとき、本当の『事件』が始まる」と売り文句が躍っていたくらいだから、孤島に渡った者どもが（本家『そして誰もいなくなった』の渡航者と同様）一人残らず死亡することまではここで明かしてもいいだろう。――だが五人の〝全員死亡〟は、前代未聞のフーダニット小説がついに開幕する準備を終えたことを告げるにすぎない。本作は〈死者が犯人〉パターンの凝《こ》りに凝ったバリエーションであり、多重解決の面白さを追及した点では白井作品の中でも随一といえる。小説本篇よりも先に巻末解説を読まれている向きもあろうから曖昧な物言いをするが――理屈っぽいミステリ作家ばかり右往左往するこの物語において真に名探偵と呼ぶにふさわしい人物が、終盤にあえて披露するトンデモナイ自然の理《ことわり》を交えた推理がとりわけ振るっている。クリスティーの不朽の名作にひらめき《インスピレーション》を得た作品群の系譜に、決して読み落とせない異色作が加わった格好だ。

作者の白井は本作を発表後も、すでにこの世にない有名殺人犯が続々と現代に蘇《よみがえ》る『名探偵のはらわた』（二〇二〇年）に、ゲテモノ食いのフルコース・パズラー『ミステリー・オーバードーズ』（二一年）、舞台の港町に異常に装飾された死体がごろごろ転がる『死体の汁を啜《すす》れ』（二一年）と、ますます筆勢を加速中。とびきり鬼畜《インモラル》な特殊設定路線は果たしてどこに行き着くものか、若き鬼才の〝猟奇的活躍〟から目が離せない。

付記（※小説本篇を読後に目をとおされますよう）

憐《あわ》れ秋山晴夏《あきやまはるか》は、いつ一度死んだのだろう？　条島連続殺人事件の真犯人が追及すべきは、むしろそちらのほうなのに。「発端」で描かれる大亦牛男とのベッドシーンで、すでに寄生虫によって生かされている晴夏の体は、ひどく冷えてはいても目立つ傷などはない様子。とすれば、睡眠薬自殺のようなことをした結果の蘇りかもしれない。彼女はなぜかミステリ作家にばかり近づいて性交に及ぶ。それは海外の旅先で父親から無体な性経験を積まされるうち、一度は死を選ぶほど絶望しても――それでもしかし、ミステリ作家でもあった父親の愛の代わりを求めての行動だったろうか。

本書は、二〇一九年九月に小社より刊行された
単行本を加筆修正のうえ、文庫化したものです。

そして誰《だれ》も死《し》ななかった

白井智之《しらいともゆき》

令和4年 1月25日　初版発行
令和6年 12月10日　6版発行

発行者●山下直久

発行●株式会社KADOKAWA
〒102-8177　東京都千代田区富士見2-13-3
電話　0570-002-301（ナビダイヤル）

角川文庫 23002

印刷所●株式会社KADOKAWA
製本所●株式会社KADOKAWA

表紙画●和田三造

◎本書の無断複製（コピー、スキャン、デジタル化等）並びに無断複製物の譲渡および配信は、著作権法上での例外を除き禁じられています。また、本書を代行業者等の第三者に依頼して複製する行為は、たとえ個人や家庭内での利用であっても一切認められておりません。
◎定価はカバーに表示してあります。

●お問い合わせ
https://www.kadokawa.co.jp/（「お問い合わせ」へお進みください）
※内容によっては、お答えできない場合があります。
※サポートは日本国内のみとさせていただきます。
※Japanese text only

©Tomoyuki Shirai 2019, 2022　Printed in Japan
ISBN 978-4-04-112162-7　C0193

角川文庫発刊に際して

角川源義

第二次世界大戦の敗北は、軍事力の敗北であった以上に、私たちの若い文化力の敗退であった。私たちの文化が戦争に対して如何に無力であり、単なるあだ花に過ぎなかったかを、私たちは身を以て体験し痛感した。西洋近代文化の摂取にとって、明治以後八十年の歳月は決して短かすぎたとは言えない。にもかかわらず、近代文化の伝統を確立し、自由な批判と柔軟な良識に富む文化層として自らを形成することに私たちは失敗して来た。そしてこれは、各層への文化の普及滲透を任務とする出版人の責任でもあった。

一九四五年以来、私たちは再び振出しに戻り、第一歩から踏み出すことを余儀なくされた。これは大きな不幸ではあるが、反面、これまでの混沌・未熟・歪曲の中にあった我が国の文化に秩序と確たる基礎を齎らすためには絶好の機会でもある。角川書店は、このような祖国の文化的危機にあたり、微力をも顧みず再建の礎石たるべき抱負と決意とをもって出発したが、ここに創立以来の念願を果すべく角川文庫を発刊する。これまで刊行されたあらゆる全集叢書文庫類の長所と短所とを検討し、古今東西の不朽の典籍を、良心的編集のもとに、廉価に、そして書架にふさわしい美本として、多くのひとびとに提供しようとする。しかし私たちは徒らに百科全書的な知識のジレッタントを作ることを目的とせず、あくまで祖国の文化に秩序と再建への道を示し、この文庫を角川書店の栄ある事業として、今後永久に継続発展せしめ、学芸と教養との殿堂として大成せんことを期したい。多くの読書子の愛情ある忠言と支持とによって、この希望と抱負とを完遂せしめられんことを願う。

一九四九年五月三日

角川文庫ベストセラー

人間の顔は食べづらい　白井智之

安全な食料の確保のため、食用クローン人間が育てられる日本。クローン施設で働く柴田はある日、除去したはずの生首が商品ケースから発見されるという事件の容疑者にされ!?　横溝賞史上最大の問題作!!

東京結合人間　白井智之

一切嘘がつけない結合人間＝〝オネストマン〟だけが集う孤島で、殺人事件が起きた。容疑者たちは〝嘘がつけない〟はずだが、なぜか全員が犯行を否定。紛れ込んだ〝嘘つき〟はだれなのか——。

おやすみ人面瘡　白井智之

全身に脳瘤と呼ばれる顔が発症する奇病〝人瘤病〟の感染爆発がかつてあった海晴市。そこで2人の人瘤病患者が殺害される事件が起きる。容疑者は中学生4人。探偵は真相を暴くべく推理を披露するが——。

平成ストライク　青崎有吾、天祢涼、乾くるみ、井上夢人、小森健太朗、白井智之、千澤のり子、貫井徳郎、遊井かなめ

平成を見つめ、令和を生きるすべての人に贈るアンソロジー！　福知山線脱線事故、炎上、消費税、東日本大震災など——。平成の時代に起きた様々な事件・事象を、9人のミステリ作家が各々のテーマで紡ぐ。

粘膜探偵　飴村行

威圧的な父親に反抗し、トッケー隊に入隊した14歳の鉄児は、偶然ある事件に遭遇し、奇妙なことに気づく。密かに捜査に乗り出した彼は驚愕の真相にぶちあたる……狂気が加速し、読む者の理性を抉り取る問題作!!

角川文庫ベストセラー

虹を待つ彼女　逸木　裕

2020年、研究者の工藤は、死者を人工知能化する計画に参加する。モデルは、6年前にゲームのなかで自らを標的に自殺した美貌のゲームクリエイター。謎に包まれた彼女に惹かれていく工藤だったが――。

少女は夜を綴らない　逸木　裕

「人を傷つけてしまうのではないか」という強迫観念をなだめるため、身近な人間の殺害計画を「夜の日記」に綴る中学3年生の理子。秘密を知る少年・悠人に脅され、彼の父親の殺害を手伝うことになるが――。

ダリの繭《まゆ》　有栖川有栖

サルバドール・ダリの心酔者の宝石チェーン社長が殺された。現代の繭とも言うべきフロートカプセルに隠された難解なダイイング・メッセージに挑むは推理作家・有栖川有栖と臨床犯罪学者・火村英生！

朱色の研究　有栖川有栖

臨床犯罪学者・火村英生はゼミの教え子から2年前の未解決事件の調査を依頼されるが、動き出した途端、新たな殺人が発生。火村と推理作家・有栖川有栖が奇抜なトリックに挑む本格ミステリ。

暗い宿　有栖川有栖

廃業が決まった取り壊し直前の民宿、南の島の極楽めいたリゾートホテル、冬の温泉旅館、都心のシティホテル……様々な宿で起こる難事件に、おなじみ火村・有栖川コンビが挑む！

角川文庫ベストセラー

赤い月、廃駅の上に　有栖川有栖

廃線跡、捨てられた駅舎。赤い月の夜、異形のモノたちが動き出す——。鉄道は、私たちを目的地に運ぶだけでなく、異界を垣間見せ、連れ去っていく。震えるほど恐ろしく、時にじんわり心に沁みる著者初の怪談集！

幻坂　有栖川有栖

坂の傍らに咲く山茶花の花に、死んだ幼なじみを偲ぶ「清水坂」。自らの嫉妬のために、恋人を死に追いやってしまった男の苦悩が哀切な「愛染坂」。大坂で頓死した芭蕉の最期を描く「枯野」など抒情豊かな9篇。

濱地健三郎の霊《くしび》なる事件簿　有栖川有栖

心霊探偵・濱地健三郎には鋭い推理力と幽霊を視る能力がある。事件の被疑者が同じ時刻に違う場所にいた謎、ホラー作家のもとを訪れる幽霊の謎、突然態度が豹変した恋人の謎……ミステリと怪異の驚異の融合！

眼球綺譚　綾辻行人

大学の後輩から郵便が届いた。「読んでください。夜中に、一人で」という手紙とともに、その中にはある地方都市での奇怪な事件を題材にした小説の原稿がおさめられていて……珠玉のホラー短編集。

フリークス　綾辻行人

狂気の科学者J・Mは、五人の子供に人体改造を施し、〝怪物〟と呼んで責め苛む。ある日彼は惨殺体となって発見されたが!?——本格ミステリと恐怖、そして異形への真摯な愛が生みだした三つの物語。

角川文庫ベストセラー

殺人鬼 ――覚醒篇　綾辻行人

90年代のある夏、双葉山に集った〈TCメンバーズ〉の一行は、突如出現した殺人鬼により、一人、また一人と惨殺されてゆく……いつ果てるとも知れない地獄の饗宴。その奥底に仕込まれた驚愕の仕掛けとは？

殺人鬼 ――逆襲篇　綾辻行人

伝説の『殺人鬼』ふたたび！……蘇った殺戮の化身は山を降り、麓の街へ。いっそう凄惨さを増した地獄の饗宴にただ一人立ち向かうのは、ある「能力」を持った少年・真実哉！……はたして対決の行方は?!

Another (上)(下)　綾辻行人

1998年春、夜見山北中学に転校してきた榊原恒一は、何かに怯えているようなクラスの空気に違和感を覚える。そして起こり始める、恐るべき死の連鎖！名手・綾辻行人の新たな代表作となった本格ホラー。

Another エピソードS　綾辻行人

一九九八年、夏休み。両親とともに別荘へやってきた見崎鳴が遭遇したのは、死の前後の記憶を失い、みずからの死体を探す青年の幽霊、だった。謎めいた屋敷を舞台に、幽霊と鳴の、秘密の冒険が始まる――。

鬼の跫音　道尾秀介

ねじれた愛、消せない過ち、哀しい嘘、暗い疑惑――。心の鬼に捕らわれた6人の「S」が迎える予想外の結末とは。一篇ごとに繰り返される奇想と驚愕。人の心の哀しさと愛おしさを描き出す、著者の真骨頂！

角川文庫ベストセラー

球体の蛇　道尾秀介

透明カメレオン　道尾秀介

スケルトン・キー　道尾秀介

GOTH
夜の章・僕の章　乙一

失はれる物語　乙一

あの頃、幼なじみの死の秘密を抱えた17歳の私は、ある女性に夢中だった……狡い嘘、幼い偽善、決して取り返すことのできないあやまち。矛盾と葛藤を抱えて生きる人間の悔恨と痛みを描く、人生の真実の物語。

声だけ素敵なラジオパーソナリティの恭太郎は、バー「if」に集まる仲間たちの話を面白おかしくつくり変え、リスナーに届けていた。大雨の夜、店に迷い込んできた美女の「ある殺害計画」に巻き込まれ——。

19歳の坂木錠也はある雑誌の追跡潜入調査を手伝っている。危険だが、生まれつき恐怖の感情がない錠也には天職だ。だが児童養護施設の友達が告げた錠也の出生の秘密が、衝動的な殺人の連鎖を引き起こし……。

連続殺人犯の日記帳を拾った森野夜は、未発見の死体を見物に行こうと「僕」を誘う……人間の残酷な面を覗きたがる者〈GOTH〉を描き本格ミステリ大賞に輝いた乙一の出世作。「夜」を巡る短篇3作を収録。

事故で全身不随となり、触覚以外の感覚を失った私。ピアニストである妻は私の腕を鍵盤代わりに「演奏」を続ける。絶望の果てに私が下した選択とは？　珠玉6作品に加え「ボクの賢いパンツくん」を初収録。

横溝正史 ミステリ&ホラー大賞

作品募集中!!

「横溝正史ミステリ大賞」と「日本ホラー小説大賞」を統合し、
エンタテインメント性にあふれた、
新たなミステリ小説またはホラー小説を募集します。

大賞 賞金300万円

《大賞》

正賞 金田一耕助像　副賞 賞金300万円

応募作品の中から大賞にふさわしいと選考委員が判断した作品に授与されます。
受賞作品は株式会社KADOKAWAより単行本として刊行されます。

●優秀賞

受賞作品は株式会社KADOKAWAより刊行される可能性があります。

●読者賞

有志の書店員からなるモニター審査員によって、もっとも多く支持された作品に授与されます。
受賞作品は株式会社KADOKAWAより文庫として刊行されます。

●カクヨム賞

web小説サイト『カクヨム』ユーザーの投票結果を踏まえて選出されます。
受賞作品は株式会社KADOKAWAより刊行される可能性があります。

対象

400字詰め原稿用紙換算で300枚以上600枚以内の、
広義のミステリ小説、又は広義のホラー小説。
年齢・プロアマ不問。ただし未発表のオリジナル作品に限ります。
詳しくは、https://awards.kadobun.jp/yokomizo/でご確認ください。

主催：株式会社KADOKAWA